헌신

인내력

의리

해리 포터 시리즈

읽는 순서:
해리 포터와 마법사의 돌
해리 포터와 비밀의 방
해리 포터와 아즈카반의 죄수
해리 포터와 불의 잔
해리 포터와 불사조 기사단
해리 포터와 혼혈 왕자
해리 포터와 죽음의 성물

라틴어로도 읽을 수 있는 책:
해리 포터와 마법사의 돌
해리 포터와 비밀의 방

웨일스어, 고대 그리스어, 아일랜드어로도 읽을 수 있는 책:
해리 포터와 마법사의 돌

함께 읽을 책
신비한 동물 사전
퀴디치의 역사
(코믹 릴리프와 루모스를 돕고자 출간되었음)
음유시인 비들 이야기
(루모스를 돕고자 출간되었음)

이 세 권은 또한 다음의 시리즈로 출간되었습니다:
호그와트 라이브러리
(코믹 릴리프와 루모스를 돕고자 출간되었음)

일러스트 에디션
짐 케이 일러스트
해리 포터와 마법사의 돌
해리 포터와 비밀의 방
해리 포터와 아즈카반의 죄수
해리 포터와 불의 잔

올리비아 L. 길 일러스트
신비한 동물 사전

크리스 리델 일러스트
음유시인 비들 이야기

해리포터

HARRY POTTER

죽음의 성물

1

J.K. 롤링 지음 | **강동혁** 옮김

문학수첩

HARRY POTTER & THE DEATHLY HOLLOWS

First published in Great Britain in 2007 by Bloomsbury Publishing Plc
This edition Published in October 2021
Text © J.K. Rowling 2007
Cover and interior illustrations by Levi Pinfold © Bloomsbury Publishing Plc 2021
Wizarding World is a trade mark of Warner Bros. Entertainment Inc.
Wizarding World Publishing and Theatrical Rights © J.K. Rowling
Wizarding World characters, names and related indicia are TM and © Warner Bros.
Entertainment Inc. All rights reserved.
Korean translation copyright © 2022 by Moonhak Soochup Publishing Co., Ltd.

"이 책을

일곱 갈래로

나누어 바칩니다.

닐에게,

제시카에게,

데이비드에게,

켄지에게,

디에게,

앤에게,

그리고 당신에게.

만약 당신이

마지막 순간까지

해리와

함께했다면."

HELGA
HUFFLEPUFF

헬가 후플푸프

CONTENTS

후플푸프: 소개 ⋯ 8

호그와트 지도 ⋯ 10

해리 포터와 죽음의 성물 1장~10장 ⋯ 13

HUFFLEPUFF
후플푸프

♦ 소개 ♦

"어쩌면 후플푸프가 될 수도 있겠지.
공정하고 신의 있는 자들이 사는 곳,
인내심 있는 후플푸프 사람들은 진실하고
고생을 두려워하지 않는다네."

기숙사 배정 모자

마법 정부가 죽음을 먹는 자들에게 넘어가면서, 후플푸프 출신들이 그토록 높이 평가하는 정의의 원칙도 뒤집힙니다. 볼드모트 경의 어둠이 마법사 세계를 지배하게 되면서 모든 면에서 평범한 삶에 대한 공격이 이루어집니다. 순수 혈통이 아닌 마법사들을 박해하도록 강요하기 때문이죠.

머글 태생 등록 위원회가 만들어지고, 그 수장은 이 일에 만족하는 엄브리지 교수가 맡습니다. 엄브리지 교수는 머글 태생들이 그녀가 주도하는 법정에서 취조받으며 당혹해하는 모습을 즐기죠. 조작된 범죄로 재판을 받고 죽음을 먹는 자들이 그들에게 반대하는 세력에게 악랄한 공격을 퍼붓자 수많은 사람이 숨을 수밖에 없는 처지가 됩니다. 통스의 머글 태생 아버지인 테드는 원칙에 따른 등록을 거부하고 도주합니다. 순수 혈통이라는 지위가 아내 안드로메다를 지켜 주기를 바라며 그녀를 떠나죠. 몇 주 뒤, 테드는 쓰디쓴 타격을 입고 인간 사냥꾼들에게 살해당합니다.

통스와 루핀은 이런 혼란을 배경으로 마법사 세계에 새 생명을 가져다줍니다. 이들의 기쁨은 처음에는 자신의 병이 아내와 아이를 외톨이로 만들지 모른다는 루핀의 걱정으로 가려지지만, 통스는 이런 걱정이 그들의 관계를 잠식하게 놔두지 않습니다. 통스의 사랑은 진정한 사랑입니다. 통스는 고통받고 있는 루핀이라는 남자의 믿을 수 있는 응원자로 남죠. 4월의 어느 날씨 좋은 날, 루핀은 셸 코티지에 찾아와 테디 리머스 루핀이 태어났다는 소식을 알립니다. 아이는 이미 메타모르프마구스인 엄마처럼 계속 머리카락 색깔이 변할 징조를 보입니다.

후플푸프 사람들은 볼드모트 체제의 잔인하고 비인간적인 행보에 도덕적인 문제가 있다는 것을 압니다. 그에 맞서 행동을 취하고, 더 나아가 몇몇 사람들이 고귀한 희생을 치러야만 한다는 점도 전혀 어렵지 않게 이해하죠. 수많은 후플푸프 출신들이 학교에 남아 호그와트 전투에 가담하고, 사랑하는 기숙사 담임인 스프라우트 교수 곁에서 학교를 방어하는 데 몸을 던집니다. 스프라우트 교수는 죽음을 먹는 자들에게 퍼부을 올가미나무 콩깍지로 피브스를 무장시키죠. 해리 포터처럼, 테디 루핀도 부모님을 모르고 자라게 될 것입니다. 그의 부모님 둘 다 대의를 위해 싸우다 전쟁터에서 목숨을 잃거든요. 통스는 영혼이 된 리머스 루핀이 금지된 숲에서 해리를 안내하면서 이야기해 준 의견을 분명히 공유했을 것입니다. 두 사람 모두 아들이 더 행복하게 살 수 있는 세상을 만들려다가 죽었다는 것 말이죠.

금 지 된 숲

해그리드의
오두막

후려치는
버드나무

온실

호그와트 성

호그스미드역

아, 인간이라는 족속이 타고난 고통,
　　　끝없이 계속되는 죽음의 비명
　　　　　　핏줄에 파고드는 그 손길
　　　누구도 멈출 수 없는 출혈, 그 슬픔,
어떤 인간도 견디지 못할 저주여.

하지만 치유책은 집 안에 있으니
　　　집 바깥에는 존재하지 않는다.
　　　　　다른 사람들이 아니라 그들 자신만이
　　　그 피비린내 나는 싸움으로 치유할 수 있을 따름이다.
우리가 지하의 어두운 신들인 그대들에게 노래하나니.

이제 들으소서, 지하의 축복받은 힘들이여.
　　　부름에 답하여 도움을 보내 주소서.
아이들을 축복해 주시고, 이제 그들이 승리하게 하소서.

　　　　　　　　　　　　　　　　　- 아이스킬로스, 〈제주를 바치는 여인들〉

　죽음이란 친구들이 바다를 건너 어디론가 가듯이 한 세상을 건너
는 것이다. 그렇게 건너간 뒤에도 사람들은 서로의 안에서 계속 살
아간다. 왜냐하면 누군가가 보편적으로 존재하는 어떤 것 안에서 사
랑하고 살아간다면 그 사람은 분명 존재하는 것이나 마찬가지기 때
문이다. 그들은 이처럼 신성한 거울을 통해 서로의 얼굴을 마주 본
다. 그들의 대화는 순수할 뿐만 아니라 자유롭다. 이것이 바로 친구
가 받는 위안이니, 비록 사람은 죽는다 해도 그들의 우정과 교류만
은 가장 선한 의미에서 늘 존재한다. 그것은 불멸하는 것이므로.

　　　　　　　　　　　　　　　　　- 윌리엄 펜, 〈고독의 과실들〉

1장

어둠의 왕, 비상하다

    달빛이 드는 좁은 길에서 두 남자가 몇 미터 간격을 두고 갑작스레 나타났다. 그들은 잠깐 동안 가만히 서서 서로의 가슴에 마법 지팡이를 겨눴다. 하지만 곧 서로를 알아보고 마법 지팡이를 망토 속에 집어넣은 다음 같은 방향으로 바쁘게 걷기 시작했다.

    "새로운 소식 있나?" 둘 중 키 큰 사람이 물었다.

    "최고의 소식이 있지." 세베루스 스네이프가 대답했다.

    좁은 길 왼쪽에는 나지막한 야생 찔레꽃 덤불이 줄지어 있고, 오른쪽에는 깔끔하게 손질된 산울타리가 높이 솟아 있었다. 성큼성큼 걷는 남자들의 발목 근처에서 긴 망토 자락이 펄럭였다.

"늦었을 수도 있다고 생각했는데." 약슬리가 말했다. 늘어진 나뭇가지들이 달빛을 가릴 때마다 그의 우락부락한 얼굴이 나타났다 사라졌다 했다. "생각했던 것보다 까다로웠지만 그분께서 만족하셨으면 좋겠군. 자네는 환영받을 자신이 있나 보지?"

스네이프는 고개만 까닥일 뿐 설명을 덧붙이지는 않았다. 그들은 오른쪽에 있는 넓은 진입로로 방향을 틀었다. 길을 따라 구부러지는 높다란 산울타리는 남자들의 길을 막아선 위압적인 철문을 지나 멀리까지 이어졌다. 둘은 걸음을 멈추지 않고 경례하듯 조용히 왼팔을 들더니 어두운 철문이 연기로 만들어진 것이라도 되는 양 곧장 통과했다.

주목나무 산울타리가 남자들의 발소리를 잠재웠다. 오른쪽에서 부스럭거리는 소리가 들렸다. 약슬리가 마법 지팡이를 다시 꺼내 들고 동료의 머리 위를 겨눴지만, 소리를 낸 것은 산울타리 위를 당당하게 걸어가는 순백색 공작새 한 마리뿐이었다.

"루시우스 저 인간, 늘 제멋에 겨워 산다니까. 공작이라니……." 약슬리가 코웃음을 치면서 마법 지팡이를 망토 속에 도로 집어넣었다.

곧게 뻗은 진입로 저 끝 어둠 속에서 웅장한 대저택이

나타났다. 아래층의 마름모꼴 유리창에서 불빛이 반짝였다. 산울타리 너머 어두운 정원 어딘가에서 분수가 물을 뿜고 있었다. 현관문을 향해 빠르게 발걸음을 내딛는 스네이프와 약슬리의 발밑에서 자갈이 으적거렸다. 그들이 다가가자, 문을 열어 주는 사람 같은 건 보이지 않는데도 현관문이 안쪽으로 홱 열렸다.

어스레하게 불이 밝혀진 복도는 널찍했고 호화로운 장식으로 꾸며져 있었다. 돌로 된 바닥에는 온통 아름다운 카펫이 깔려 있었다. 벽에 걸린 초상화 속 창백한 얼굴들이 성큼성큼 지나가는 스네이프와 약슬리를 눈으로 뒤쫓았다. 두 사람은 다음 방으로 이어지는 육중한 나무 문 앞에 서서 잠시 호흡을 가다듬었다. 뒤이어 스네이프가 청동 문고리를 돌렸다.

응접실은 사람들로 가득했다. 그들은 정교하게 장식된 탁자 앞에 조용히 앉아 있었다. 원래 있던 가구들은 벽 쪽으로 아무렇게나 밀어 놓았다. 선반에 금박을 입힌 거울이 놓여 있는 멋들어진 대리석 벽난로에서 불길이 타오르며 방을 밝혔다. 스네이프와 약슬리는 문 앞에서 잠시 멈칫거렸다. 어두운 조명에 익숙해진 그들의 눈이 이곳에서 가장 기묘한 광경이 펼쳐진 위쪽으로 쏠렸다. 의식을 잃은 듯 보이는 어떤 사람의 형체가 마치 투명한 밧줄에 묶인 것처럼 탁자 위에 거꾸로 매달려서 천천히 돌아가고 있었다. 그 모습이 거울은 물론, 그 아래 아무것도 놓여 있지 않은 탁자의 반들반들한 표면에도 비쳤다. 사람들은 이 독특한 광경 아래 앉아 있으면서도 그쪽으로는 눈길을 주지 않았다. 하지만 그 사람 바로 아래 앉아 있는 허여멀건 젊은이만은 예외였다. 그는 몇 분에 한 번씩 위를 힐끔 쳐다보지 않고는 견딜 수 없는 듯했다.

"약슬리. 스네이프." 상석에서 높고 선명한 목소리가 들려왔다. "아슬아슬하게 늦지 않았군."

그 말을 한 사람이 벽난로 바로 앞에 앉아 있었기에, 방금 도착한 이들은 그의 윤곽밖에 볼 수 없었다. 하지만 가까이 다가갈수록 그자의 얼굴이 어둠 속에서 희미하게 드러났다. 머리카락이 없는 뱀 같은 얼굴에는 콧구멍이 있어야 할 자리에 실금만이 그어져 있었고 동공이 세로로 쭉 찢어진 눈은 빨갛게 번뜩였다. 얼굴빛이 어찌나 창백한지 꼭 진주처럼 부연 빛을 내뿜는 것 같았다.

"세베루스, 이쪽이다." 볼드모트가 자신의 오른쪽을 가리키며 말했다. "약슬리는…… 돌로호프 옆에 앉아라."

두 남자는 배정받은 자리에 앉았다. 탁자에 둘러앉은 사람들 대부분의 눈길이 스네이프를 좇았다. 볼드모트가 가장 먼저 말을 붙인 사람도 그였다.

"어떻게 됐나?"

"주인님, 불사조 기사단은 다음 주 토요일 해 질 녘에 해리 포터를 지금의 안전한 장소에서 이동시킬 계획입니다."

탁자에 둘러앉은 사람들의 관심이 손으로 만져질 듯 날카로워졌다. 어떤 사람은 몸이 굳었고 또 어떤 사람은 안절부절못했다. 모두가 스네이프와 볼드모트를 뚫어지게 바라보았다.

"토요일…… 해 질 녘이라." 볼드모트가 되풀이했다. 그의 붉은 두 눈이 스네이프의 검은 눈을 응시했다. 지켜보던 몇몇 사람이 그 사나운 눈빛에 그을릴세라 눈을 돌릴 정도로 강렬한 시선이었다. 하지만 스네이프는 그저 침착하게 볼드모트의 얼굴을 마주 보았다. 잠시 후 볼드모트가 입술 없는 입을 비틀며 미소 비슷한 것을 지었다.

"좋다. 아주 좋아. 이 정보의 출처는……."

"앞서 말씀드린 정보원입니다." 스네이프가 말했다.

"주인님."

약슬리가 긴 탁자 저편에서 몸을 기울여 볼드모트와 스네이프를 바라보았다. 모두의 얼굴이 그에게로 향했다.

"주인님, 제가 들은 얘기는 다릅니다."

얀슬리는 말을 멈추고 기다렸지만 볼드모트가 아무 말도 하지 않자 다시 입을 열었다. "오러 돌리시가 흘린 정보에 따르면 포터는 30일, 그러니까 열일곱 살이 되기 전날 밤까지는 아무 곳으로도 이동하지 않을 거라고 합니다."

스네이프가 슬며시 웃음 지었다.

"제 정보원이 가짜 정보를 흘릴 수도 있다고 했는데 바로 이건가 보군요. 돌리시는 혼돈 마법에 걸린 게 틀림없습니다. 처음 있는 일도 아닙니다. 그자는 혼돈 마법에 취약한 것으로 잘 알려져 있으니까요."

"주인님, 분명히 말씀드리건대 돌리시는 확신에 차 있는 것 같았습니다." 얀슬리가 말했다.

"혼돈 마법에 걸렸다면 당연히 확신에 차 있었겠지." 스네이프가 말했다. "얀슬리, 나도 분명히 말하는데, 오러 본부는 더 이상 해리 포터 보호 작전에 참여하지 못해. 기사단은 우리가 정부 내부에까지 침입했다고 생각하니까."

"그놈들이 그거 하나는 제대로 알고 있네." 얀슬리에게서 그리 멀지 않은 곳에 앉아 있던 한 땅딸막한 남자가 말했다. 그자가 킬킬거리며 웃자 탁자 이곳저곳에서 사람들이 따라 웃었다.

볼드모트는 웃지 않았다. 그는 생각에 잠긴 얼굴로, 머리 위에서 천천히 돌아가고 있는 사람에게 시선을 돌렸다.

"주인님." 약슬리가 말을 이었다. "돌리시는 포터를 이동시키는 데 오러 전원이 동원될 거라고 생각……."

볼드모트가 하얗고 커다란 손을 들자 약슬리는 곧바로 말을 멈췄다. 약슬리는 스네이프 쪽으로 다시 고개를 돌리는 볼드모트를 분한 듯 바라보았다.

"이번엔 그 아이를 어디에 숨길 계획이라더냐?"

"기사단원 중 한 명의 집입니다." 스네이프가 말했다. "정보원에 따르면, 기사단과 정부가 힘을 합쳐 그곳을 지키는 데 온 힘을 기울였다고 합니다. 일단 포터가 그곳에 도착하면 붙잡을 가능성은 거의 없을 겁니다, 주인님. 물론 다음 주 토요일이 될 때까지 마법 정부가 무너지지 않는다면 말입니다만. 정부가 무너진다면 많은 수의 방어 마법을 찾아내서 해제하고 남은 마법들을 그냥 돌파할 수 있을 겁니다."

"어떨 것 같나, 약슬리?" 볼드모트가 탁자 건너편을 향해 소리쳤다. 그의 새빨간 눈이 기괴하게 번뜩였다. "과연 마법 정부가 다음 주 토요일이 되기 전에 무너질까?"

이번에도 모두의 고개가 돌아갔다. 약슬리가 어깨를 쭉

폈다.

"주인님, 그 문제와 관련해서 좋은 소식이 있습니다. 엄청난 노력을 기울인 끝에 드디어 파이어스 시크니스에게 임페리우스 저주를 거는 데 성공했습니다."

약슬리 주위에 앉아 있던 많은 사람이 감탄하는 표정을 지었다. 약슬리 옆자리에 앉아 있던 길고 일그러진 얼굴의 돌로호프가 그의 등을 탁탁 두드렸다.

"이제 시작이다." 볼드모트가 말했다. "하지만 겨우 시크니스 한 명뿐이다. 내가 움직이기 전에 스크림저 주변을 완전히 장악해야 한다. 괜히 어설프게 시도했다가 총리를 한 번에 죽이지 못하면 먼 길을 되돌아가야 할 테니."

"네, 주인님. 맞는 말씀입니다. 하지만 아시다시피 마법 사법부 장관인 시크니스는 총리뿐 아니라 다른 모든 정부 부처의 수장들과도 정기적으로 접촉하고 있습니다. 그런 고위 관료가 우리 손에 들어왔으니 다른 관료들을 더욱 쉽게 정복할 수 있게 될 테고, 그러면 그들 모두 힘을 모아 스크림저를 무너뜨릴 수 있을 겁니다."

"우리의 친구 시크니스가 다른 관료들을 끌어들이기도 전에 발각되지 않는다면 말이지." 볼드모트가 말했다. "어쨌거나 다음 주 토요일이 되기 전에 마법 정부가 내 손아귀에 들어올 가능성은 여전히 낮다. 포터가 일단 목적지에 도착한 이후엔 손을 댈 수 없다면 이동 중에 손을 써야겠지."

"그 점에서는 우리가 유리합니다, 주인님." 약슬리가 말했다. 조금이라도 인정을 받고 싶어 안달이 난 모양이었다. "마법 교통부에 사람을 몇 명 심어 두었습니다. 포터가 순간이동을 하거나 플루 네트워크를 사용하면 우리가 즉시 알게 될 겁니다."

"포터는 둘 중 어느 것도 하지 않을 겁니다." 스네이프가 말했다. "기사단은 정부에서 통제하거나 관리하는 모든 형태의 이동 수단을 피하고 있습니다. 정부와 관련된 것이라면 뭐든 불신하는 거지요."

"그러면 더 좋지." 볼드모트가 말했다. "포터는 공개적으로 이동할 수밖에 없을 테니까. 그편이 붙잡기도 훨씬 쉽다."

볼드모트는 다시 눈을 들어 거꾸로 매달린 채 천천히 돌고 있는 사람을 바라보며 말을 이었다. "그 녀석은 내가 직접 처리할 것이다. 그동안 해리 포터와 관련해서 너무 많은 실수가 있었다. 그중 몇 가지는 나 자신이 저지른 것이지. 포터가 살아 있는 건 그 아이가 승리했기 때문이 아니라 내가 실수를 저질렀기 때문이다."

탁자에 둘러앉은 사람들이 불안한 얼굴로 볼드모트를 바라보았다. 하나같이 해리 포터가 계속 살아 있는 것에 대해 문책을 당할까 봐 두려운 표정을 짓고 있었다. 하지만 볼드모트는 그들 중 누군가에게 말한다기보다는 혼잣말을 하듯, 의식을 잃고 머리 위에 매달려 있는 사람에게 계속 시선을 고정한 채 이야기했다.

"나는 부주의했다. 그래서 최선을 다해 세운 계획이 아니면 모든 것을 파괴하는 운과 우연에 의해 좌절당했지. 하지만 나는 이제 더 이상 어리석지 않다. 예전에는 미처 몰랐던 것들을 알고 있으니까. 나는 해리 포터를 죽이는 자가 되어야 하고 반드시 그렇게 되고 말 것이다."

그 말에 대답이라도 하듯 돌연 울부짖는 소리가 터져 나왔다. 비참하고 고통스럽게 부르짖는 끔찍한 비명이 이어졌다. 탁자에 둘러앉아 있던 많은 사람들이 깜짝 놀라 밑을 내려다보았다. 소리가 발밑에서 들려오는 것 같았기 때문이다.

"웜테일." 볼드모트는 머리 위에서 빙빙 도는 몸뚱이에서 눈을 떼지 않은 채 생각에 잠긴 듯 여전히 나지막한 목소리로 말했다. "포로를 조용히 시키라고 하지 않았느냐?"

"네, 주, 주인님." 탁자 중간쯤에 앉아 있던 조그만 남자가 헉하고 숨을 들이켰다. 그는 얼핏 보면 의자가 비어 있다는 착각이 들 만큼 의자 깊숙이 몸을 파묻고 있었다. 윔테일은 허둥지둥 의자에서 내려오더니 기이하고 은은한 은빛 잔상을 남기며 종종걸음으로 방을 나갔다.

"말했다시피" 하고, 볼드모트는 다시 추종자들의 긴장한 얼굴을 보며 말을 이었다. "이제 나는 더 많은 것을 알고 있다. 이를테면, 나는 포터를 죽이러 가기 전에 너희 중 한 사람에게서 마법 지팡이를 빌려야 한다."

주위에 앉아 있는 사람들이 몹시 놀란 표정을 지었다. 볼드모트가 그들 중 한 사람의 팔을 빌려 가겠다고 선포라도 한 듯했다.

"자원할 자는 없느냐?" 볼드모트가 말했다. "어디 보자…… 루시우스, 너는 더 이상 마법 지팡이를 갖고 다닐 필요가 없을 텐데."

루시우스 말포이가 눈을 들었다. 불빛 속에 드러난 그의 얼굴은 누르스름하니 밀랍처럼 보였고, 푹 꺼진 눈가에는 그늘이 드리워져 있었다. 그가 잔뜩 쉰 목소리로 입을 열었다.

"예, 주인님?"

"네 지팡이 말이다, 루시우스. 나는 네 마법 지팡이가 필요하다."

"저는……."

루시우스는 곁눈으로 아내를 힐끔거렸다. 그녀는 긴 금발 머리카락을 뒤로 늘어뜨린 채 루시우스만큼 창백한 얼굴로 정면을 응시하고 있었다. 그러면서 탁자 밑에서 가느다란 손가락으로 한순간 남편의 손목을 꽉 잡았다 놓았다. 그러자 루시우스는 로브 안으로 손을 집어넣어 마법 지팡이를 꺼내서 볼드모트에게 전했다. 볼드모트는 그 마법 지팡이를 바짝 들어 올리고 새빨간 눈으로 자세히 살펴보았다.

"무엇으로 만들었느냐?"

"느릅나무입니다, 주인님." 루시우스가 목소리를 낮추고 말했다.

"심지는?"

"용…… 용의 심장 근육입니다."

"좋다." 볼드모트가 말했다. 그는 자신의 마법 지팡이를 꺼내서 길이를 대 보았다.

루시우스 말포이가 무심결에 몸을 살짝 일으켰다. 찰나의 순간 그는 자기 것 대신 볼드모트의 마법 지팡이를 받게 될 거라 기대하는 것처럼 보였다. 볼드모트는 그 움직임을 놓치지 않았다. 그가 악의를 담은 눈을 부릅떴다.

"내 지팡이를 달라는 것이냐, 루시우스? 내 지팡이를?"

패거리 중 몇몇이 킬킬거렸다.

"난 네게 자유를 선사했다, 루시우스. 그걸로는 충분하지 않으냐? 하긴, 너와 네 가족들은 요즘 별로 즐거워 보이지 않더군……. 내가 네 집에 머무는 게 어째서 불편하지, 루시우스?"

"그렇…… 그렇지 않습니다, 주인님!"

"그런 뻔한 거짓말을 하다니, 루시우스……."

볼드모트의 잔인한 입은 움직임을 멈췄지만 나직한 목소리는 계속 식식대는 듯했다. 그 소리가 점점 커지자 한두 명의 마법사가 참을 수 없는 듯 몸을 부르르 떨었다. 탁자 아래에서 뭔가 묵직한 것이 바닥을 미끄러져 오는 소리가 들렸다.

이윽고 거대한 뱀이 모습을 드러내더니 볼드모트의 의자를 천천히 기어올랐다. 그 뱀은 끝나지 않을 것처럼 계속 올라와 볼드모트의 양어깨에 몸을 걸쳤다. 뱀의 몸통은 성인 남자의 허벅지만큼 굵었고 동공이 세로로 쭉 찢어진 두 눈은 깜빡거리지도 않았다. 볼드모트는 여전히 루시우스 말포이를 바라보면서, 길고 야윈 손가락으로 무심히 그

짐승을 쓰다듬었다.

"왜 말포이 가문 사람들은 자기들의 운명에 이토록 불만스러워 보이는 거지? 난 너희가 나의 귀환, 나의 집권을 오랫동안 열망해 왔다고 선언한 걸로 아는데?"

"당연히 그렇습니다, 주인님." 루시우스 말포이가 말했다. 그는 부들부들 떨리는 손으로 윗입술의 땀을 훔쳤다. "저희는 진심으로 그러길 바랐습니다. 지금도 그렇습니다."

루시우스 말포이의 왼쪽에서 그의 아내가 뻣뻣하고 어색한 움직임으로 고개를 끄덕였다. 그녀의 두 눈은 볼드모트와 뱀을 외면하고 있었다. 루시우스의 오른쪽에 앉아 미동도 않는 머리 위의 몸뚱이를 올려다보던 아들 드레이코는 눈을 마주치기가 두려운 듯 볼드모트를 빠르게 살폈다가 곧바로 시선을 돌렸다.

"주인님." 탁자 중간쯤에 앉아 있던 검은 머리카락의 여자가 감정이 가득 실린 탓에 긴장된 목소리로 입을 열었다. "주인님을 이곳, 저희 가족의 집에 모시게 되어 영광입니다. 이보다 큰 기쁨은 있을 수 없습니다."

검은색 머리카락에 검은 눈동자, 두꺼운 눈꺼풀을 가진 그녀는 외모뿐만 아니라 태도 역시 옆에 앉은 그녀의 동생과 확연히 달랐다. 나르시사가 무표정한 얼굴로 뻣뻣하게 앉아 있는 반면 벨라트릭스는 볼드모트 쪽으로 몸을 기울이고 있었다. 말만으로는 그에게 가까이 가고 싶은 마음을 다 표현할 수 없는 듯했다.

"이보다 큰 기쁨은 없다?" 볼드모트가 되풀이했다. 그는 머리를 한쪽으로 살며시 기울이고 벨라트릭스를 바라보았다. "벨라트릭스, 너에게서 그런 말을 들으니 굉장한 의미로 다가오는군."

벨라트릭스의 얼굴이 확 달아올랐다. 두 눈에는 기쁨의 눈물이 괴었다.

"주인님께서는 제가 오직 진실만을 말한다는 걸 아시는군요!"

"이보다 큰 기쁨은 없다……. 듣자니 이번 주에 너희 집안에 경사가 있었다던데, 그 일과 비교하면 어떠냐?"

그녀는 입술을 벌린 채 혼란스러운 얼굴로 그를 멍하니 쳐다보았다.

"무슨 말씀이신지 모르겠습니다, 주인님."

"네 조카 얘기다, 벨라트릭스. 너희, 루시우스와 나르시사의 조카이기도 하고. 그 조카딸이 얼마 전 늑대인간 리머스 루핀과 결혼했다던데, 대단히 자랑스럽겠구나."

탁자에 둘러앉은 사람들이 조롱 섞인 웃음을 터뜨렸다.

많은 사람들이 앞으로 몸을 내밀며 고소하다는 눈길을 주고받았다. 몇몇은 주먹으로 탁자를 두드리기도 했다. 그런 소란이 마음에 들지 않는지 거대한 뱀이 입을 쫙 벌리고 화가 난 듯 식식댔지만, 죽음을 먹는 자들은 벨라트릭스와 말포이 가족이 모욕당하는 꼴을 보고 너무나 신이 난 나머지 그 소리를 듣지 못했다. 방금 전까지만 해도 행복으로 달아올랐던 벨라트릭스의 얼굴은 보기 흉할 정도로 붉으락푸르락해졌다.

"그 계집애는 저희 조카가 아닙니다, 주인님." 쏟아지는 웃음소리를 누르며 그녀가 소리쳤다. "저희는…… 나르시사와 저는…… 그 계집의 어미가 머드블러드와 결혼한 이후로 눈길 한 번 준 적이 없습니다. 그 버릇없는 계집애는 저희와 아무런 관련이 없습니다. 그 애가 결혼했다는 그 짐승도 마찬가지고요."

"네 생각은 어떠냐, 드레이코?" 볼드모트가 물었다. 나직했지만 야유와 조롱 속에서도 또렷이 들리는 목소리였다. "새끼가 태어나면 네가 돌봐줄 거냐?"

웃음소리가 더 커졌다. 드레이코 말포이는 겁에 질린 눈으로 아버지를 바라보았다. 루시우스가 자기 무릎만 뚫어져라 내려다보고 있자 드레이코는 어머니에게로 시선을 돌렸다. 아들과 눈이 마주친 그녀는 눈에 띄지 않게 고개를 젓더니 다시 무표정한 얼굴로 맞은편 벽을 바라보았다.

"그만하면 됐다." 볼드모트가 화가 난 뱀을 쓰다듬으며 말했다. "그만."

웃음이 즉시 멈췄다.

"시간이 지날수록 우리의 가장 유서 깊은 가문들 중 여럿이 조금씩 병들어 가고 있다." 그가 말했다. 벨라트릭스는 숨도 쉬지 못하고 애원하듯 그를 바라보았다. "너희 가문을 건강하게 유지하려면 가지치기를 해야 하지 않을까? 남은 가족의 건강을 위협하는 부분을 잘라내란 말이다."

"네, 주인님." 벨라트릭스가 숨죽여 말했다. 그녀의 눈에 또다시 감사함의 눈물이 글썽거렸다. "기회만 주어진다면 그렇게 하겠습니다!"

"기회는 있을 것이다." 볼드모트가 말했다. "너희 가문에서, 그리고 이 세상에서…… 우리를 병들게 하는 것들을 모두 잘라내야 한다. 오직 순수 혈통만 남을 때까지……."

볼드모트는 탁자 위에 매달려 천천히 돌고 있던 사람에게 루시우스 말포이의 마법 지팡이를 똑바로 겨누고 까닥였다. 그 사람은 신음하며 깨어나더니 보이지 않는 결박을 풀려고 몸부림치기 시작했다.

"우리의 손님을 알아보겠느냐, 세베루스?" 볼드모트가 물었다.

스네이프는 눈을 들어 거꾸로 뒤집힌 얼굴을 바라보았다. 죽음을 먹는 자들 모두가 이제 호기심을 드러내도 좋다고 허락이라도 받은 것처럼 포로를 올려다보았다. 빙글빙글 돌다가 난롯불 쪽을 향하게 된 그녀가 겁에 질려 갈라진 목소리로 외쳤다. "세베루스! 도와줘요!"

"네." 스네이프가 말했다. 포로는 다시 반대쪽으로 천천히 돌아갔다.

"너는 어떻냐, 드레이코?" 볼드모트가 지팡이를 들지 않은 손으로 뱀의 주둥이를 쓰다듬으며 물었다. 드레이코는 경련하듯 고개를 저었다. 여자가 의식을 찾자 더는 그녀를 쳐다볼 수 없는 듯했다.

"하긴 네가 저 여자의 수업을 들었을 리 없지." 볼드모트가 말했다. "너희 중에 모르는 사람이 있을까 봐 하는 말인데, 최근까지 호그와트 마법학교에서 학생들을 가르쳤던 채러티 버비지가 오늘 밤 우리와 함께하고 있다."

탁자에 둘러앉은 사람들이 이해했다는 뜻으로 조용히 웅성거렸다. 이가 뾰족하고 등이 굽은 한 덩치 큰 여자가 낄낄거렸다.

"그래…… 버비지 교수는 마법사들의 자녀에게 머글에 관한 모든 것을 가르쳤다……. 머글들은 우리와 별반 다르지 않다고……."

죽음을 먹는 자 한 명이 바닥에 침을 뱉었다. 채러티 버비지의 몸이 다시 돌아가 스네이프를 향했다.

"세베루스…… 제발…… 부탁이에요……."

"조용." 볼드모트가 루시우스의 마법 지팡이를 다시 한 번 까닥이자 채러티는 재갈이라도 물린 듯 조용해졌다. "마법사 자녀들의 정신을 부패시키고 오염시키는 것만으로는 만족하지 못했는지 지난주에는 《예언자일보》에 머드블러드들을 옹호하는 열정적인 글을 실었더군. 버비지 교수님이 말씀하시길, 마법사들은 그들의 지식과 마법을 훔치려 드는 이 도둑들을 받아들여야 하며, 순수 혈통이 점점 줄어드는 것은 매우 바람직한 현상이라는 것이다……. 우리 모두를 머글들과 짝짓기하게 만들려는 거지…… 아니면 늑대인간이라든가……."

이번에는 아무도 웃지 않았다. 볼드모트의 목소리에는 명백한 분노와 경멸이 깃들어 있었다. 천천히 돌던 채러티 버비지가 세 번째로 스네이프를 향했다. 그녀의 눈에서 쏟아진 눈물이 머리카락 속으로 흘러내렸다. 스네이프는 아

주 태연한 눈으로 다시 천천히 반대편으로 돌아가는 그녀
를 바라보았다.

"아바다 케다브라."

초록색 빛이 번뜩이면서 방 안 구석구석을 환하게 밝혔
다. 채러티는 쿵 소리와 함께 탁자로 떨어졌다. 탁자가 삐
걱거리면서 흔들렸다. 몇몇 죽음을 먹는 자가 앉은 자리에
서 벌떡 일어났다. 드레이코는 의자에서 굴러떨어졌다.

"저녁 식사다, 내기니." 볼드모트가 나직이 말하자 거대
한 뱀은 몸을 흔들며 그의 어깨에서 반들반들한 나무 바닥
으로 미끄러져 내려갔다.

2장
추도문

　해리는 피를 흘리고 있었다. 그는 왼손으로 오른손을 움켜쥐고 나직이 욕설을 내뱉으면서 침실 문을 어깨로 밀어젖혔다. 도자기가 와작 깨지는 소리가 났다. 침실 문 앞 바닥에 놓여 있던 다 식은 차가 담긴 찻잔을 밟은 것이다.

　"이게 무슨……?"

　그는 주위를 둘러보았다. 프리빗가 4번지의 층계참에는 아무도 없었다. 아마 찻잔은 더들리가 나름 머리를 굴려 생각해 낸 부비트랩일 것이다. 해리는 피가 흐르는 손을 높이 들고 다른 쪽 손으로 찻잔 파편들을 쓸어 모아 침실 문 안쪽에 바로 보이는, 이미 쓰레기로 꽉 찬 휴지통에 던져 넣었다. 그런 다음 화장실까지 터벅터벅 걸어가 수도꼭지 아래 손가락을 갖다 댔다.

마법을 쓸 수 있게 되는 날까지 아직도 나흘이나 남았다 니, 믿기지 않을 만큼 한심하고 이유 없이 짜증이 치솟았 지만…… 설령 마법을 쓸 수 있다 해도 손가락의 이 날카 롭게 베인 상처를 어떻게 해 볼 방법이 없다는 사실은 인 정해야 했다. 그는 상처를 치료하는 법을 배운 적이 없었 다. 생각해 보니, 특히 당장 실행에 옮기려는 계획에 비춰 볼 때 이는 그가 받은 마법 교육의 심각한 결함과도 같았 다. 그는 헤르미온느에게 상처 치료하는 방법을 물어봐야 겠다고 생각하며 휴지를 커다랗게 똘똘 뭉쳐 쏟아진 차를 닦은 뒤 침실로 돌아가 문을 쾅 닫았다.

해리는 아침 내내 학교 짐 가방을 완전히 비웠다. 6년 전 짐을 싼 이래 처음 있는 일이었다. 학기가 시작될 때마 다 가방 속 물건 중 4분의 3만 덜어내고 새것으로 채워 넣 었을 뿐 온갖 잡동사니는 밑바닥에 그대로 놔두었다. 낡 은 깃펜, 딱딱하게 마른 딱정벌레 눈알, 더 이상 맞지 않는 양말 한 짝 등등. 조금 전 이 잡동사니 속에 손을 넣었다가 오른손 네 번째 손가락에 찌르는 듯한 아픔을 느끼고 얼른 손을 빼 보니 피가 제법 흐르고 있었다.

그는 이제 좀 더 조심스럽게 정리를 계속했다. 다시 짐 가방 옆에 무릎을 꿇고 앉은 그는 가방 바닥을 더듬었다. 그리고 희미하게 깜빡거리면서 '**세드릭 디고리를 응원합니다**'와 '**포터는 구려**'라는 문구를 번갈아 보여 주는 낡은 배지와 여기저기 깨지고 닳은 스니코스코프, R.A.B.라는 서명이 들어간 편지가 숨겨져 있던 황금 로켓을 끄집어낸 다음에야 손가락에 상처를 입힌 날카로운 조각을 발견했다. 그는 즉시 그 물건을 알아보았다. 세상을 떠난 대부, 시리우스가 준 마법 거울이 깨지면서 남은 파편이었다. 해리는 그 5센티미터 정도 길이의 파편을 치우고 나머지 조각을 찾아 가방을 조심스럽게 뒤져 봤지만, 바닥에 깔린 잡동사니에 반짝이는 모래알처럼 달라붙어 있는 유리 가루를 제외하면 대부의 마지막 선물은 더 이상 흔적조차 없었다.

해리는 몸을 일으키고 앉아서 손을 벤 삐죽빼죽한 거울 조각을 자세히 들여다보았다. 그 자신의 밝은 초록색 눈동자만 그를 마주 볼 뿐 다른 것은 아무것도 보이지 않았다. 그는 읽지 않고 침대에 올려놓았던 그날 아침 《예언자일보》 위에 거울 조각을 놓아두었다. 그리고 짐 가방에 남아 있는 잡동사니들을 처리하면서, 갑자기 솟구치는 쓰라린 기억들과 찌르는 듯한 후회, 깨진 거울을 발견하고 가슴속에서 막 일어나기 시작한 그리움을 막으려고 애썼다.

짐 가방을 완전히 비운 뒤 쓸모없는 물건들을 버리고 앞으로 필요한 물건들과 그렇지 않은 물건들을 나누는 일에 한 시간이 더 걸렸다. 교복 로브와 퀴디치 로브, 솥단지, 양피지, 깃펜과 교과서 대부분은 놓고 갈 물건으로 분류해서 한구석에 쌓아 두었다. 이모와 이모부가 과연 그 물건들을 어떻게 처리할지 궁금했다. 아마 끔찍한 범죄의 증거라도 되는 양 한밤중에 몰래 태워 버리겠지. 머글 옷, 투명 망토, 마법약 제조 도구 세트, 책 몇 권, 예전에 해그리드에게서 받은 사진 앨범, 편지 뭉치와 마법 지팡이는 낡은 배낭에 챙겨 놓았다. 배낭 앞주머니에는 도둑 지도와 R.A.B. 서명이 들어간 편지가 담긴 로켓이 들어 있었다. 로켓이 이 명예로운 자리에 배정된 건 소중해서가 아니라 (일반적인 의미에서 이 로켓은 아무런 가치가 없었다) 그걸 얻으려고 치러야 했던 대가가 엄청났기 때문이었다.

그러고 나자 남은 것은 책상 위 흰올빼미 헤드위그 옆에 쌓여 있는 신문 더미뿐이었다. 해리가 올여름 프리빗가에서 지내는 동안 매일매일 배달된 신문들이었다.

그는 바닥에서 일어나 기지개를 켜고 방을 가로질러 책상으로 다가갔다. 해리가 신문을 휙휙 넘겨 보고 하나씩 쓰레기 더미에 던지는 동안 헤드위그는 꿈쩍도 하지 않았다. 잠들어 있거나 자는 척을 하고 있는 것이었다. 헤드위그는 지금 새장 밖으로 나갈 수 있는 시간이 너무 적은 탓에 해리에게 화가 나 있었다.

신문 더미가 줄어들어 바닥을 드러내기 시작하자 해리는 속도를 늦추고, 이번 여름을 보내기 위해 프리빗가에 돌아온 지 얼마 안 됐을 때 배달된 어떤 신문을 찾아보았다. 그가 기억하기로, 1면에 호그와트 머글학 교수인 채러티 버비지가 사임했다는 내용의 짤막한 기사가 실려 있던 신문이었다. 해리는 마침내 그 신문을 찾아냈다. 그는 책상 의자에 털썩 주저앉아 10면을 펼쳐서 찾고 있던 기사를 다시 읽어 보았다.

알버스 덤블도어를 기억하며

엘파이어스 도지

나는 열한 살 때 알버스 덤블도어를 처음 만났다. 그와 함께 호그와트에 입학한 첫날이었다. 우리가 서로에게 끌린 이유는 틀림없이 우리 둘 다 스스로를 외부인이라고 느꼈기 때문일 것이다. 나는 학교에 가기 직전에 용 천연두에 걸렸었는데, 더 이상 전염되는 상태가 아니었는데도 얽은 자국과 초록빛을 띤 얼굴 때문에 아이들은 내게 다가오려 하지 않았다. 알버스는 원치 않는 악명을 짊어지고 호그와트에 도착했다. 불과 1년 전, 그의 아버지 퍼시벌이 어린 머글 세 명을 잔혹하게 공격한 유명한 사건으로 유죄판결을 받았기 때문이었다.

알버스는 아버지가 그런 범죄를 저질렀다는 사실을 부인 하려 든 적이 한 번도 없었다(퍼시벌은 아즈카반에서 종신 형을 받았다). 오히려 내가 간신히 용기를 끌어 올려 물었 을 때 그는 아버지가 유죄라는 것을 확실히 알고 있다고 말 했다. 하지만 그뿐, 덤블도어는 사람들이 어떻게든 그 이야 기를 들으려고 아무리 꾀어도 그 비극에 대해 더 이상 말하 려 들지 않았다. 사실 어떤 사람들은 알버스의 아버지가 한 행동을 옹호하면서 알버스 역시 머글 혐오주의자라고 생각 했다. 당치도 않은 생각이었다. 알버스를 아는 사람이라면 누구라도 증언하겠지만, 그는 반머글적 성향을 눈곱만큼도 드러낸 적이 없었다. 오히려 그 뒤로 오랫동안 머글의 권리 를 결연하게 지지한 결과 수많은 적이 생기고 말았다.

하지만 불과 몇 달 만에 알버스 자신의 명성이 그 아버지 의 악명을 가리기 시작했다. 1학년을 마칠 무렵부터 그는 머글 혐오주의자의 아들이 아니라 오직 호그와트 역사상 가장 훌륭한 학생으로만 알려지게 되었다. 그와 친구가 되는 특권을 누린 우리들은 그가 항상 넉넉히 베풀어 주었던 도움과 응원은 물론 그의 모범적 태도로 인해서 큰 덕을 보았다. 훗날 그는 나에게 그 시절부터 다른 사람을 가르치는 일에서 가장 큰 기쁨을 느꼈다고 고백했다.

그는 학교에서 주는 중요한 상들을 휩쓸었을 뿐만 아니라 머잖아 저명한 연금술사인 니콜라 플라멜과 유명 역사가 바틸다 백숏, 마법 이론가 애덜버트 워플링 등 당대의 가장 유명한 사람들과 꾸준히 편지를 주고받는 사이가 되었다. 그가 쓴 몇 편의 논문은 《오늘날의 변환 마법》, 《마법의 문제들》, 《마법약 제조의 명장》 등의 학술지에 실리기도 했다. 덤블도어는 빛나는 미래를 향해 혜성처럼 날아갈 것으로 보였다. 남아 있는 의문은 그가 마법 정부 총리가 되는 시점이 언제냐는 것뿐이었다. 세월이 흐르면서 그가 총리직을 맡기 일보 직전이라는 예측이 자주 나왔지만 그는 단 한 번도 정부에서 일할 야심을 품은 적이 없었다.

우리가 호그와트에 입학하고 3년이 지났을 때 알버스의 남동생인 애버포스가 학교에 입학했다. 형제는 닮은 구석이 전혀 없었다. 애버포스는 책벌레와는 거리가 멀었고, 알버스와는 달리 이성적 토론보다는 결투를 통해 갈등을 해결하는 편을 선호했다. 하지만 몇몇 사람의 얘기처럼 형제가 친하게 지내지 못했다는 것은 사실이 아니다. 서로 다른 소년들이 으레 그러듯, 둘은 거리낌 없이 부대끼며 지냈다. 애버포스의 입장을 헤아려 보자면, 알버스의 그림자 속에서 살아간다는 것이 그저 편안할 수만은 없는 게 사실이다. 어떤 일에서도 알버스보다 뛰어날 수 없다는 것은 그의 친구로 지내는 모두에게도 피할 수 없는 부담이었으니 남동생 입장에서는 더더욱 유쾌할 리 없는 일이었다.

호그와트를 졸업하게 됐을 때 알버스와 나는 당시의 전통에 따라 함께 세계를 여행하면서 외국의 마법사들을 만나본 뒤 각자 진로를 결정할 생각이었다. 하지만 비극적인 사건이 이 계획을 방해했다. 여행을 떠나기 바로 전날 알버스의 어머니 켄드라가 돌아가셨고 그 바람에 알버스는 집안의 가장이자 생계를 이끌어 갈 책임자가 되었던 것이다. 나는 출발 날짜를 미루고 켄드라의 장례식에 참석해 조의를 표한 뒤 혼자서 여행을 떠났다. 알버스에게는 돌봐야 할 남동생과 여동생이 있었고 물려받은 돈은 별로 없었으므로 그가 나와 함께 여행을 떠날 처지가 못 된다는 건 뻔한 일이었다.

그 시기는 우리가 가장 뜸하게 소식을 주고받았던 때다. 나는 알버스에게 편지를 보내 그리스에서 키메라들을 피해

아슬아슬하게 탈출했던 사건부터 이집트 연금술사들의 실험에 이르기까지 여행에서 겪은 놀라운 일들을 이야기해 주었다. 아마도 눈치 없는 짓이었을 것이다. 알버스는 편지에 그의 일상에 관한 얘기를 거의 적지 않았다. 그토록 뛰어난 마법사에게는 답답할 만큼 단조로운 시간이었을 것이다. 혼자만의 경험에 파묻혀 있던 내가 1년 동안의 여행을 끝마칠 때쯤 끔찍한 비극이 벌어졌다는 소식이 전해졌다. 알버스의 여동생, 아리아나가 죽은 것이다.

아리아나의 건강이 오랫동안 좋지 못했던 것은 사실이었지만 어머니를 잃은 지 얼마 되지 않아 이러한 충격을 겪게 된 두 형제가 엄청난 영향을 받은 것은 당연한 일이다. 알버스와 가장 가까웠던 사람들(나는 내가 그 운 좋은 사람들 중 한 명이라고 생각한다)은 아리아나의 죽음과 그에 대한 알버스의 개인적 죄책감(물론 그는 아무 잘못이 없었지만)이 그에게 영원히 지워지지 않을 상처를 남겼다는 데 의견을 같이한다.

돌아와 보니 알버스는 나이 지긋한 사람이 겪었을 법한 고통을 이미 경험한 젊은이가 되어 있었다. 그는 예전보다 더 말이 없어졌고 유쾌한 모습도 많이 사라졌다. 설상가상으로 아리아나의 죽음은 알버스와 애버포스를 친밀하게 만들기는커녕 둘 사이를 더욱 멀어지게 했다. (이 문제는 시간이 지나면서 해결되었다. 이후에 그들은 친밀하다고까지는 할 수 없어도 확실히 우애 있는 관계를 맺었다.) 하지만 알버스는 그 이후 부모님이나 아리아나 이야기를 거의 하지 않았고, 알버스의 친구들도 그 일을 입에 올리지 않게 되었다.

이후의 업적에 대해서는 다른 필자들이 설명할 것이다. 용의 피를 사용하는 열두 가지 방법을 발견하는 등 마법 지식의 창고를 가득 채우는 일에도 셀 수 없이 기여했으며, 위즌가모트 최고위원장으로서 하나하나 열거할 수도 없을 만큼 지혜로운 판결을 내린 그의 업적은 우리의 후손들에게 큰 도움이 될 것이다. 지금까지도 사람들은 1945년 덤블도어와 그린델왈드 사이에 벌어진 마법 결투에 필적할 만한 대결은 없다고 말한다. 그 결투를 목격한 사람들은 그 비범한 마법사들의 싸움을 지켜보면서 느꼈던 공포와 경외감을 글로 남겼다. 덤블도어의 승리와 그 승리가 마법사 세계에 미친 영향은 국제 비밀 유지 법령의 도입이나 이름을 말해서는 안 되는 그 사람의 몰락에 버금가는 마법 역사의 전환점으로 여겨진다.

알버스 덤블도어는 결코 자만하거나 허영심을 품지 않았

다. 그는 아무리 하찮고 초라해 보이는 사람에게서도 소중한 무언가를 발견할 줄 알았다. 나는 그가 젊은 시절에 겪은 상실 덕분에 훌륭한 인간성과 공감 능력을 얻었다고 믿는다. 그와 우정을 나누던 일이 말할 수 없을 만큼 그리워지겠지만 이런 나의 상실감도 마법사 세계가 느낄 상실감에 비하면 아무것도 아니다. 그는 분명 역대 호그와트의 교장들 중 가장 많은 감동을 주고 가장 많은 사랑을 받은 인물이었다. 그는 살아온 것과 같은 방식으로 죽음을 맞이했다. 내가 그를 처음 만난 날 용 천연두에 걸린 작은 소년에게 기꺼이 손을 내밀었던 것처럼, 마지막 순간까지 대의를 위해 일하다가 말이다.

해리는 글을 다 읽은 뒤에도 추도문에 첨부된 사진을 멍하니 바라보았다. 덤블도어는 그 특유의 친숙하고 상냥한 미소를 머금고 있었다. 신문에 인쇄된 모습인데도 반달 안경 너머의 그의 눈길은 슬픔과 굴욕감이 뒤섞인 해리의 마음을 마치 엑스레이처럼 꿰뚫어 보는 듯했다.

덤블도어를 꽤 잘 안다고 생각했는데, 이 추도문을 읽고 나자 그에 대해 별로 아는 게 없었다는 사실을 인정할 수밖에 없었다. 해리는 덤블도어의 어린 시절이나 청년기를 상상해 본 적이 한 번도 없었다. 덤블도어가 마치 해리가 아는 기품 있는 은발 노인의 모습으로 세상에 짠 나타나기라도 한 것처럼. 청소년 시절의 덤블도어라니 마치 멍청한 헤르미온느나 얌전한 폭발 꼬리 스크루트를 상상하는 것만큼이나, 생각만으로도 이상했다.

해리는 단 한 번도 덤블도어에게 그의 과거에 대해 물어볼 생각을 한 적이 없었다. 그랬다면 분명 이상하고 건방지기까지 한 질문으로 느껴졌겠지만, 어쨌거나 덤블도어와 그린델왈드가 그 전설적인 결투를 벌인 건 널리 알려진 사실이었다. 그런데도 해리는 덤블도어에게 그 대결이 어땠는지 물어본 적이 없었고, 덤블도어의 다른 유명한 업적들에 대해 물어볼 생각도 하지 않았다. 그랬다. 그들은 항상 해리에 대해서, 해리의 과거와 해리의 미래와 해리의 계획에 대해서 이야기했다……. 해리 자신의 미래가 무척 위험하고 불확실했던 것은 사실이지만, 덤블도어에 대해 질문을 하지 못했던 것이 그 무엇과도 바꿀 수 없는 기회를 놓친 것처럼 느껴져 아쉬웠다. 해리가 언젠가 유일하게 던졌던 개인적인 질문은 또한 덤블도어가 솔직하게 대답하지 않은 유일한 질문이기도 했다.

"교수님은 거울을 보면 뭐가 보이세요?"

"나? 나는 두꺼운 모직 양말을 들고 있는 내 모습이 보인단다."

잠시 생각에 잠겨 있던 해리는 《예언자일보》에서 추도문을 찢어 내 조심스럽게 접은 뒤 《실용적 방어 마법과 어둠의 마법에 대항한 그 활용법》 1권에 집어넣었다. 그런 다음 그는 나머지 신문을 쓰레기 더미에 던지고 방을 향해 돌아섰다. 방은 훨씬 깔끔해져 있었다. 제자리를 찾지 못한 물건은 아직까지 침대에 놓여 있는 오늘 자 《예언자일보》와 그 위에 놓인 깨진 거울 조각뿐이었다.

해리는 침대로 걸어가 《예언자일보》에서 거울 파편을 치우고 신문을 펼쳤다. 그날 아침 배달 올빼미에게서 돌돌 말린 신문을 받았을 때는 헤드라인만 훑어보고 볼드모트에 관한 소식이 없는 걸 확인한 뒤 한쪽에 치워 놓았다. 그는 정부가 《예언자일보》에 압력을 가해 볼드모트 관련 보도를 막고 있을 거라고 확신했다. 신문을 다시 펴자, 놓쳤던 소식이 이제야 눈에 들어왔다.

1면 하단 전체를 가로지르는 비교적 작은 헤드라인 아래 사진이 실려 있고, 그 안에서 덤블도어가 어쩔 줄 몰라 하며 성큼성큼 걸어 다니고 있었다.

덤블도어의 진실, 결국 밝혀지나?

많은 사람들이 당대의 가장 위대한 마법사라고 생각하는 허점투성이 천재의 충격적인 사연이 다음 주에 전격 공개된다. 리타 스키터는 은빛 수염을 기른 온화한 현자로만 알려진 덤블도어의 대중적 이미지를 벗겨 내고 그의 불우했던 어린 시절과 제멋대로 굴었던 청년 시절, 평생을 이어 온 반목, 그리고 덤블도어가 무덤까지 가져간 죄책감 깃든 비밀 등을 밝혀낸다. 마법 정부 총리가 되리라 여겨지던 사람이 **왜** 겨우 마법학교 교장에 만족했을까? 불사조 기사단이라 알려진 비밀 조직의 진짜 목적은 **무엇**일까? 덤블도어는 실제로 **어떤** 최후를 맞았을까?

리타 스키터의 충격적인 새 전기, 《알버스 덤블도어의 삶과 사기들》에서는 이를 비롯한 수많은 질문들에 대한 답을 찾고자 했다. 베티 브레이드웨이트의 리타 스키터 독점 인터뷰가 13면에 실려 있다.

해리는 신문을 확 펼쳐 13면을 찾았다. 기사 꼭대기를 장식한 사진에 또 하나의 익숙한 얼굴이 실려 있었다. 보석 박힌 안경을 쓰고 금발 머리카락을 공들여 곱슬곱슬하게 만 여자가 승리감에 젖어 치아를 다 드러낸 미소를 머금고 그를 향해 손가락을 흔들며 인사하고 있었다. 해리는 그 역겨운 모습을 무시하려고 온 힘을 끌어모으며 기사를 읽어 나갔다.

기자가 직접 만나 본 리타 스키터는 그녀의 글이 주는 사나운 인상보다 훨씬 따뜻하고 여린 사람이었다. 아늑한 집 복도에서 기자를 맞이한 그녀는 곧장 부엌으로 안내해 차와 파운드케이크 한 조각을 대접했다. 여기에는 물론 따끈따끈한 최신 소문도 곁들여졌다.

"네, 물론 덤블도어는 전기 작가들의 꿈이라고 할 만한 인물이에요." 스키터가 말한다. "길고도 파란만장한 인생을 살았으니까요. 제 책을 시작으로 앞으로 전기가 쏟아져 나올 거예요."

스키터는 확실히 남들보다 한 발 빨랐다. 900페이지에 달하는 그녀의 책은 지난 6월에 덤블도어가 수수께끼 같은 죽음을 맞은 이후 불과 4주 만에 완성됐다. 기자는 그녀에게 어떻게 그렇게 초스피드로 글을 쓸 수 있었는지 물었다.

"아, 저만큼 기자 생활을 오래 하다 보면 마감 맞추는 일이 아주 몸에 배거든요. 저는 마법사 세계가 이 사건의 전모를 알고 싶어 아우성이라는 사실을 알고 있었고, 그 요구에 처음으로 응하는 사람이 되고 싶었어요."

기자는 위즌가모트 특별 자문 위원이자 알버스 덤블도어의 오랜 친구인 엘파이어스 도지의 널리 알려진 최근 발언에 대해 물어보았다. 도지는 "스키터의 책에는 개구리 초콜릿 카드에 써 있는 것만큼도 안 되는 진실이 담겨 있습니다"라고 말한 바 있다.

스키터는 고개를 뒤로 젖히며 웃음을 터뜨렸다.

"사랑스러운 사기꾼 도지! 몇 년 전 인어들의 권리와 관련해서 그분을 인터뷰했던 일이 기억나네요. 어이가 없었죠. 아주 노망이 났는지 우리가 윈더미어 호수 밑바닥에 있다고 생각하는 것 같더라고요. 계속해서 저한테 송어를 조심하라고 하지 뭐예요(요즘엔 잘 쓰지 않는 표현이지만, '송어'의 영단어 'trout'에는 '성질 못된 노파'라는 뜻도 있다—옮긴이)."

하지만 책에 실린 내용이 왜곡된 것이라는 엘파이어스 도지의 비난에 공감하는 사람들도 많다. 스키터는 정말 4주라는 짧은 시간만으로 덤블도어의 길고 비범한 인생을 완전히 그려 내기에 충분하다고 생각하는 걸까?

"아, 기자님." 스키터는 기자의 손마디를 애정 어리게 톡톡 두드리며 활짝 웃었다. "기자님도 잘 아시겠지만 두둑한 갈레온 자루에다 '거절은 거절하겠다'는 결심, 날카롭고 멋진 속기 깃펜 하나만 있으면 아주 많은 정보를 얻을 수 있답니다! 어쨌든, 덤블도어 욕을 하고 싶은 사람들이 줄을 서 있을 정도였으니까요. 모두가 그를 그렇게 멋진 사람이라고 생각하는 건 아니거든요. 덤블도어는 수많은 거물들의 심기를 건드렸잖아요. 하지만 늙은 사기꾼 도지는 이제 그만 히포그리프에서 내려올 때도 됐어요('high Hippogriff'는 '거만함', '오만함'을 뜻하는 영어 숙어 'high horse'를 빗댄 표현이다—옮긴이). 저한테는 대부분의 기자들이 마법 지팡이와 맞바꿔서라도 만나고 싶어 할 정보원이 있거든요. 여태껏 한 번도 공개적인 발언을 한 적이 없는 사람인데, 덤블도어의 젊은 시절 가장 험하고 심란했던 시기에 가까이 지낸 사이였답니다."

사전 배포된 스키터의 전기에는 덤블도어가 한 점 부끄러움 없는 삶을 살았다고 믿는 사람들이 충격을 받을 만한 이야기가 많이 나온다. 기자는 스키터에게 그녀가 찾아낸 가장 충격적인 사실은 무엇이었는지 물어보았다.

"이런, 그건 안 되죠, 베티. 아직 책을 산 사람도 없는데 가장 흥미로운 내용을 알려 드릴 순 없어요!" 스키터는 그렇게 말하고 웃었다. "하지만 이것만은 확실하게 말씀드릴 수 있어요. 지금까지 덤블도어의 마음도 그 수염만큼 하얄 거라고 생각했던 사람은 정신이 번쩍 들 거라는 사실을요! 그냥 이렇게만 말해 두죠. 덤블도어가 '그 사람'에게 분노를 터뜨리는 모습을 본 사람이라면, 젊은 시절의 덤블도어 본 인이 어둠의 마법이라는 진창에서 허우적댔을 줄은 꿈에도 몰랐을 거예요! 또, 관용을 호소하며 노년기를 보낸 마법사 치고 젊은 시절의 그는 딱히 마음이 넓은 사람이 아니었답 니다! 네, 알버스 덤블도어에게는 엄청나게 어두운 과거가 있어요. 물론 덤블도어가 그토록 쉬쉬하면서 감추려고 애썼 던 수상한 가족이 있었던 건 말할 것도 없고요."

기자는 스키터가 말하는 그 가족이 마법 부당 사용으로 15년 전 소소한 사건들을 일으켰던 덤블도어의 남동생 애버 포스인지 물어보았다.

"아, 애버포스는 똥 더미의 일부에 불과해요." 스키터는 웃음을 터뜨렸다. "아니, 아녜요. 제가 하려는 얘기는 염소 들이랑 노는 걸 좋아하던 남동생이나 심지어 머글에게 상 해를 입힌 그 아버지에 관한 것보다도 훨씬 심한 거랍니다. 어쨌든 두 사람에 관한 소문은 덤블도어도 막지 못했잖아 요. 둘 다 위즌가모트에서 유죄판결을 받았고요. 제 흥미를 끈 건 어머니와 여동생이었어요. 조금 파 보니까 엄청난 죄

악의 온상이 드러나더군요. 하지만 말씀드렸다시피, 자세한 내용을 알고 싶다면 9장에서 12장을 읽어 보세요. 지금 드릴 수 있는 말씀은, 덤블도어가 코가 부러진 이유를 단 한 번도 밝힌 적 없는 것도 그다지 놀랄 일은 아니라는 것뿐이에요."

가족에 얽힌 비밀은 그렇다 치더라도, 스키터는 수많은 마법적 발견으로 이어진 덤블도어의 천재성까지 부정하는 걸까?

"머리는 좋았죠." 그녀는 한 발 물러섰다. "덤블도어가 이뤘다고 알려진 그 모든 업적이 정말로 그가 해낸 일인지 의심하는 사람은 많지만요. 제가 16장에도 썼지만, 아이버 딜런스비는 덤블도어가 그의 논문을 '빌려' 갔을 때 본인이 이미 용의 피를 사용하는 방법 여덟 가지를 발견한 상태였다고 주장하고 있어요."

하지만 기자가 과감히 묻건대, 덤블도어가 이뤄 낸 몇몇 업적은 그 중요성을 부정할 수 없지 않을까? 그린델왈드를 물리친 유명한 사건은 어떠한가?

"아, 그래요, 그린델왈드 얘기를 꺼내시니 기쁘네요." 스키터가 감질나게 하는 미소를 지으며 말했다. "유감이지만, 덤블도어의 극적인 승리를 생각하며 눈시울을 붉히는 분들은 폭탄선언에 대비하셔야 할 거예요. 아니, 똥폭탄 선언이

라고 해야 하나? 정말이지 아주 더러운 내막이 있었더라고
요. 제가 드리고 싶은 말씀은, 전설처럼 전해지는 그 극적인
대결이 실제로 벌어졌다고 확신하지는 말라는 것뿐이에요.
제 책을 읽고 나면 그린델왈드는 그냥 마법 지팡이 끝에 백
기를 내걸고 얌전히 항복했을 뿐이라고 결론 내리실지도 모
른답니다."

스키터는 이 흥미로운 주제에 관해 더 이상 말해 주지 않
았다. 대신 우리는 그 무엇보다 독자들을 매료시킬 게 분명
한 덤블도어의 인간관계로 화제를 돌렸다.

"아, 그래요." 스키터가 활기차게 고개를 끄덕이며 말했
다. "포터와 덤블도어의 관계에 대해 쓰는 데 한 장(章)을
통째로 할애했어요. 사람들은 둘의 관계가 건전하지 않으
며, 심지어 찜찜하다고 여겨 왔거든요. 자초지종을 모두 알
고 싶다면 책을 사 보셔야겠지만, 덤블도어가 처음부터 포
터에게 비정상적인 관심을 가졌던 것은 분명해요. 그게 정
말 포터에게 최선의 이익이 되는 일이었는지는…… 글쎄요,
두고 봐야죠. 포터가 굉장히 고통스러운 청소년기를 보냈다
는 건 공공연한 비밀이잖아요."

기자는 스키터에게 지금도 해리 포터와 가깝게 지내는지
물었다. 스키터가 작년에 해리 포터와 진행했던 인터뷰는

'그 사람'이 돌아왔다는 포터의 주장을 독점적으로 전한 획기적인 기사로 매우 유명하다.

"아, 네. 우린 꽤 친밀한 관계를 이어 왔어요." 스키터가 말한다. "가엾게도 포터한테는 진정한 친구가 몇 명 없거든요. 우리가 처음 만났을 때가 포터의 인생에서 가장 힘들었던 시기인 트라이위저드 대회 기간이기도 했고요. 아마 저는 살아 있는 사람 중에서 해리 포터를 잘 안다고 말할 수 있는 사람일 거예요."

그리고 덤블도어의 최후를 둘러싼 수많은 소문들에 관한 이야기가 자연스럽게 이어졌다. 스키터는 덤블도어가 사망할 당시 포터가 현장에 있었다고 생각할까?

"음, 전부 책에 담겨 있는 내용이라 많은 얘기를 하고 싶지는 않지만, 호그와트 성 안에 있던 목격자들은 덤블도어가 추락했든, 스스로 뛰어내렸든, 아니면 누군가에게 떠밀렸든, 그 직후에 포터가 그곳에서 도망치는 걸 봤다고 해요. 포터는 나중에 세베루스 스네이프에게 불리한 증언을 했는데, 스네이프는 포터와 사이가 안 좋기로 유명한 사람이죠. 모든 것이 눈에 보이는 그대로일까요? 그건 마법사 사회가 판단할 문제랍니다. 일단 제 책을 읽은 뒤에 말이죠."

이 흥미로운 답변을 끝으로 기자는 자리에서 일어섰다.

스키터가 출간되자마자 베스트셀러가 될 책을 썼다는 사실
은 분명하다. 한편 덤블도어의 수많은 팬들은 곧 자신들의
영웅에 대해 어떤 진실이 드러날지 두려움에 떨고 있을 것
이다.

　해리는 기사를 다 읽고 나서도 멍하니 그 페이지를 노려
보았다. 역겨움과 분노가 솟구쳐 토할 것 같은 기분이었
다. 그는 신문을 마구 구겨서 있는 힘껏 벽에다 던졌다. 신
문은 흘러넘친 휴지통 주위에 널브러진 쓰레기들 사이로
떨어졌다.
　리타 스키터의 기사에 적힌 문장들이 마구잡이로 머릿
속을 울리는 가운데, 해리는 자신이 뭘 하는지도 거의 의
식 못 한 채 앞이 안 보이는 것처럼 방 안을 돌아다니기 시
작했다. 그는 빈 서랍을 열어 보거나 책을 집었다가 제자
리에 놓기도 했다. *포터와 덤블도어의 관계에 대해 쓰는
데 한 장(章)을 통째로 할애했어요…….* 사람들은 둘의 관
계가 건전하지 않으며, 심지어 찜찜하다고 여겨 왔거든
요……. 젊은 시절의 덤블도어 본인이 어둠의 마법이라는
진창에서 허우적댔을 줄은……. 저한테는 대부분의 기자
들이 마법 지팡이와 맞바꿔서라도 만나고 싶어 할 정보원

이 있거든요…….

"거짓말이야!" 해리는 힘껏 소리 질렀다. 잔디 깎는 기계에 시동을 걸려고 서 있던 옆집 이웃이 깜짝 놀라서 올려다보는 모습이 창밖으로 보였다.

해리는 침대에 털썩 주저앉았다. 그 바람에 깨진 거울 조각이 침대 위에서 튕겨 나갔다. 그는 바닥에 떨어진 조각을 집어 들고 이리저리 뒤집으면서 생각에 잠겼다. 덤블도어에 대해서, 리타 스키터의 중상모략에 대해서…….

한순간 환한 파란빛이 번뜩였다. 해리는 이미 베인 손가락으로 거울 조각의 뾰족뾰족한 모서리를 다시 쓸어 보다가 얼어붙었다. 상상일 것이다. 헛것을 본 게 틀림없다. 그는 어깨 너머를 힐끗 돌아봤지만 벽은 피튜니아 이모가 고른 끔찍한 복숭아색 그대로였다. 거울에 파란색을 비출 만한 것은 아무것도 없었다. 그는 다시 거울 조각을 들여다봤지만 그 자신의 초록색 눈이 마주 보일 뿐이었다.

상상한 것이라고밖에는 달리 설명할 길이 없었다. 죽은 교장 선생을 생각하고 있었기에 그런 상상을 한 것이다. 이 세상에 단 한 가지 확실한 게 있다면, 다시는 알버스 덤블도어의 밝은 파란색 눈이 그를 꿰뚫듯 바라보지 못하리라는 사실이었다.

3장
떠나는 더즐리 가족

　현관문이 쾅 닫히는 소리가 계단 위까지 울려 퍼지더니 곧이어 누군가가 고함을 질렀다. "야! 너!"

　16년 동안 그렇게 불려 왔기에 해리는 이모부가 누구를 부르는지 뻔히 알고 있었다. 하지만 곧바로 대답하지는 않았다. 그는 여전히 거울 조각을 응시하고 있었다. 짧은 순간, 거기에서 덤블도어의 눈이 보인 것 같았다. 이모부가 **"이 자식!"**이라고 소리친 다음에야 해리는 천천히 자리에서 일어나 침실 문으로 향했다. 그는 잠깐 발걸음을 멈추고, 가져갈 물건들이 가득 들어 있는 배낭에 거울 조각을 집어넣었다.

　"뭘 꾸물거리고 있어!" 해리가 계단 꼭대기에서 모습을

드러내자 버넌 더즐리가 소리 질렀다. "이리 내려와. 할 얘
기가 있다!"

해리는 양손을 청바지 주머니 깊숙이 찔러 넣고 어슬렁
어슬렁 아래층으로 내려갔다. 거실에 도착해 보니 더즐리
가족 셋이 모여 있었다. 여행을 떠나는 옷차림이었다. 버
넌 이모부는 지퍼가 달린 황갈색 재킷을, 피튜니아 이모는
연어 빛깔 깔끔한 코트를, 금발에 덩치가 크고 근육질인
사촌 더들리는 가죽 재킷을 입고 있었다.

"네?" 해리가 대꾸했다.

"앉아!" 버넌 이모부가 말했다. 해리는 눈썹을 치켜올렸
다. "명령하는 건 아니다!" 버넌 이모부는 그 말을 덧붙이
면서 목구멍이 따갑기라도 한 듯 살짝 움찔했다.

해리는 의자에 앉았다. 곧 무슨 말이 나올지 알 것 같았
다. 이모부가 왔다 갔다 서성이기 시작하자 피튜니아 이모
와 더들리는 불안한 눈길로 그의 움직임을 좇았다. 마침내
버넌 이모부가 생각에 몰두한 나머지 그 푸르죽죽하고 커
다란 얼굴을 잔뜩 일그러뜨리며 해리 앞에 멈춰 서서 입을
열었다.

"마음이 바뀌었다." 그가 말했다.

"그것 참 놀랍네요." 해리가 말했다.

"그딴 식으로 말하지 말……." 피튜니아 이모가 입 밖으로 날카로운 소리를 쏟아 내려는 순간 버넌 더즐리가 손짓으로 그녀를 가로막았다.

"그건 다 헛소리야." 버넌 이모부는 돼지같이 조그만 눈으로 해리를 노려보며 말했다. "나는 그 말을 한 마디도 믿지 않기로 결심했다. 우린 여기 그대로 있을 거다. 아무 데도 안 가."

해리는 이모부를 올려다보며 짜증과 즐거움이 뒤섞인 감정을 느꼈다. 버넌 더즐리는 지난 4주 동안 하루에 한 번씩 결심을 뒤집었고, 마음이 바뀔 적마다 차에다 짐을 꾸렸다가 풀었다가 다시 꾸리곤 했다. 해리가 가장 기분 좋았던 순간은, 지난번 짐을 푼 이후 더즐리가 가방에 아령을 추가로 집어넣은 사실을 모르고 버넌 이모부가 트렁크에 실으려다가 고통스러운 비명과 더불어 수많은 욕설을 내뱉으며 주저앉았을 때였다.

"네 말대로라면……." 버넌 더즐리가 다시 거실을 이리저리 서성거리기 시작하며 말했다. "우리가…… 피튜니아와 더즐리와 내가…… 위험에 처했다는 건데, 그……그……."

"'제 족속' 중 몇 사람 때문에요. 맞아요." 해리가 말했다.

"어쨌든 난 그 말을 믿지 않아." 버넌 이모부가 다시 해리 앞에 멈춰 서면서 되풀이했다. "밤을 반쯤 새우다시피 하면서 곰곰이 생각해 봤는데, 내 생각에 그건 집을 차지하려는 음모다."

"집요?" 해리가 다시 물었다. "무슨 집요?"

"이 집!" 버넌 이모부가 소리 질렀다. 그의 이마에 핏대가 섰다. "우리 집! 이 동네 집값이 치솟고 있으니까! 넌 우리를 치워 버리고 싶은 거야. 그다음에 네가 수리수리 마하수리 하고 수작을 좀 부리면, 우리가 모르는 사이에 집 문서를 네 앞으로 해 놓을 테고……."

"제정신이세요?" 해리가 물었다. "이 집을 차지하려는 음모라고요? 정말 생긴 것만큼 멍청하신 거예요?"

"감히 그런……!" 피튜니아 이모가 꽥 소리 질렀지만 이번에도 버넌이 손짓으로 그녀를 가로막았다. 그의 외모에 대한 모욕 같은 건 그가 발견한 위험에 비하면 아무것도 아닌 모양이었다.

"혹시라도 잊으셨을까 봐 하는 말인데요." 해리가 말했다. "전 이미 집이 있어요. 대부님이 남겨 주신 집요. 그런데 왜 제가 이 집에 눈독을 들이겠어요? 좋은 기억이 너무 많아서?"

잠깐 침묵이 흘렀다. 해리는 이 주장이 이모부에게 먹힌 것 같다고 생각했다.

"그러니까 네 주장은" 하고, 버넌 이모부가 다시 왔다 갔다 하기 시작하면서 말했다. "이 왕인지 뭔지가……."

"볼드모트요." 해리가 짜증이 묻어나는 목소리로 말했다. "이미 백번 정도 한 얘기잖아요. 이건 주장이 아니라 사실이에요. 덤블도어 교수님이 작년에 이모부한테도 말씀하셨듯이 말이에요. 그리고 킹슬리랑 위즐리 아저씨도……."

버넌 더즐리는 화가 난 듯 어깨를 움츠렸다. 해리의 여름방학이 시작되고 며칠 뒤 성인 마법사 두 사람이 예고도 없이 방문했던 기억을 떨쳐 내려는 듯했다. 킹슬리 샤클볼트와 아서 위즐리가 현관 계단에 도착한 일은 더즐리 가족에게 무척 불쾌하고도 충격적인 사건이었다. 하긴, 위즐리 씨는 거실 절반을 부순 전적이 있으니 버넌 이모부가 그의 방문을 반길 리 없다는 사실은 당연히 받아들여야겠지만.

"……킹슬리랑 위즐리 아저씨도 설명하셨고요." 해리는 개의치 않고 밀어붙였다. "제가 열일곱 살이 되는 순간, 저를 안전하게 지켜 주는 보호 마법이 깨질 거예요. 그러면 저뿐만 아니라 이모부네 가족도 위험에 노출돼요. 기사단은 볼드모트가 이모부를 표적으로 삼을 거라고 확신해요. 이모부를 고문해서 제가 있는 곳을 알아내거나, 혹은 이모부를 인질로 잡으면 제가 구하러 나타날 거라고 생각해서 말이죠."

버넌 이모부와 해리의 눈이 마주쳤다. 해리는 그 순간 두 사람 모두 똑같은 궁금증을 품고 있다고 확신했다. 그때, 버넌 이모부가 다시 서성이기 시작했고 해리도 다시 말을 이었다. "은신처로 가야 해요. 기사단도 도와주려 하고요. 이모부 가족한테 지금 해 줄 수 있는 최고의 보호책을 제안하는 거라고요."

버넌 이모부는 아무 말도 하지 않고 계속 서성거렸다. 밖에는 쥐똥나무 산울타리 위로 해가 낮게 걸려 있었다. 옆집의 잔디 깎는 기계가 작동을 멈췄다.

"마법 정부가 있는 줄 아는데?" 버넌 더즐리가 불쑥 물었다.

"있어요." 해리가 깜짝 놀라며 대답했다.

"그렇다면, 대체 왜 그자들이 우리를 지켜 주지 못하는 거냐? 내가 보기에 우리는 요주의 인물을 품어 준 것 말고는 아무 죄도 없는 무고한 피해자인데, 이보다 더 정부의 보호를 받을 자격이 있는 사람들이 어디 있냐!"

해리는 웃음을 터뜨렸다. 그는 도저히 참을 수가 없었다. 그토록 경멸하고 불신하는 세계에서조차 권력 기구에 매달리다니 너무도 이모부다웠다.

"위즐리 아저씨랑 킹슬리가 한 말을 이모부도 들으셨잖아요." 해리가 대답했다. "저희는 마법 정부 내에 적의 스파이가 침투해 있다고 생각해요."

버넌 이모부는 벽난로까지 성큼성큼 걸어갔다가 돌아오면서 커다란 검은색 콧수염이 휘날릴 정도로 거세게 숨을 쉬었다. 생각에 잠긴 얼굴은 아직도 벌겋게 달아올라 있었다.

"좋다." 그가 다시 해리 앞에 멈춰 서며 말했다. "좋아, 일단 논의를 위해서 우리가 이 보호조치를 받아들인다고 치자. 난 그래도 우리가 왜 그 킹슬리라는 자의 보호를 받을 수 없다는 건지 도저히 모르겠는데."

해리는 간신히 눈알을 굴리지 않고 참아 냈지만, 쉬운 일은 결코 아니었다. 이 질문에도 이미 대여섯 번은 대꾸했던 것이다.

"제가 여러 번 말씀드렸다시피……." 그가 이를 악물고 말했다. "킹슬리가 보호하고 있는 건 머글…… 그러니까 제 말은, 이모부네 총리예요."

"내 말이 그 말이야. 그자가 최고란 얘기잖아!" 버넌 이모부가 텅 빈 텔레비전 화면을 가리키며 말했다. 더즐리 가족은 뉴스를 보다가, 총리가 병원을 방문했을 때 조심스럽게 그의 뒤를 따라 걸어가던 킹슬리를 발견했다. 킹슬리의 느린 저음이 왠지 믿음을 주는 것은 물론 그가 머글처럼 차려입는 요령을 완전히 터득한 덕분에 더즐리네 부부는 그를 마음에 들어 했는데, 그들이 마법사를 그런 식으로 생각하게 된 건 처음 있는 일이었다. 물론, 그들은 킹슬리가 귀고리를 하고 있는 모습은 한 번도 본 적이 없었다.

"어쨌든 킹슬리는 이미 보호해야 할 사람이 있어요." 해리가 말했다. "하지만 헤스티아 존스와 디덜러스 디글이라면 기꺼이 이 일을……."

"우리가 이력서라도 봤다면 모를까……." 버넌 이모부가 그렇게 말하자 해리는 마침내 인내심을 잃고 말았다. 해리는 자리에서 일어나, 이번에는 그 자신이 텔레비전을 가리키며 이모부에게 다가갔다.

"이 사고들은 단순한 사고가 아니에요. 충돌, 폭발, 열차 탈선, 지난번 뉴스를 본 이후로 벌어진 모든 일들 말이에요. 사람들이 실종되고 죽어 가고 있어요. 그 배후에 그자, 볼드모트가 있다고요. 여기에 대해서는 벌써 여러 번 설명했잖아요. 그자는 그저 재미 삼아서 머글을 죽인다고요. 이 안개도…… 이 안개도 디멘터들이 일으킨 거예요. 디멘터가 뭔지 생각나지 않으신다면 저기 이모부 아들한테 물어보세요!"

더들리가 두 손을 홱 들어 입을 가렸다. 부모와 해리의 눈길이 자기에게 향해 있는 것을 알아차린 그가 천천히 손을 내리고 물었다. "그놈들이…… 그놈들이 더 있단 말이야?"

"더 있냐고?" 해리가 웃었다. "우릴 공격했던 둘 말고 또 있느냐는 거야? 당연히 있지. 수백 명은 돼. 아마 지금쯤이면 몇 천 명이 됐을지도 몰라. 그놈들이 공포와 절망을 먹고산다는 걸 생각해 보면……."

"알았다, 알았어." 버넌 더즐리가 고함쳤다. "네 말은 잘 알겠는데……."

"정말 잘 아시는 거면 좋겠네요." 해리가 말했다. "제가 열일곱 살이 되는 순간 죽음을 먹는 자들이나 디멘터들, 어쩌면 인페리우스, 그러니까 어둠의 마법사가 마법을 걸어서 움직이게 만든 시체들까지 온갖 놈들이 이모부네 가족을 찾을 수 있게 될 테고, 분명 공격해 올 거예요. 예전에 마법사들한테서 도망쳤다가 무슨 일을 당했는지 기억하신다면 이모부도 도움이 필요하다는 점에는 동의하실 거예요."

짧은 침묵이 이어졌다. 해그리드가 나무 현관문을 박살 내던 소리가 그간의 세월을 뚫고 메아리치는 듯했다. 피튜니아 이모는 버넌 이모부를 바라보고, 더들리는 해리에게 시선을 고정하고 있었다. 마침내 버넌 이모부가 불쑥 내뱉었다. "그러면 내 직장은? 더들리 학교는? 게으름뱅이 마법사 나부랭이들한테야 그런 일이 중요할 거라고는 생각 안 한다만……."

"이해가 안 되세요?" 해리가 소리쳤다. "그놈들은 이모부를 고문하고 죽일 거라고요. 우리 부모님한테 그랬던 것처럼!"

"아빠." 더들리가 큰 소리로 말했다. "아빠…… 난 이 기사단이라는 사람들하고 같이 갈래."

"더들리." 해리가 말했다. "네 인생에서 처음으로 말이 되는 소리를 하는구나."

그는 이 싸움에서 이겼다는 사실을 알아챘다. 더들리가 기사단의 도움을 받아들일 만큼 겁을 먹었다면 더들리의 부모도 그를 따라갈 것이다. 그들이 사랑하는 디디킨과 떨어진다는 건 결코 있을 수 없는 일이었다. 해리는 벽난로 위에 있는 휴대용 탁상시계를 힐끗 쳐다보았다.

"5분만 있으면 기사단이 도착할 거예요." 해리는 그렇게 말한 뒤, 더즐리 가족 누구도 대꾸하지 않자 거실을 나섰다. 이모, 이모부, 사촌과 (아마도 영원히) 헤어지는 건 무척이나 기분 좋게 받아들일 수 있는 일이었건만, 왠지 어색한 분위기가 감돌았다. 16년 동안 굳건히 이어져 온 증오가 끝날 때는 서로 무슨 말을 해야 하는 걸까?

자기 방으로 돌아간 해리는 별생각 없이 배낭을 만지작거리다가 헤드위그의 새장 철창 사이로 올빼미 먹이용 견과류 두어 개를 넣어 주었다. 나무 열매가 둔탁한 소리를 내며 바닥에 떨어졌지만 헤드위그는 본 척도 하지 않았다.

"우린 곧 떠날 거야. 조금만 있으면." 해리가 말했다. "그럼 너도 다시 날 수 있을 거야."

초인종이 울렸다. 해리는 머뭇거리다가 다시 방을 나와 아래층으로 내려갔다. 헤스티아와 디덜러스가 알아서 적절히 더즐리 가족을 상대할 수 있을 거라 기대하는 건 무리였다.

"해리 포터!" 해리가 문을 열자마자 잔뜩 흥분한 목소리가 꽥 소리를 질렀다. 연보라색 실크해트를 쓴 조그만 남자가 허리를 깊숙이 숙이며 인사했다. "언제나 그렇듯, 영광이다!"

"고맙습니다, 디딜러스." 해리는 당황스러워하면서 검은 머리카락의 헤스티아에게 눈을 돌리고 살짝 미소 지었다. "이렇게까지 해 주시다니 정말 고마워요……. 얘기는 다 끝났어요. 여기, 이모랑 이모부랑 사촌이……."

"안녕하십니까, 해리 포터의 친척 여러분!" 디딜러스가 성큼성큼 거실로 들어서면서 즐겁게 소리쳤다. 더즐리 가족은 누가 그들을 그런 식으로 부르는 게 전혀 즐겁지 않은 눈치였다. 해리는 이모부가 또 한 번 마음을 바꿀 것만 같아 걱정스러웠다. 더들리는 마법사들을 보자마자 어머니에게 바짝 붙어서 몸을 움츠렸다.

"보아하니 짐도 다 싸고 준비를 마치셨군요. 훌륭합니다! 해리가 말씀드렸겠지만 계획은 간단합니다." 디딜러스가 조끼에서 큼직한 회중시계를 꺼내 보며 말했다. "우리가 해리보다 먼저 떠나야 해요. 여러분 집에서 마법을 사용하면 위험하니…… 해리가 아직 미성년이라 정부가 그걸 해리를 체포할 구실로 삼을 수 있거든요. 일단 차를 타고 16킬로미터쯤 가다가 우리가 여러분을 위해 마련해 놓은 안전한 장소로 순간이동 할 겁니다. 운전하는 법은 아시겠지요?" 그가 버넌 이모부에게 정중하게 물었다.

"뭘 아느냐고……? 젠장, 운전하는 방법이야 당연히 잘 알고 있소!" 버넌 이모부가 식식거렸다.

"아주 똑똑하시네요, 선생님. 정말 똑똑하십니다. 저라면 개인적으로 그 많은 버튼과 손잡이가 매우 헷갈렸을 것 같은데요." 디덜러스가 말했다. 나름 버넌 더즐리의 비위를 맞추고 있다고 생각하는 게 분명했다. 하지만 버넌 더즐리는 디덜러스가 한 마디 한 마디 내뱉을수록 오히려 그의 계획에 대한 믿음을 눈에 띄게 잃어 가고 있었다.

"운전도 할 줄 모르다니." 그가 화가 나서 콧수염을 부르르 떨며 나직이 투덜거렸지만 다행히 디덜러스도 헤스티아도 듣지 못한 듯했다.

"해리, 너는……." 디덜러스가 말을 이었다. "호위대가 올 때까지 여기서 기다릴 거다. 계획이 약간 변경돼서 말이지……."

"무슨 말씀이세요?" 해리가 곧바로 물었다. "저는 매드아이가 와서 동반 순간이동으로 저를 데려가는 줄 알았는데요?"

"그건 안 돼." 헤스티아가 딱 잘라 말했다. "매드아이가 설명해 줄 거야."

도무지 이해할 수 없다는 표정을 짓고 이 모든 말에 귀를 기울이던 더즐리 가족은 웬 시끄러운 목소리가 꽥 소리 지르자 깜짝 놀라 펄쩍 뛰었다. "서둘러!" 해리는 방을 둘 러보다가 디딜러스의 회중시계에서 그 소리가 들렸다는 것을 깨달았다.

"그래그래, 우린 아주 빡빡한 일정에 따라 움직이고 있 거든?" 디딜러스가 시계를 향해 고개를 끄덕이더니 다시 조끼에 집어넣으며 말했다. "우린 네가 집에서 나가는 때 와 네 친척들이 순간이동 하는 때를 맞추려는 중이야, 해 리. 그러니까 너와 친척들 모두가 안전한 곳으로 이동하는 그 순간에 마법이 깨지도록 말이지." 그는 더즐리 가족을 돌아보았다. "자, 다들 짐 싸셨고 갈 준비 되셨지요?"

아무도 대답하지 않았다. 버넌 이모부는 불룩 튀어나온 디딜러스의 조끼 주머니를 아직도 혐오스럽게 바라보고 있었다.

"우린 복도에서 기다리는 게 좋겠어, 디딜러스." 헤스티 아가 속삭이듯 말했다. 그녀는 해리와 더즐리 가족이 애정 어린, 어쩌면 눈물 어린 작별 인사를 나누는 동안 그 자리 에 남아 있는 것이 눈치 없는 행동이라고 느낀 게 틀림없 었다.

"그러실 필요 없어요." 해리가 웅얼거렸지만 버넌 이모부가 다음과 같이 큰 소리로 말하며 설명이 더 필요 없게 만들었다. "자, 그럼 작별이로구나, 이놈."

그는 오른팔을 휙 들어 해리와 악수하려 했지만, 최후의 순간 그런 일은 도저히 할 수 없다는 듯 그저 주먹을 꽉 움켜쥐고 메트로놈처럼 앞뒤로 흔들어 대기 시작했다.

"준비됐니, 디디?" 피튜니아 이모가 아예 해리와 눈을 마주치는 일을 피하려는 듯 유난스럽게 핸드백 걸쇠를 확인하며 물었다.

더들리는 대답하지 않고 약간 입을 벌린 채 서 있었다. 그 모습을 보자 해리는 거인 그롭이 떠올랐다.

"그럼 가자." 버넌 이모부가 말했다.

이모부가 어느새 거실 문에 다다랐을 때, 더들리가 중얼거렸다. "이해가 안 가."

"뭐가 이해가 안 가니, 아가?" 피튜니아 이모가 아들을 바라보며 물었다.

더들리는 커다란 햄 덩어리 같은 손을 들어 해리를 가리켰다.

"왜 쟤는 우리랑 같이 안 가?"

버넌 이모부와 피튜니아 이모는 마치 더들리가 방금 발레리나가 되고 싶다는 말이라도 한 듯 제자리에 얼어붙은 채 그를 뚫어지게 바라보았다.

"뭐?" 버넌 이모부가 큰 소리로 되물었다.

"쟤는 왜 같이 안 가냐고." 더들리가 다시 물었다.

"뭐, 저 녀석은…… 저 녀석은 같이 가기 싫은가 보지."
버넌 이모부가 뒤돌아서서 해리를 노려보며 덧붙였다. "같
이 가고 싶은 거 아니지?"

"네, 전혀요." 해리가 말했다.

"거 봐라." 버넌 이모부가 더들리에게 말했다. "자 어서,
가자."

그가 거실을 나갔다. 현관문이 열리는 소리가 들렸지만
더들리는 그 자리에서 꼼짝도 하지 않았다. 피튜니아 이모
도 머뭇거리며 몇 걸음을 내디뎠다가 이내 걸음을 멈췄다.

"또 뭐야?" 버넌 이모부가 다시 문간에 모습을 드러내며
호통쳤다.

더들리는 말로 표현하기에 너무 어려운 개념과 씨름하
는 것처럼 보였다. 잠시 고통스러운 내면의 갈등을 겪고
있는 게 분명해 보이던 그가 말했다. "그럼 쟤는 어디로 가
는데?"

피튜니아 이모와 버넌 이모부가 서로 시선을 주고받았
다. 더들리 때문에 깜짝 놀란 것이 분명했다. 헤스티아 존

스가 그 침묵을 깨고 말했다.

"그런데…… 여러분 조카가 어디로 가는지는 당연히 알고 계시는 거죠?" 그녀가 당황한 표정을 지으며 물었다.

"당연히 알지." 버넌 더즐리가 말했다. "당신네 패거리 중 누군가랑 떠나는 거 아뇨? 됐다, 더들리. 차에 타자. 아까 저 사람이 하는 말 들었잖아. 서둘러야 돼."

이번에도 버넌 더즐리는 현관까지 걸어갔지만 더들리는 따라가지 않았다.

"우리 패거리 중 누군가랑 떠난다고요?"

헤스티아는 매우 화가 난 것처럼 보였다. 해리는 예전에도 이런 모습을 본 적이 있었다. 마법사들은 그 유명한 해리 포터와 가장 가까운 친척들이 그에게 이토록 무관심하다는 사실에 충격을 받는 것 같았다.

"괜찮아요." 해리가 헤스티아를 달랬다. "상관없어요, 정말로요."

"상관이 없다고?" 헤스티아가 되풀이했다. 그녀의 목소리가 불길하게 높아지고 있었다. "이 사람들은 네가 무슨 일을 겪었는지 모르니? 네가 어떤 위험에 처해 있는지, 네가 반(反)볼드모트 운동의 중심에서 얼마나 중대한 역할을 하고 있는지 모른단 말이야?"

"어…… 네, 몰라요." 해리가 말했다. "사실 저 사람들은 제가 자리만 차지하는 쓸모없는 인간이라고 생각해요. 하지만 저한텐 익숙한 일이라서……."

"난 네가 쓸모없는 사람이라고 생각하지 않아."

더들리의 입술이 움직이는 것을 못 봤다면 해리는 그가 그런 말을 했다는 사실을 믿지 못했을 것이다. 하지만 더들리의 입술은 실제로 움직였고, 해리는 잠시 그를 바라본 뒤에야 그 말을 한 사람이 틀림없이 자기 사촌이라는 사실을 받아들였다. 무엇보다 더들리의 얼굴이 벌겋게 달아올라 있었던 것이다. 해리도 당황스럽고 놀라웠다.

"그…… 어…… 고마워, 더들리."

이번에도 더들리는 말로 표현하기엔 너무 불편한 생각들과 씨름하는 듯하더니 웅얼거렸다. "넌 내 목숨을 지켜 줬어."

"딱히 그런 건 아냐." 해리가 말했다. "디멘터들이 노린 건 네 목숨이 아니라 영혼이었으니까……."

그는 신기하다는 듯 사촌을 바라보았다. 그들은 이번 여름에도, 지난번 여름에도 사실상 거의 만나지 못했다. 해리가 프리빗가에 머무른 기간이 너무 짧았던 데다, 그동안에도 항상 방에만 틀어박혀 있었기 때문이었다. 이제야 아침에 밟았던 다 식은 차가 담긴 찻잔이 부비트랩이 아니었을지도 모른다는 생각이 들었다. 상당히 감동을 받기는 했지만, 어쨌든 해리는 더들리가 감정을 표현하는 능력을 다 써 버린 것 같아서 안심했다. 더들리는 한두 번 우물거리더니 얼굴을 붉힌 채 입을 다물었다.

피튜니아 이모가 울음을 터뜨렸다. 헤스티아 존스는 만족스러운 표정을 짓고 그녀를 바라봤다. 하지만 피튜니아 이모가 앞으로 달려가 해리가 아닌 더들리를 끌어안자 그 표정은 분노로 바뀌었다.

"차, 착하기도 하지, 우리 더더스……." 그녀는 더들리의 거대한 가슴에 얼굴을 파묻고 흐느꼈다. "이, 이렇게 사, 사랑스러울 수가…… 고, 고맙다는 말도 할 줄 알고……."

"고맙다는 말은 전혀 안 했는데요!" 헤스티아가 성난 목소리로 외쳤다. "그저 해리가 자리만 차지하는 쓸모없는 인간이라고는 생각하지 않는다고 말했을 뿐이죠!"

"네, 하지만 더들리 입에서 그런 말이 나온 건 '사랑해'라고 말한 거나 마찬가지예요." 해리가 말했다. 방금 더들리가 불타는 건물에서 해리를 구출하기라도 한 듯 자기 아들을 붙잡고 있는 피튜니아 이모를 보고 있자니 짜증도 나고 웃음도 났다.

"갈 거요, 말 거요?" 버넌 이모부가 다시 거실 문 앞에 모습을 드러내며 소리쳤다. "일정이 **빡빡한** 줄 알았는데!"

"네, 네. 갑니다." 디덜러스 디글이 말했다. 그는 지금까지 눈앞에서 벌어지는 광경을 어리벙벙하게 지켜보고 있다가 그제야 정신을 차린 듯했다. "진짜 가야 해. 자, 해리……."

그는 앞으로 걸어 나와 두 손으로 해리의 손을 꼭 쥐었다.

"행운을 빈다. 또 만났으면 좋겠구나. 마법사 세계의 희망이 네 어깨에 달려 있어."

"아." 해리가 말했다. "네. 고맙습니다."

"잘 지내, 해리." 헤스티아도 그의 손을 꽉 잡으며 말했다. "항상 네 생각을 할게."

"다 잘됐으면 좋겠네요." 해리가 피튜니아 이모와 더즐리를 힐끗 쳐다보며 말했다.

"아, 우린 분명히 둘도 없는 친구가 될 거야." 디덜러스가 밝은 목소리로 말하고 거실을 나서면서 모자를 흔들었다. 헤스티아가 그의 뒤를 따랐다.

더즐리가 엄마의 손아귀에서 슬쩍 **빠져나와** 해리에게 다가왔다. 해리는 마법으로 그를 위협하고 싶은 마음을 간신히 억눌렀다. 다음 순간 더즐리가 그에게 분홍빛을 띤 큼직한 손을 내밀었다.

"젠장, 더들리." 해리가 다시 시작된 피튜니아 이모의 흐느낌을 누르며 말했다. "디멘터들이 너한테 다른 인격이라도 불어넣어 준 거야?"

"몰라." 더들리가 웅얼거렸다. "또 보자, 해리."

"그래……." 해리는 더들리의 손을 맞잡고 악수하며 말했다. "혹시 모르지. 몸조심해, 빅 D."

더들리는 미소를 지을락 말락 하더니 느릿느릿 방에서 나갔다. 그의 묵직한 발이 자갈이 깔린 진입로를 걸어가는 소리에 이어 차 문이 쾅 닫히는 소리가 들렸다.

손수건에 얼굴을 묻고 있던 피튜니아 이모가 그 소리에 주위를 돌아봤다. 해리와 단둘이 있게 될 거라고는 생각조차 못 한 듯했다. 그녀는 축축해진 손수건을 서둘러 주머니에 쑤셔 넣으며 말했다. "그럼…… 잘 가라." 그러더니 그녀는 그를 쳐다보지도 않고 문을 향해 걸어갔다.

"안녕히 가세요." 해리가 말했다.

그녀는 걸음을 멈추고 뒤를 돌아봤다. 잠깐 동안 해리는 그녀가 뭔가 말하고 싶어 하는 것 같다는 아주 이상한 느낌을 받았다. 그녀는 묘하게 흔들리는 눈길로 해리를 바라보며 뭔가 말하려는 듯하더니 이내 고개를 살짝 젓고, 남편과 아들을 뒤따라 부산스러운 발걸음으로 거실을 나갔다.

4장
일곱 명의 포터

해리는 침실로 다시 달려 올라갔다. 창가로 다가가자마자 더즐리 가족의 차가 진입로를 빠져나가 도로에 들어서는 모습이 보였다. 뒷좌석에 앉은 피튜니아 이모와 더들리 사이로 디덜러스의 실크해트가 보였다. 자동차는 프리빗가 끝에서 오른쪽으로 돌았다. 저물어 가는 태양에 창문이 잠시 빨갛게 불타오르는 듯하더니 자동차는 이내 사라져 버렸다.

해리는 헤드위그의 새장과 파이어볼트, 배낭을 집어 들고 어색하게 느껴질 만큼 깔끔하게 정돈된 방을 마지막으로 쓱 둘러보았다. 그리고 아래층 복도로 비틀비틀 내려가 계단 밑에 새장과 빗자루와 가방을 놓아두었다. 어느새 빛이 빠르게 사라지고 있었다. 저녁노을이 드리워진 복도는 그림자들로 가득했다. 곧 있으면 이 집을 영원히 떠난다고 생각하면서 이곳에 가만히 서 있으려니 기분이 아주 이상했다. 오래전에는 더즐리 가족이 자기들끼리 외출을 하고 집 안에 혼자 남겨졌을 때의 그 고독한 시간이 특별하고 귀한 선물처럼 느껴졌었다. 그는 냉장고에서 뭔가 맛있는 것을 꺼낼 때만 빼면 쏜살같이 2층으로 올라가 더들리의 컴퓨터를 하고 놀거나 마음에 드는 프로그램을 찾아 텔레비전 채널을 이리저리 돌렸다. 그 시간을 떠올리자니 이상하게 공허한 기분이 들었다. 마치 잃어버린 남동생을 떠올리는 기분이었다.

"마지막으로 한번 둘러보지 않을래?" 그는 아직도 시무룩하게 날개 아래 머리를 파묻고 있는 헤드위그에게 물었다. "여기엔 다시 오지 않을 거야. 즐거웠던 기억을 전부 떠올려 보고 싶지 않아? 내 말은, 이 현관 매트를 봐. 어떤 기억이 있더라……. 내가 디멘터들한테서 구해 준 다음 더들리가 여기다 토를 했지……. 근데 알고 보니 더들리가 그 일을 고마워하고 있었다니. 믿어져? ……그리고 지난여름에는 덤블도어 교수님이 저 현관문으로 들어왔었는데……."

해리는 잠시 생각의 끈을 놓쳤다. 헤드위그는 그가 기억

속으로 되돌아올 수 있도록 도와줄 생각이 전혀 없는 듯 여전히 날개 아래 고개를 파묻고 있었다. 해리는 현관을 등지고 돌아섰다.

"그리고 헤드위그, 이 아래는……." 해리는 계단 밑 벽장문을 열었다. "……내가 잠을 자던 곳이야! 그땐 우리가 만나기 전이었지. 와, 이렇게 좁았구나. 까맣게 잊고 있었네……."

해리는 쌓여 있는 신발과 우산 들을 둘러보며, 매일 아침 눈을 뜨면 거미 한두 마리로 장식되어 있던 계단 밑부분을 올려다보던 일을 떠올렸다. 해리가 자신의 진짜 정체에 대해 아무것도 모르던 시절이었다. 부모님이 어떻게 돌아가셨는지, 그의 주위에서 왜 그렇게 이상한 일이 자주 일어났는지 알지 못하던 때의 일들. 해리는 그 시절에도 그를 끈질기게 괴롭히던 꿈들을 여전히 기억할 수 있었다. 번뜩이는 초록색 불빛이 등장하거나, 날아다니는 오토바이가 나오기도 했던(해리가 이 얘기를 하자 버넌 이모부는 앞의 차를 들이받을 뻔했다) 혼란스러운 꿈들…….

갑자기 어딘가에서 귀가 떨어질 듯 우르릉하는 큰 소리가 들렸다. 해리는 움찔하며 벌떡 몸을 일으켰다가 낮은 문틀에 머리를 박았다. 그는 버넌 이모부가 썼을 법한 욕설을 내뱉으면서 머리를 감싸 쥐고 비틀비틀 부엌으로 들어갔다. 부엌 창문 너머로 뒤뜰이 보였다.

어둠이 물결치고 공기가 떨리는 것처럼 보이더니 보호색 마법이 해제되면서 사람의 형체가 하나씩 불쑥불쑥 나타나기 시작했다. 그중에서 가장 눈에 띄는 사람은 헬멧과 고글을 쓰고, 검은색 사이드카가 달린 어마어마하게 큰 오토바이를 타고 있는 해그리드였다. 그의 주위 곳곳에 모습을 드러낸 사람들이 빗자루에서 내리고 있었다. 개중에는 해골 같은 외양에 날개 달린 검은 말에서 내리는 사람들도 두 명 있었다.

해리는 뒷문을 열고 사람들 사이로 달려갔다. 다들 큰 소리로 인사를 건네는 동안 헤르미온느는 그를 끌어안았고 론은 등을 탁 쳤다. 해그리드가 인사했다. "잘 지냈냐, 해리? 갈 준비 됐지?"

"그럼요." 해리가 모두를 향해 활짝 웃으며 말했다. "이렇게 많이 올 줄은 몰랐어요!"

"계획이 바뀌었다." 매드아이가 걸걸한 목소리로 말했다. 그는 커다랗고 불룩한 자루 두 개를 들고 있었다. 그의 마법 눈이 어두워져 가는 하늘에서 집으로, 다시 정원으로 현기증 날 만큼 빠르게 돌아갔다. "자세한 얘기를 나누기 전에 위장부터 하자."

해리는 모두를 부엌으로 데리고 들어갔다. 그들은 웃고 떠들며 의자에 자리를 잡거나, 피튜니아 이모가 번쩍번쩍 빛이 나게 닦아 놓은 곳에 앉기도 하고, 얼룩 한 점 없는 그녀의 주방 기구에 기대기도 했다. 론은 키가 크고 호리 호리했으며, 헤르미온느는 부스스한 머리를 길게 땋아 뒤로 묶었고, 프레드와 조지는 똑같은 얼굴로 씩 웃고 있었다. 빌은 심한 흉터가 남은 얼굴에 머리를 길게 기르고 있었으며, 친절한 얼굴에 머리가 벗어져 가는 위즐리 씨는 안경을 살짝 비뚤게 쓰고 있었다. 오랜 전투를 치러 온 외다리 매드아이의 밝은 파란색 마법 눈이 눈구멍 속에서 빙글빙글 돌아갔다. 통스는 짧은 머리카락을 가장 좋아하는 밝은 분홍색으로 바꿨고, 루핀은 머리가 더 희끗희끗해지고 주름이 깊어진 모습이었다. 은빛이 도는 긴 금발에 늘씬하고 아름다운 플뢰르의 모습도 보였고, 머리카락이 없고 어깨가 떡 벌어진 킹슬리도 있었다. 거친 머리카락과 턱수염의 해그리드는 머리를 천장에 부딪치지 않으려고 구부정하게 서 있었으며, 눈이 바셋하운드처럼 축 처지고 머리카락은 잔뜩 엉켜 있는 작은 몸집의 먼덩거스 플레처는 여전히 지저분하고 꾀죄죄했다. 그들의 모습을 보자 해리는 마음이 환하게 부풀어 오르는 듯했다. 그들 모두가 믿을 수 없을 만큼 반가웠다. 심지어 지난번에 만났을 때 해리가 목을 졸라 버리려고 했던 먼덩거스까지도.

"킹슬리, 아저씨는 머글 총리를 보호해 주시는 줄 알았는데요?" 해리가 방 저편에서 큰 소리로 물었다.

"하루 정도는 나 없이도 지낼 수 있을 거야." 킹슬리가 말했다. "네가 더 중요하니까."

"해리, 무슨 일이 있었게?" 통스가 식기세척기 위에 걸터앉아 왼손을 흔들어 보이며 말했다. 그녀의 손에서 반지가 반짝거렸다.

"결혼했어요?" 해리가 그녀에게서 루핀에게로 눈을 돌리며 소리쳤다.

"부르지 못해서 미안하다, 해리. 아주 조용하게 치렀거든."

"정말 잘됐네요. 축하……."

"됐다, 됐어. 살갑게 안부 주고받을 시간은 나중에도 있을 거다!" 무디가 와자지껄한 소리를 누르며 고함을 지르자 부엌 안이 조용해졌다. 무디는 자루를 발밑에 내려놓고 해리를 돌아보았다. "아마 디덜러스가 말해 줬겠지만 플랜 A는 버릴 수밖에 없었다. 파이어스 시크니스가 저쪽으로 넘어간 바람에 큰 문제가 생겼어. 그자가 이 집에 플루 네트워크를 연결하거나 포트키를 배치하는 일, 순간이동으로 이곳을 드나드는 일을 구금까지 할 수 있는 범법 행위로 만들어 버렸어. 이 모든 게 너를 보호한다는 명목으로 취해진 조치다. '그 사람'이 너에게 접근하는 것을 미연에 방지하겠다는 거지. 다 쓸데없는 짓이다. 그런 일은 네 어머니의 마법이 이미 하고 있으니까. 그 작자가 실제로 한 짓거리는 네가 이곳에서 안전하게 빠져나가지 못하도록 막은 거야. 또 다른 문제는 네가 미성년자라는 거다. 그 말은 너에게 아직 추적이 걸려 있다는 거지."

"추적이 무슨……."

"추적 말이다, 추적 마법!" 매드아이가 짜증스럽게 말했다. "17세가 안 된 미성년자들 주위에서 일어나는 마법 활동을 감지하는 마법 말이다. 정부에서는 그런 방법으로 미성년 마법사들의 마법 행위를 알아챈단 말이야! 너나 네 주위에 있는 누군가가 너를 여기서 빼내기 위해 마법을 걸면 시크니스가 알게 된다. 죽음을 먹는 자들도 마찬가지고. 추적 마법이 깨질 때까지 기다릴 수는 없어. 네가 열일곱 살이 되는 순간 네 어머니가 걸어 준 그 온갖 보호 마법이 풀릴 테니까. 간단히 말해서, 파이어스 시크니스는 너를 제대로 구석으로 몰았다고 생각할 거다."

해리는 시크니스라는 알지도 못하는 사람의 의견에 동의하지 않을 수 없었다.

"그럼 어쩌죠?"

"우리에게 남아 있는 유일한 이동 수단을 이용해야지. 마법을 걸 필요가 없어서 추적 마법으로도 탐지할 수 없는 유일한 방법 말이다. 빗자루, 세스트럴, 그리고 해그리드의 오토바이다."

해리는 이 계획의 문제점을 알아차렸지만 매드아이에게 그것을 직접 설명할 기회를 주고자 입을 다물었다.

"자, 네 어머니의 마법은 오직 두 가지 조건에서만 깨진다. 네가 성인이 되거나……." 무디는 티끌 하나 없는 부엌을 가리켰다. "……이곳을 더 이상 집이라고 부르지 않게 될 경우다. 너와 네 이모, 이모부는 오늘 밤 서로 다른 길을 간다. 다시는 함께 살 일이 없다는 것을 완전히 인지한 상태로 말이지. 그렇지?"

해리는 고개를 끄덕였다.

"그러니까 이번에 네가 이 집을 떠나면, 그 순간 돌아올 수 없는 다리를 건너는 셈이다. 마법은 네가 집을 벗어나는 순간 깨지니까. 그래서 우리는 그 마법을 좀 일찍 깨뜨리기로 했다. 안 그러면 네가 열일곱 살이 되는 순간 '그 사람'이 와서 너를 잡아갈 때까지 기다리는 꼴이 될 테니. 우리에게 한 가지 유리한 점은 '그 사람'은 우리가 오늘 밤 너를 이동시킨다는 사실을 모른다는 것이다. 우리가 마법 정부에 가짜 정보를 흘려서, 놈들은 네가 30일에야 떠난다고 생각하거든. 하지만 우리가 상대하는 건 '그 사람'이야. 그자가 날짜를 잘못 알고 있을 것만 믿고 있을 수는 없다. 그자는 틀림없이 만일의 경우를 대비해 죽음을 먹는 자 한두 명을 시켜 이 지역 하늘을 전반적으로 순찰하게 했을 거다. 그래서 우리는 서로 다른 열두 집에다 우리가 걸 수 있는 보호 마법을 죄다 걸어 두었다. 그 집들이 모두 우리가 너를 숨길 만한 장소로 보이도록 말이지. 전부 기사단과 어느 정도 관련 있는 집들이다. 내 집, 킹슬리의 집, 몰리의 고모인 뮤리엘의 집…… 무슨 뜻인지 알겠지?"

"네." 해리는 그렇게 대답했지만 완전히 납득한 것은 아니었다. 여전히 이 계획의 큰 허점이 보였던 것이다.

"너는 우선 통스의 부모님 댁으로 갈 거다. 우리가 그 집에 걸어 둔 보호 마법의 경계 안으로 들어가는 순간 포트키를 사용해 버로로 갈 수 있게 될 거고. 질문 있나?"

"어…… 있어요." 해리가 말했다. "처음에는 제가 보호 마법을 건 열두 집 중 어느 곳으로 가는지 놈들이 모를 수도 있겠지만, 뭐랄까, 좀 뻔하지 않을까요? 일단……." 그는 재빨리 머릿수를 헤아렸다. "……우리 열네 명이 통스의 부모님 댁으로 날아가기 시작하면요."

"아." 무디가 말했다. "가장 중요한 설명을 잊었군. 우리 열네 명이 통스의 부모님 댁으로 날아가는 게 아니다. 오늘 밤 하늘을 날아서 이동하는 해리 포터는 일곱 명이야. 각자 동료 한 명과 함께 서로 다른 은신처로 향한다."

곧이어 무디가 망토 안에서 진흙 같은 것이 담겨 있는 플라스크를 하나 꺼냈다. 해리는 그의 말을 더 들을 필요도 없이 무슨 계획인지 곧바로 알아차렸다.

"안 돼요!" 그가 큰 소리로 외쳤다. 그의 목소리가 부엌을 쩌렁쩌렁 울렸다. "절대 안 돼요!"

"네가 이런 식으로 나올 거라고 말씀드렸어." 헤르미온느가 그것 보라는 듯 말했다.

"여섯 사람이 저 때문에 목숨을 거는 걸 제가 마냥 보고 있을 거라고 생각하셨다면……!"

"뭐, 처음 있는 일도 아니고." 론이 말했다.

"이건 다르잖아. 나로 위장한다니……."

"뭐, 우리도 솔직히 이 생각이 마음에 들지는 않아, 해리."

프레드가 진심을 담아 말했다. "일이 잘못돼서 우리가 영원히 비쩍 마른 안경잡이 꼬마 신세가 된다고 상상해 봐."

해리는 웃지 않았다.

"제가 협조하지 않으면 절대 그 계획대로 못 할걸요. 제 머리카락이 필요할 테니까요."

"뭐, 그럼 그 계획은 실패네." 조지가 말했다. "네가 협조하지 않으면 우리 모두가 달려들어도 네 머리털 한 가닥 뽑을 수 없을 테니까."

"그래, 우리 열세 명이서 마법을 쓰지도 못하는 사람 한 명을 상대해야 하는데. 전혀 가망이 없네." 프레드가 말했다.

"퍽도 재미있네." 해리가 말했다. "진짜 웃긴다."

"힘으로 밀어붙여야 한다면, 그렇게 해야지." 무디가 성난 듯 말했다. 해리를 노려보고 있는 그의 마법 눈이 눈구멍 안에서 파르르 떨리고 있었다. "여기 있는 사람들 모두 성인이다, 포터. 그리고 모두 위험을 감수할 준비가 돼 있지."

먼덩거스는 어깨를 으쓱하며 얼굴을 찌푸렸다. 무디의 마법 눈이 옆으로 쓱 돌아가더니 그를 쏘아보았다.

"말다툼은 더 이상 하지 말자. 아까운 시간만 가고 있어. 네 머리카락 몇 가닥만 내놓으란 말이다, 이 녀석아. 당장."

"하지만 이건 말도 안 되는 짓이에요. 이럴 필요가⋯⋯."

"이럴 필요가 없다니!" 무디가 큰 소리로 꾸짖었다. "저 바깥엔 '그 사람'이 있고 정부 절반이 그자의 편이다, 포터! 운이 따른다면 그자는 가짜 미끼를 물고 30일에 너를 덮칠 계획을 세우겠지. 하지만 그자가 미치지 않았다면 죽음을 먹는 자 한두 명에게 경계를 서도록 했을 게 뻔해. 나라도 그렇게 했을 테니까. 네 어머니의 마법이 버텨 주는 동안에는 놈들이 너나 이 집에 접근할 수 없겠지. 하지만 이제 그 마법은 깨지기 직전이고 놈들은 이 집이 대충 어디 있는지는 알고 있어. 그나마 성공할 가능성이 있는 건 미끼를 써서 그놈들을 유인하는 것뿐이야. 아무리 '그 사람'이라도 자기 자신을 일곱으로 쪼갤 수는 없으니까."

해리는 헤르미온느와 눈이 마주치자마자 고개를 돌렸다.

"그러니, 포터. 제발 머리카락을 내놔라."

해리는 론을 힐끗 쳐다보았다. 론은 그냥 해 버려, 하고 말하는 듯한 눈빛을 보내며 얼굴을 찌푸렸다.

"당장!" 무디가 호통쳤다.

해리는 모두의 시선을 받으며 머리로 손을 뻗어 머리카락을 한 줌 뽑았다.

"좋아." 무디가 절뚝절뚝 앞으로 다가오며 마법약이 담긴 플라스크의 마개를 열었다. "여기에 넣어 다오."

해리는 진흙 같은 액체 속에다 머리카락을 떨어뜨렸다. 머리카락이 표면에 닿자마자 마법약이 부글부글 끓으며 연기를 내기 시작하더니 순식간에 투명하고 밝은 황금색으로 변했다.

"와, 네 약이 크래브랑 고일 것보다 훨씬 맛있어 보인다, 해리." 헤르미온느는 그렇게 말했다가 론이 눈썹을 치켜올리는 모습을 보고 얼굴을 살짝 붉히며 덧붙였다. "아, 무슨 뜻인지 알잖아. 고일의 머리카락을 넣은 마법약은 코딱지 색깔이었단 말이야."

"좋다, 그럼. 가짜 포터들은 이쪽으로 줄을 서도록." 무디가 말했다.

론과 헤르미온느, 프레드와 조지, 플뢰르가 피튜니아 이모의 광이 나는 싱크대 앞에 줄지어 섰다.

"한 명이 모자란데요." 루핀이 말했다.

"여기." 해그리드가 걸걸하게 말하더니 먼덩거스의 목덜미를 잡고 번쩍 들어서 플뢰르 옆에 내려놓았다. 플뢰르는 불쾌한 듯 콧등을 찡그리며 프레드와 조지 사이로 자리를 옮겼다.

"말했잖아요, 난 보호자가 되는 편이 좋다고." 먼덩거스가 말했다.

"그 입 닥쳐라." 무디가 으르렁거렸다. "내가 이미 말하지 않았냐, 이 비실비실한 벌레 같은 놈아. 우리를 쫓아올 죽음을 먹는 자들은 죄다 포터를 잡으려고 하지 죽이려 들지는 않을 거다. 덤블도어는 항상 '그 사람'이 제 손으로 직접 포터를 끝장내고 싶어 할 거라고 했다. 걱정해야 할 건 오히려 보호자들이다. 보호자들이라면 죽음을 먹는 자들이 기꺼이 죽이고 싶어 할 테니까."

먼덩거스는 그래도 딱히 안심한 표정이 아니었지만 무디는 이미 망토 안쪽에서 에그 컵만 한 유리잔 여섯 개를 꺼내고 있었다. 그는 잔을 나눠 준 뒤 폴리주스 마법약을 조금씩 따랐다.

"그럼 다 같이……."

론, 헤르미온느, 프레드, 조지, 플뢰르, 먼덩거스가 약을 마셨다. 마법약이 목구멍으로 넘어가자 모두 숨을 헐떡이며 얼굴을 찌푸렸다. 곧이어 그들의 이목구비가 부글부글 거품을 일으키며 밀랍처럼 녹아내리기 시작했다. 헤르미온느와 먼덩거스의 키는 위로 솟아올랐고, 론과 프레드와 조지는 줄어들고 있었다. 그들의 머리카락 색깔이 검게 변했다. 헤르미온느와 플뢰르의 머리카락이 머리로 빠르게 파고드는 듯 보이더니 짧아졌다.

무디는 그 광경에는 아랑곳없이 가져왔던 커다란 자루의 끈을 풀었다. 그가 다시 허리를 폈을 때는 여섯 명의 해리 포터가 무디 앞에서 숨을 헐떡이고 있었다.

프레드와 조지가 서로를 바라보며 동시에 외쳤다. "와…… 우리 쌍둥이가 됐네!"

"근데 난 잘 모르겠는걸. 이 모습이 됐어도 내가 더 잘생긴 것 같아." 프레드가 주전자에 비친 자기 모습을 살펴보며 말했다.

"흥." 플뢰르가 전자레인지 문에 비친 자기 모습을 보며 말했다. "빌, 나 보지 마. 끔찍해."

"옷이 헐렁한 사람들은 내가 가져온 작은 옷으로 갈아입어라." 무디가 첫 번째 자루를 가리키며 말했다. "옷이 너무 꽉 끼는 사람도 마찬가지고. 안경 잊지 말도록. 옆 주머니에 각각 하나씩 들어 있으니까. 옷을 갈아입은 다음에는 다른 자루에 들어 있는 가방도 챙겨야 한다."

진짜 해리는 지금까지 별의별 이상한 일들을 봐 왔지만 지금 이것이야말로 가장 괴상한 광경일 거라고 생각했다. 그는 그의 도플갱어 여섯 명이 자루를 뒤져 옷을 꺼내고, 안경을 쓰고, 각자의 물건들을 자루에 쑤셔 넣는 모습을 지켜보았다. 자신들의 몸이 아니라 해리의 몸이라서 그 런지 다들 아무 거리낌 없이 훌렁훌렁 옷을 벗어 던졌다. 해리는 그의 사생활을 좀 더 존중해 달라고 부탁하고 싶은 마음이었다.

"지니가 한 문신 얘기 말이야. 그럼 그렇지, 거짓말이었 네." 론이 해리의 맨가슴을 내려다보며 말했다.

"해리, 너 눈 정말 나쁘다." 헤르미온느가 안경을 쓰면서 말했다.

일단 옷을 입고 나자 가짜 해리들은 두 번째 자루에서 흰올빼미가 들어 있는 새장과 배낭을 하나씩 꺼내 들었다.

"좋아." 마침내 옷을 갖춰 입고 안경을 쓰고 짐을 든 일곱 명의 해리가 그를 마주 보자 무디가 말했다. "이렇게 둘씩 이동한다. 먼덩거스는 나랑 같이 빗자루로 이동하고……."

"내가 왜 그쪽이랑 가요?" 뒷문 가장 가까운 곳에 있던 해리가 툴툴댔다.

"네놈이야말로 감시가 필요하니까." 무디가 으르렁거리 듯 말했다. 아니나다를까, 그는 말을 이으면서도 마법 눈 을 먼덩거스에게서 떼지 않았다. "아서와 프레드……."

"전 조지인데요." 무디가 가리킨 쌍둥이가 말했다. "해리 가 됐는데도 저흴 구분 못 하신단 말이에요?"

"미안하다, 조지……."

"농담이에요, 저 프레드 맞아요."

"장난은 집어치워!" 무디가 버럭 화를 냈다. "다른 녀석…… 조지인지 프레드인지, 너는 리머스와 같이 간다. 들라쿠르 양은……."

"제가 세스트럴을 타고 플뢰르와 함께 가겠습니다." 빌이 말했다. "플뢰르가 빗자루를 별로 좋아하지 않아서요."

플뢰르가 감동받은 듯 잔망스러운 표정을 지으며 그의 곁에 바짝 다가섰다. 해리는 자신의 얼굴에 다시는 그런 표정이 떠오르지 않기를 진심으로 바랐다.

"그레인저 양은 킹슬리와 같이 간다. 역시 세스트럴을 타고."

헤르미온느는 안도하는 표정을 지으며 킹슬리의 미소에 답했다. 해리는 헤르미온느도 빗자루 타는 일을 별로 자신 없어 한다는 사실을 알고 있었다.

"그럼 론 너랑 내가 남네!" 통스는 밝은 목소리로 말하며 론에게 손을 흔들다가 그만 머그컵 걸이를 툭 쳐서 넘어뜨리고 말았다.

론은 헤르미온느만큼 반가운 기색이 아니었다.

"그리고 넌 나랑 갈 거야, 해리. 괜찮겠냐?" 해그리드가 약간 불안한 표정을 지으며 말했다. "우리는 오토바이를 타고 갈 거야. 빗자루나 세스트럴은 내 몸무게를 버티지 못하거든. 그런데 내가 타면 자리가 별로 없을 테니 넌 사이드카에 타야 해."

"좋은데요." 해리는 그렇게 말했지만 완전한 진심은 아니었다.

"죽음을 먹는 자들은 아마 네가 빗자루를 타고 갈 거라고 예상할 거다." 해리의 기분을 짐작한 듯 무디가 그렇게 말했다. "그동안 스네이프가 죽음을 먹는 자들에게 지금껏 너에 대해 말하지 못했던 것들을 시시콜콜 떠들어 댔을 테니까. 장담하는데, 죽음을 먹는 자들을 마주치게 되면 놈들은 분명 빗자루를 능숙하게 타는 포터 중 한 명을 노릴 거다. 자, 그럼……." 그는 가짜 포터들의 옷이 들어 있는 자루를 졸라매고 앞장서서 뒷문으로 향하며 말을 이었다. "떠나기로 한 시간까지 3분 남았다. 굳이 문을 잠글 필요는 없어. 죽음을 먹는 자들이 오면 어차피 막지도 못할 테니까……. 가자……."

해리는 다급히 복도로 나가 배낭과 파이어볼트, 헤드위그의 새장을 챙겨 들고 어둠이 내린 뒤뜰에 있는 다른 사람들과 합류했다. 여기저기서 빗자루들이 사람들의 손안으로 날아들고 있었다. 헤르미온느는 이미 킹슬리의 도움을 받아 거대한 검은색 세스트럴 위에 올라앉아 있었고, 또 다른 세스트럴에는 플뢰르가 빌의 도움을 받으며 올라타고 있었다. 해그리드는 고글을 쓰고 오토바이 옆에 서서 기다리고 있었다.

"이게 그거예요? 시리우스의 오토바이?"

"그래, 그 오토바이야." 해그리드가 해리를 내려다보고 활짝 웃으며 말했다. "네가 지난번에 탔을 때는 널 한 손으로 들 수 있었는데!"

해리는 사이드카에 올라타면서 어쩔 수 없이 약간 굴욕감을 느꼈다. 사이드카에 앉아 다른 사람들보다 1미터쯤 푹 낮아졌기 때문이다. 론은 범퍼카를 탄 어린애처럼 앉아 있는 해리를 보고 싱글거렸다. 해리는 배낭과 빗자루를 발밑에 두고 헤드위그의 새장을 양 무릎 사이에 끼웠다. 너무나 불편했다.

"아서가 손을 좀 봐 줬어." 해그리드는 해리의 불편함을 전혀 눈치채지 못한 듯했다. 그가 올라타자 오토바이는 살짝 삐걱거리면서 땅바닥으로 몇 센티미터 주저앉았다. "이제는 핸들에 몇 가지 장치가 달려 있지. 이건 내가 생각해낸 거야."

그는 굵직한 손가락으로 속도계 옆에 있는 자주색 버튼을 가리켰다.

"조심하세요, 해그리드." 옆에서 빗자루를 들고 있던 위즐리 씨가 말했다. "그 기능을 추가한 게 현명한 일이었는지 아직 잘 모르겠어요. 비상시에만 써야 하는 건 확실하고요."

"그럼 좋다." 무디가 말했다. "다들 준비하도록. 우리 모두 정확히 같은 시간에 출발해야 한다. 그렇지 않으면 유인 작전도 아무 소용이 없으니까."

모두가 빗자루에 올랐다.

"꽉 잡아, 론." 통스가 말했다. 해리는 론이 죄책감 어린 눈길로 은근슬쩍 루핀을 바라보고 나서야 두 손으로 그녀의 허리를 붙잡는 것을 보았다. 해그리드는 오토바이에 시동을 걸었다. 오토바이가 용처럼 포효했고 사이드카는 덜덜 떨리기 시작했다.

"다들 행운을 빈다." 무디가 소리쳤다. "다들 대략 한 시간 뒤에 버로에서 보자. 셋을 센다. 하나…… 둘…… **셋**."

오토바이가 우르릉하고 엄청난 굉음을 냈다. 해리는 사이드카가 끔찍스러울 만큼 덜컹거리는 것을 느꼈다. 다음 순간 그는 하늘을 가르고 빠르게 솟아올랐다. 눈에 눈물이

고이고 얼굴로 흘러내린 머리카락은 뒤로 홱 넘어갔다. 주
위의 빗자루들도 쏜살같이 날아오르고 있었다. 세스트럴
의 길고 검은 꼬리가 빠르게 지나쳐 갔다. 사이드카에 욱
여넣은 두 다리가 헤드위그의 새장과 배낭에 짓눌려 벌써
부터 쑤시고 감각이 없어져 갔다. 해리는 너무나 불편한
나머지 하마터면 프리빗가 4번지를 마지막으로 힐끗 돌아
보는 것도 잊을 뻔했다. 사이드카 너머로 내다봤을 때는
어느 집이 프리빗가 4번지인지도 더 이상 알아볼 수 없었
다. 그들은 하늘로 점점 더 높이 날아올랐다.

그리고 다음 순간, 그들은 난데없이 포위당했다. 복면을
쓴 자들이 적어도 서른 명 정도 공중에 떠서 거대한 원을
이루고 있었는데, 기사단 단원들이 전혀 예상 못 하고 그
한가운데로 떠오른 것이다.

사방에서 날카로운 외침이 터져 나오고 녹색 불빛이 번
뜩였다. 해그리드가 고함을 질렀고 오토바이가 뒤집어졌
다. 해리는 방향감각을 완전히 잃어버렸다. 머리 위에 있
는 가로등 불빛이 보였고, 사방에서 고함 소리가 들렸다.
그는 죽을힘을 다해 사이드카에 매달렸다. 헤드위그의 새
장과 파이어볼트, 배낭이 무릎 밑에서 미끄러지고⋯⋯

"안 돼, **헤드위그!**"

빗자루는 빙글빙글 돌며 땅으로 떨어졌지만, 오토바이가 다시 휙 돌아 똑바로 서는 틈을 타 간신히 배낭끈과 새장 윗부분을 붙잡을 수 있었다. 아주 잠깐 숨을 돌리나 싶었는데 또다시 녹색 빛이 터져 나왔다. 올빼미가 날카로운 소리를 지르며 새장 바닥에 쓰러졌다.

"안 돼…… **안 돼!**"

오토바이가 앞으로 붕 날아갔다. 해그리드가 포위망을 돌파하자 죽음을 먹는 자들이 뿔뿔이 흩어지는 광경이 해리의 눈에 언뜻 보였다.

"헤드위그…… *헤드위그*……."

하지만 올빼미는 마치 장난감처럼 꼼짝도 하지 않고 새장 바닥에 애처롭게 누워 있을 뿐이었다. 해리는 이 상황을 받아들일 수 없었다. 다른 사람들이 몹시 걱정됐다. 그는 어깨 너머를 돌아보았다. 움직이는 사람들의 형체와 번쩍이는 녹색 빛, 빗자루를 탄 두 쌍이 멀리 날아가는 모습이 보였지만 누가 누군지는 알 수 없었다.

"해그리드, 돌아가야 해요. 돌아가야 한다고요!" 그는 천둥처럼 우르릉대는 엔진 소리를 뚫고 고함을 질렀다. 그러면서도 헤드위그가 죽었다는 사실을 믿지 못하겠다는 듯 마법 지팡이를 꺼내 바닥에 놓인 새장을 쿡쿡 찔렀다. "해그리드, **돌아가요!**"

"내 임무는 널 안전하게 데려다주는 거야, 해리!" 해그리드는 그렇게 외치고 더욱 속도를 높였다.

"멈춰요…… **멈추라고요!**" 해리가 소리쳤다. 하지만 다시 뒤돌아보는 순간 녹색 광선 두 줄기가 그의 왼쪽 귀를 스치고 날아갔다. 죽음을 먹는 자 넷이 대열에서 벗어나 해그리드의 널찍한 등을 겨냥한 채 그들을 쫓아오고 있었다. 해그리드가 방향을 틀었지만 죽음을 먹는 자들은 계속 오토바이를 따라왔다. 더 많은 저주가 발사되자 해리는 사이드카 깊숙이 몸을 낮춰 피해야 했다. 그가 돌아보며 "스튜페파이!"라고 소리치자 그의 마법 지팡이에서 붉은 빛줄기가 튀어나갔다. 추격해 오던 죽음을 먹는 자 네 명이 주문을 피하면서 그들 사이에 틈이 벌어졌다.

"꽉 잡아, 해리. 놈들한텐 이거면 될 거다!" 해그리드가 외쳤다. 해리가 고개를 들어 올린 순간, 해그리드가 굵직한 손가락으로 연료계 옆에 있는 초록색 버튼을 콱 눌렀다.

오토바이 배기구에서 단단한 벽돌 벽이 튀어나갔다. 해리는 목을 쭉 빼고, 공중에 떠오르면서 점점 커지는 벽을 바라보았다. 죽음을 먹는 자 셋은 방향을 틀어 피했지만 나머지 한 명에게는 운이 따라 주지 않았다. 그자는 벽 뒤로 사라지는가 싶더니 이내 돌덩이처럼 아래로 떨어졌고 빗자루는 산산조각 났다. 동료 한 명이 그자를 구하려고 속도를 늦췄지만, 해그리드가 오토바이 핸들에 몸을 바짝 붙이고 속도를 올리자 캄캄한 어둠이 죽음을 먹는 자들과 공중의 벽을 삼켜 버렸다.

나머지 두 죽음을 먹는 자의 마법 지팡이에서 더 많은 살해 저주가 발사되어 해리의 머리를 스치고 날아갔다. 그자들의 표적은 해그리드였다. 해리는 더 많은 기절 마법으로 대응했다. 빨간빛과 초록빛이 공중에서 부딪치며 다양한 색깔의 불꽃 소나기가 쏟아졌다. 해리는 저 아래에서 영문도 모르고 멍하니 그 불꽃놀이를 지켜보고 있을 머글들을 생각했다.

"다시 간다, 해리. 꽉 잡아!" 해그리드가 소리치며 또 다른 버튼을 쿡 눌렀다. 이번에는 오토바이 배기구에서 커다란 그물이 튀어나왔다. 하지만 죽음을 먹는 자들도 대비하고 있었다. 그들은 방향을 틀어 그물을 피했다. 그뿐만 아니라 의식을 잃은 동료를 구하기 위해 속도를 늦췄던 자까지 합세했다. 어둠 속에서 빠르게 나타난 그자를 포함해 이제는 모두 세 사람이 저주를 날리면서 오토바이를 추격하고 있었다.

"이렇게 하면 돼. 꽉 잡아!" 해그리드가 외쳤다. 해리는 그가 손바닥 전체로 속도계 옆에 있는 자주색 버튼을 쾅 내리치는 것을 보았다.

쩌렁쩌렁한 포효와 함께 배기구에서 하얗고 파랗게 달아오른 용의 불길이 터져 나가더니, 오토바이가 금속이 찌그러지는 듯한 소리를 내면서 총알처럼 앞으로 튀어나갔다. 죽음을 먹는 자들은 그 치명적인 불꽃을 피해 멀찍이 방향을 틀었다. 바로 그때 해리는 사이드카가 불길하게 흔들리는 느낌을 받았다. 속력을 높일 때의 충격으로 오토바이와 사이드카를 연결한 금속 나사가 떨어져 나간 것이다.

"괜찮아, 해리!" 해그리드가 갑작스럽게 빨라진 속도를 이기지 못하고 몸이 벌렁 젖혀진 채 소리쳤다. 지금 핸들을 잡고 있는 사람은 아무도 없었다. 오토바이가 만들어 내는 기류 속에서 사이드카가 심하게 흔들렸다.

"내가 처리하마, 해리. 걱정하지 마!" 해그리드가 고함을 질렀다. 그는 재킷 주머니에서 분홍색 꽃무늬 우산을 꺼냈다.

"해그리드! 안 돼요! 제가 할게요!"

"레파로!"

귀가 먹먹해지는 굉음이 울리더니 사이드카가 오토바이

에서 완전히 떨어져 나갔다. 해리는 날아가는 오토바이의 추진력에 의해 앞으로 빠르게 날아갔다. 그러더니 곧 사이드카가 밑으로 떨어지기 시작했다.

해리는 필사적으로 마법 지팡이를 들어 올려 사이드카를 겨누고 소리쳤다. "윙가르디움 레비오사!"

사이드카는 코르크 마개처럼 솟아올랐다. 조종할 수는 없었지만 적어도 아직 떠 있기는 했다. 하지만 해리가 한숨 돌릴 틈도 없이 더 많은 저주가 쏜살같이 그의 옆을 스치고 날아갔다. 세 명의 죽음을 먹는 자가 다가오고 있었다.

"내가 가고 있어, 해리!" 해그리드가 어둠 저편에서 소리쳤지만 해리는 사이드카가 다시 가라앉기 시작하는 것을 느꼈다. 그는 되도록 몸을 바짝 웅크리고, 다가오는 형체 중 가운데 사람을 겨냥하며 소리쳤다. "임페디멘타!"

가운데 있던 죽음을 먹는 자의 가슴에 저주가 명중했다. 한순간 그자는 보이지 않는 벽에 부딪친 것처럼 우스꽝스럽게 공중에 대자로 뻗어 버렸다. 뒤에서 날아오던 그자의 동료 중 하나가 하마터면 그와 충돌할 뻔했다.

그때 사이드카가 본격적으로 추락하기 시작했다. 남아 있던 죽음을 먹는 자가 너무나 가까운 곳에서 저주를 날리는 바람에 해리는 사이드카의 가장자리 아래로 몸을 숙이

다가 그만 좌석 모서리에 부딪쳐 이가 빠지고 말았다.

"가고 있다, 해리. 내가 가고 있어!"

거대한 손이 해리의 로브 뒷자락을 잡아 곤두박질치는 사이드카에서 들어 올렸다. 해리는 오토바이 좌석으로 기어오르면서 배낭을 끌어당겼다. 해리는 남아 있는 두 명의 죽음을 먹는 자에게서 멀리 솟구쳐 올라가며 입에서 피를 뱉어 냈다. 그가 추락하는 사이드카에 마법 지팡이를 겨누고 소리쳤다. "컨프링고!"

사이드카가 폭발하는 순간, 해리는 헤드위그를 떠올리며 창자가 비틀리는 듯한 끔찍한 고통을 느꼈다. 사이드카에서 가장 가까운 곳에 있던 죽음을 먹는 자가 빗자루에서 떨어져 보이지 않는 곳으로 추락했다. 그자의 동료는 뒤로 물러나 모습을 감췄다.

"해리, 미안하다. 미안해." 해그리드가 신음했다. "내가 직접 고치려고 하지 말았어야 했는데…… 네가 앉을 공간이 없어져서……."

"괜찮아요, 그냥 계속 날아가세요!" 해리가 마주 소리쳤다. 어둠 속에서 죽음을 먹는 자 두 명이 더 나타나 점점 다가오고 있었다.

저 멀리서 또다시 저주들이 날아왔다. 해그리드는 방향

을 틀어 지그재그로 날아갔다. 해리는 자신이 지금 매우 불안정한 자세로 앉아 있기 때문에 해그리드가 용의 불꽃 버튼을 무모하게 사용하지는 않을 거란 사실을 알고 있었다. 해리는 뒤에서 쫓아오는 자들에게 연달아 기절 마법을 날렸지만 그들을 저지하지 못했다. 그는 그들을 막으려고 저주를 날려 보냈다. 맨 앞에 있던 죽음을 먹는 자가 마법을 피하기 위해 방향을 틀자 그의 복면이 벗겨졌다. 해리가 잇달아 날린 기절 마법의 붉은빛에 스탠 션파이크의 이상할 정도로 멍한 얼굴이 드러났다. 스탠이······.

"엑스펠리아르무스!" 해리가 소리쳤다.

"저놈이다, 저놈이야, 저놈이 진짜야!"

복면을 쓴 죽음을 먹는 자의 고함 소리가 오토바이가 내는 천둥 같은 엔진 소리마저 뚫고 해리의 귀에 들려왔다. 다음 순간 두 명의 추격자 모두 뒤로 물러나더니 모습을 감췄다.

"해리, 무슨 일이야?" 해그리드가 소리쳤다. "놈들은 어디로 갔어?"

"모르겠어요!"

하지만 해리는 걱정스러웠다. 그 복면을 쓴 죽음을 먹는 자는 분명 "저놈이 진짜야"라고 소리쳤다. 어떻게 알았을까? 해리는 텅 빈 것처럼 보이는 주위의 어둠을 둘러보며 사악한 기운을 느꼈다. 그자들은 어디로 간 거지?

그는 앞을 보려고 좌석 위에서 돌아앉으며 해그리드의 재킷 뒷자락을 움켜잡았다.

"해그리드, 그 용의 불꽃 다시 해 봐요. 여기서 빠져나가요!"

"그럼 꽉 잡아라, 해리!"

귀청이 떨어질 듯한 포효가 다시 울리며 오토바이 배기구에서 청백색 불꽃이 뿜어져 나갔다. 해리는 좁디좁은 좌석에서 몸이 뒤로 쭉 밀리는 것을 느꼈다. 해그리드 또한 핸들을 제대로 잡지 못하고 해리가 앉아 있는 뒤쪽으로 몸이 확 젖혀졌다.

"따돌린 것 같다, 해리. 해낸 것 같아!" 해그리드가 소리쳤다.

하지만 해리는 확신할 수 없었다. 추격자들이 틀림없이 다시 나타날 것 같아 주위를 둘러보는데 두려움이 그를 옥죄었다……. 그자들은 왜 물러났을까? 그들 중 한 명은 그때까지도 마법 지팡이를 갖고 있었는데……. *저놈이야, 저놈이 진짜야*……. 그들은 해리가 스탠을 무장해제시키려 들자마자 그렇게 말했다…….

"거의 다 왔어, 해리. 다 왔어!" 해그리드가 소리쳤다.

해리는 오토바이가 조금씩 밑으로 내려가는 것을 느꼈다. 물론 저 아래 지상의 불빛은 여전히 아득해 보였지만.

그때 이마의 흉터가 고통스럽게 타올랐다. 죽음을 먹는 자들이 오토바이 양옆에 나타나면서, 뒤에서 날아온 살해 저주 두 발이 해리를 아슬아슬하게 스치고 지나갔다.

그 순간 해리는 보았다. 볼드모트가 빗자루도 세스트럴도 없이, 바람에 실려 오는 연기처럼 날아오고 있었다. 그자의 뱀 같은 얼굴이 어둠 속에서 흐릿하게 빛났고 창백한 손가락은 다시 지팡이를 들어 올리고 있었다.

해그리드가 공포에 질려 비명을 내지르더니 오토바이를 틀어 수직으로 급강하했다. 해리는 온 힘을 다해 해그리드에게 매달린 채 빙빙 돌아가는 밤하늘을 향해 기절 마법을 마구 날렸다. 누군가의 몸뚱이가 날아가는 것을 보고 적어도 한 명은 명중시켰다는 사실을 알아챈 순간, 쾅 하는 소리와 함께 엔진에서 불꽃이 튀었다. 통제에서 완전히 벗어난 오토바이가 밤하늘을 빙글빙글 돌았다.

녹색 빛줄기가 또 한 번 그들을 스쳐 지나갔다. 해리는 어디가 위이고 어디가 아래인지 분간조차 할 수 없었다. 흉터는 아직도 타는 듯이 아팠다. 당장에라도 죽을 것만 같았다. 빗자루를 탄 복면 쓴 자가 바짝 다가와 있었다. 해리는 그자가 팔을 들어 올리는 모습을 보았고……

"안 돼!"

해그리드가 분노를 담은 고함을 지르며 오토바이 위에서 죽음을 먹는 자를 향해 몸을 날렸다. 해리는 공포에 질린 채, 해그리드와 죽음을 먹는 자가 까마득한 저 밑으로 추락하는 모습을 보았다. 빗자루가 둘의 무게를 버티지 못한 것이다.

곤두박질치는 오토바이를 간신히 양 무릎으로 붙잡은 와중, 해리의 귀에 볼드모트의 외침이 들렸다. "그 아이는 내 것이다!"

이제 끝났다. 해리는 볼드모트가 어디 있는지 볼 수도 없었고, 소리로도 가늠할 수 없었다. 또 다른 죽음을 먹는 자가 재빨리 비켜나는 것이 힐끗 보이더니 뒤이어 소리가 들렸다. "아바다……."

해리는 흉터의 통증에 못 이겨 눈을 질끈 감았다. 그 순간 해리의 마법 지팡이가 저절로 움직였다. 해리는 마법 지팡이가 무슨 거대한 자석이라도 된 것처럼 그의 손을 잡아끄는 것을 느꼈다. 반쯤 감긴 눈꺼풀 사이로 황금색 불길이 솟구치는 광경이 보였다. '우지끈' 소리와 함께 분노

가득한 비명 소리가 들렸다. 남아 있던 죽음을 먹는 자가 소리쳤고, 볼드모트가 고함을 질렀다. "안 돼!" 어찌 된 일인지 해리의 눈앞에 용의 불꽃 버튼이 있었다. 해리는 지팡이를 들지 않은 손으로 그 버튼을 내리쳤고 오토바이는 공중으로 더 많은 불길을 뿜어내며 곧장 땅으로 돌진했다.

"해그리드!" 해리는 죽을힘을 다해 오토바이에 매달린 채 소리쳤다. "해그리드…… 아씨오 해그리드!"

오토바이는 더욱 속도를 올려 빨려 들어가듯 땅을 향해 날아갔다. 얼굴을 오토바이 핸들에 바짝 붙이고 있었기 때문에 해리의 눈에는 저 멀리서 점점 가까워지는 불빛밖에 보이지 않았다. 곧 있으면 충돌할 것이다. 그가 할 수 있는 일은 아무것도 없었다. 등 뒤에서 또다시 날카로운 고함 소리가 들렸다.

"지팡이를 다오, 셀윈. 네 지팡이를 내놔!"

해리는 볼드모트를 보기도 전에 그의 존재를 느꼈다. 그는 고개를 옆으로 돌려 그 붉은 눈동자를 응시하면서, 그것이 바로 자신이 살아서 보는 마지막 장면이 될 거라고 확신했다. 볼드모트는 또다시 그에게 저주를 걸 준비를 하고 있었다.

그 순간 볼드모트가 사라졌다. 해리는 아래를 내려다보

았다. 해그리드가 땅 위에 팔다리를 쭉 뻗고 쓰러져 있었다. 해리는 해그리드와 부딪치지 않으려고 핸들을 힘껏 잡아당기며 브레이크를 찾아 더듬거렸지만, 곧 귀가 찢어질 듯한 굉음과 함께 땅이 흔들리는 충격을 느끼며 진흙투성이 연못에 처박히고 말았다.

5장
추락한 전사

"해그리드?"

해리는 그를 둘러싸고 있는 쇠붙이와 가죽 잔해에서 몸을 일으키려고 안간힘을 썼다. 땅을 짚고 일어서려 하자 두 손이 진흙탕 속으로 조금씩 가라앉았다. 그는 볼드모트가 어디로 간 건지 통 이해할 수가 없었다. 언제라도 그자가 어둠 속에서 불쑥 나타날 것만 같았다. 뭔가 뜨겁고 축축한 것이 이마에서부터 턱을 따라 흘러내렸다. 연못에서 기어 나온 그는 땅 위에 드러누운 거대한 검은색 덩어리, 즉 해그리드를 향해 비틀비틀 나아갔다.

"해그리드? 해그리드, 말 좀 해 봐요……."

하지만 검은 덩어리는 꼼짝도 하지 않았다.

"누구야? 포터냐? 네가 해리 포터야?"

해리가 모르는 남자 목소리가 들렸다. 그러더니 어떤 여자가 소리쳤다. "추락했어, 테드! 정원에 추락했다고!"

해리는 머리가 어질어질했다.

"해그리드." 그가 얼이 빠진 채 되풀이했다. 그의 양 무릎이 푹 꺾였다.

의식이 돌아왔을 때 보니 해리는 쿠션 같은 것에 등을 기대고 누워 있었다. 갈비뼈와 오른팔에서 타들어 가는 듯한 감각이 느껴졌다. 빠진 이가 다시 자라 있었다. 이마의 흉터는 아직도 욱신거렸다.

"해그리드?"

눈을 떠 보니 그는 등불이 켜진 낯선 거실 소파에 누워 있었다. 몇 걸음 떨어진 바닥에, 푹 젖고 진흙투성이가 된 배낭이 놓여 있었다. 금발에 뱃살이 두둑한 남자가 걱정스럽게 해리를 지켜보고 있었다.

"해그리드는 괜찮다, 애야." 남자가 말했다. "지금 내 아내가 돌봐 주고 있어. 넌 좀 어떠니? 달리 부러진 덴 없고? 갈비뼈랑 팔은 내가 고쳐 놨다. 그건 그렇고, 나는 테드란다. 테드 통스…… 도라의 아빠야."

해리는 재빨리 일어나 앉았다. 눈앞에서 불꽃이 번쩍이

면서 속이 메스껍고 머리가 어질어질했다.

"볼드모트가……."

"자, 진정해라." 테드 통스가 해리의 어깨를 잡고 다시 쿠션 위에 눕히며 말했다. "방금 넌 아주 심각한 사고를 당했어. 대체 무슨 일이 있었던 거냐? 오토바이에 무슨 문제가 있었니? 아서 위즐리가 그놈의 머글 기계로 또 감당 못할 짓을 벌였나 보구나."

"아뇨." 해리가 말했다. 이마의 흉터가 찢어진 상처처럼 욱신거렸다. "죽음을 먹는 자들이 엄청 몰려왔어요……. 그자들이 우리를 쫓아와서……."

"죽음을 먹는 자들?" 테드가 날카롭게 내뱉었다. "죽음을 먹는 자들이라니, 그게 무슨 소리냐? 네가 오늘 밤에 이동한다는 건 아무도 모를 텐데. 내가 알기론……."

"알고 있었어요." 해리가 말했다.

테드 통스는 천장을 뚫고 하늘을 볼 수 있기라도 한 것처럼 위를 올려다보았다.

"뭐, 그렇다면 우리 보호 마법이 확실히 버텨 주고 있는 모양이다. 놈들은 어느 방향에서든지 간에 이곳 약 100미터 이내로는 접근할 수 없어야 하거든."

해리는 볼드모트가 사라진 이유를 이제야 알 수 있었다.

바로 그 순간 오토바이가 기사단의 마법 장벽을 통과했던 것이다. 해리는 마법이 계속 유지되기만 바랄 뿐이었다. 그와 테드가 대화를 주고받는 지금 이 순간에도 머리 위로 100미터쯤 되는 상공을 날아다니면서, 해리가 상상하기에 커다란 투명 거품 같은 방어막을 뚫을 방법을 찾는 볼드모트의 모습이 그의 머릿속에 선명하게 그려졌다.

해리는 소파에서 얼른 다리를 내렸다. 두 눈으로 직접 해그리드를 봐야 그가 살아 있다는 사실을 믿을 수 있을 것 같았다. 해리가 간신히 일어섰을 때, 문이 열리더니 해그리드가 그 사이로 비집고 들어왔다. 그는 얼굴이 진흙과 피로 온통 뒤덮여 있고 다리를 약간 절고 있었지만 기적적으로 살아 있었다.

"해리!"

그가 가냘픈 탁자 두 개와 엽란 화분을 쓰러뜨리며 두 걸음 만에 다가와 해리를 덥석 끌어안았다. 그 바람에 해리는 막 치료한 갈비뼈가 으스러질 뻔했다. "제기랄, 해리, 어떻게 빠져나온 거야? 난 우리 둘 다 끝장난 줄 알았어."

"네, 저도요. 믿을 수가 없……."

해리는 말을 뚝 멈췄다. 방금 해그리드의 뒤로 방에 들어온 여자를 발견한 것이다.

"당신!" 그는 소리치며 주머니에 손을 집어넣었지만 주머니는 텅 비어 있었다.

"네 지팡이는 여기 있다, 애야." 테드가 해리의 마법 지팡이로 그의 팔을 톡톡 치며 말했다. "네 바로 옆에 떨어져 있길래 내가 주워 왔어. 그리고 네가 고함치고 있는 사람은 내 아내란다."

"아, 죄…… 죄송해요."

통스 부인이 방 안으로 더 들어왔을 때 다시 보니 그녀와 언니 벨라트릭스의 다른 점이 많이 눈에 띄었다. 머리카락은 밝은 갈색이었으며, 눈은 더 크고 상냥해 보였다. 하지만 해리의 고함 소리를 듣고는 표정이 약간 딱딱해진 것 같았다.

"우리 딸은 어떻게 됐니?" 그녀가 물었다. "해그리드 말로는 기습을 당했다던데. 님파도라는 어디 있어?"

"모르겠어요." 해리가 대답했다. "다른 사람들은 어떻게 됐는지 몰라요."

그녀와 테드가 눈빛을 주고받았다. 그들의 표정을 보자 두려움과 죄책감이 해리의 마음을 무겁게 짓눌렀다. 다른 누군가가 죽었다면 그것은 해리 탓이었다. 전부 해리 때문이었다. 이 계획에 찬성하고 머리카락을 내주었으니…….

"포트키요." 그가 갑자기 생각나서 말했다. "버로로 가서 알아봐야겠어요. 그럼 소식을 전해 드릴 수 있을 거예요. 혹시 만약 통스가⋯⋯."

"도라는 괜찮을 거야, 드로메다." 테드가 말했다. "자기 앞가림은 할 줄 아는 애니까. 오러로 일하면서 아슬아슬한 상황을 많이 겪었잖아. 포트키는 이쪽이다." 그가 해리에게 덧붙였다. "이 포트키를 쓰고 싶다면 3분 안에 떠나야 한단다."

"네, 그리고 싶어요." 해리가 말했다. 그는 배낭을 집어 들어 어깨에 멨다. "저는⋯⋯."

그는 통스 부인을 이토록 불안하게 만들고 떠나게 된 상황에 대해 사과하고 싶어서 그녀를 바라보았다. 그는 말로 표현할 수 없을 만큼 큰 책임감을 느끼고 있었다. 하지만 머릿속에는 그저 무의미하고 진심이 담기지 않은 말밖에 떠오르지 않았다.

"제가 통스한테⋯⋯ 도라한테 소식을 전하라고 할게요. 도라를 만나면⋯⋯. 치료해 주셔서 고맙습니다. 전부 고맙습니다. 저는⋯⋯."

그는 그 방을 나가게 되어 다행이란 생각을 하면서 테드 통스를 따라 방을 나와 짧은 복도를 지나서 침실로 들어갔다. 해그리드가 머리를 문틀에 부딪치지 않으려고 허리를 잔뜩 수그린 채 따라왔다.

"자, 여기 있다, 얘야. 저게 포트키다."

통스 씨는 화장대에 놓인, 뒷면이 은으로 된 작은 머리 빗을 가리켰다.

"고맙습니다." 해리는 떠날 준비를 마치고 손을 뻗어 포트키에 손가락을 갖다 댔다.

"잠깐." 해그리드가 주위를 둘러보며 말했다. "해리, 헤드위그는 어디 있어?"

"헤드위그는…… 헤드위그는 저주에 맞았어요." 해리가 말했다.

그 사실이 갑작스럽게 현실로 다가왔다. 그는 눈물로 눈이 따끔거리면서 부끄러움을 느꼈다. 그 올빼미는 해리의 친구였다. 더즐리네로 어쩔 수 없이 돌아가야 했을 때마다 마법 세계와 그를 이어 준 단 하나뿐인 소중한 연결 고리기도 했다.

해그리드는 커다란 손을 뻗어 해리의 어깨를 아플 정도로 탁탁 두드렸다.

"괜찮아." 그가 걸걸하게 말했다. "너무 슬퍼하지 마. 헤드위그는 멋진 삶을 살았고……."

"해그리드!" 테드 통스가 경고하듯 외쳤다. 머리빗이 밝은 파란색으로 빛나고 있었다. 해그리드는 간신히 아슬아슬하게 검지를 포트키에 갖다 댔다.

마치 끈이 달린 투명한 갈고리가 배꼽 바로 안쪽을 확 잡아당기는 느낌이 들더니 해리는 허공 속으로 끌려들어 갔다. 그는 몸을 가눌 수 없을 정도로 빙글빙글 돌면서 포트키에 손가락이 딱 달라붙은 채 해그리드와 함께 통스 씨가 있던 곳에서 멀리 날아갔다. 잠시 뒤 그의 발이 단단한 땅에 강하게 닿는가 싶더니 그는 두 손과 무릎으로 땅을 짚은 채 버로의 마당에 넘어졌다. 누군가가 소리를 질렀다. 해리는 더 이상 빛나지 않는 머리빗을 던져 버리고 비틀거리며 일어났다. 마찬가지로 땅바닥에 쓰러졌던 해그리드가 힘겹게 몸을 일으키고 있는데 위즐리 부인과 지니가 뒷문 계단을 달려 내려왔다.

"해리? 너 진짜 해리니? 어떻게 된 거야? 다른 사람들은?" 위즐리 부인이 소리쳤다.

"그게 무슨 말씀이세요? 다른 사람들은 아무도 안 돌아온 거예요?" 해리가 숨을 헐떡였다.

하얗게 질린 위즐리 부인의 얼굴이 대답을 대신했다.

"죽음을 먹는 자들이 우리를 기다리고 있었어요." 해리가 그녀에게 말했다. "우리는 출발하자마자 포위당하고 말았어요. 놈들은 제가 오늘 밤 이동한다는 걸 알고 있었어요. 다른 사람들이 어떻게 됐는지는 모르겠어요. 죽음을 먹는 자 넷이 우리를 쫓아와서 도망칠 수밖에 없었거든요. 그러다가 볼드모트에게 따라잡혔고……."

해리가 듣기에도 그의 목소리에는 변명하는 기색이 역력했다. 그가 그녀의 아들들에게 무슨 일이 일어났는지 모르는 까닭을 이해해 달라고 애원하기라도 하듯이. 하지만……

"세상에, 무사해서 정말 다행이야." 그녀가 해리를 껴안으며 말했다. 해리는 그녀의 포옹을 받을 자격이 없다고 느꼈다.

"브랜디 좀 있나, 몰리?" 해그리드가 살짝 떨면서 물었다. "치료용으로."

그녀는 마법으로 브랜디를 소환할 수 있는데도 황급히 몸을 돌려 비뚜름하게 서 있는 집으로 다시 들어갔다. 해리는 그녀가 지금 짓고 있는 표정을 감추고 싶어 한다는 것을 알아차렸다. 그는 고개를 돌려 말없이 지니를 바라보았다. 지니는 무슨 일이 일어났는지 듣고 싶어 하는 그의 마음을 눈치채고 곧바로 대답했다.

"론이랑 통스가 가장 먼저 돌아왔어야 했는데 포트키

를 놓쳐 버렸어. 포트키만 돌아왔어." 그녀는 근처 땅바닥에 놓여 있는 녹슨 기름통을 가리키며 말했다. "그리고 저건⋯⋯." 그녀는 아주 오래된 신발을 가리켰다. "아빠랑 프레드의 포트키야. 두 사람이 그다음으로 도착할 예정이었거든. 너랑 해그리드가 세 번째였고." 그녀는 손목시계를 확인했다. "계획대로라면 1분 뒤에 조지랑 루핀이 도착해야 해."

위즐리 부인이 브랜디 한 병을 들고 다시 나타나 해그리드에게 건네주었다. 그는 코르크 마개를 열고 단번에 쭉 들이켰다.

"엄마!" 지니가 몇 걸음 떨어진 곳을 가리키며 소리쳤다.

어둠 속에서 파란빛이 나타났다. 빛이 점점 커지고 밝아지는가 싶더니 이윽고 루핀과 조지가 나타나 빙글빙글 돌다가 땅바닥에 넘어졌다. 해리는 뭔가 잘못됐다는 사실을 대번에 알아챘다. 루핀이 조지를 부축하고 있었는데, 조지는 얼굴이 피투성이가 된 채 의식이 없었다.

해리가 앞으로 달려가 조지의 다리 쪽을 잡았다. 그와 루핀 둘이서 조지를 집 안으로 데리고 들어갔다. 그들은 부엌을 지나 거실 소파에 조지를 내려놓았다. 등불 빛이 조지의 머리에 드리워지는 순간 지니는 헉하고 숨을 들이

켰고 해리는 가슴이 철렁 내려앉는 것을 느꼈다. 조지의 한쪽 귀가 사라진 것이다. 귀가 떨어져 나간 쪽 머리와 목이 깜짝 놀랄 만큼 새빨간 피로 흠뻑 젖어 있었다.

위즐리 부인이 아들에게로 허리를 숙이자마자 루핀이 해리의 팔을 거칠게 붙잡더니 부엌으로 끌고 나갔다. 해그리드는 여전히 뒷문으로 그 큰 덩치를 욱여넣느라 애쓰고 있었다.

"이봐!" 해그리드가 화가 나서 소리쳤다. "놔줘! 해리를 놔주라고!"

루핀은 그의 말을 무시했다.

"해리 포터가 호그와트에서 내 연구실에 처음 들렀을 때 구석에 무슨 생명체가 있었지?" 그가 해리를 흔들며 채근했다. "대답해!"

"어…… 수조에 들어 있는 그린딜로 아니었나요?"

루핀은 해리를 놓아주고 쓰러지듯 등 뒤의 부엌 찬장에 기댔다.

"방금 뭐 한 거야?" 해그리드가 고함을 질렀다.

"미안하다, 해리. 하지만 확인해야 했어." 루핀이 딱 잘라 말했다. "누군가가 우리를 배신했어. 네가 오늘 밤 이동한다는 사실을 볼드모트가 알고 있었어. 그걸 아는 사람은 이 작전에 직접 참여하는 사람뿐이었는데. 네가 해리 포터로 위장한 가짜일 수도 있으니까……."

"그럼 왜 난 확인 안 하는데?" 해그리드가 여전히 문을 통과하려고 쩔쩔매면서 헐떡였다.

"해그리드는 반 거인이니까요." 루핀이 해그리드를 올려다보며 말했다. "폴리주스 마법약은 오직 인간만 사용할 수 있도록 만들어진 겁니다."

"기사단 사람이 우리가 오늘 밤 움직인다는 말을 볼드모트한테 했을 리 없어요." 해리가 말했다. 생각만으로도 끔찍했다. 그들 중 누군가가 그런 짓을 했다고는 도저히 믿을 수 없었다. "볼드모트는 여기에 거의 다 와서야 저를 쫓아왔어요. 처음에는 누가 저인지 몰랐다고요. 작전에 대해 알고 있었다면 처음부터 제가 해그리드랑 같이 있다는 걸 알았겠죠."

"볼드모트가 너를 쫓아왔다고?" 루핀이 날카롭게 물었다. "그래서? 어떻게 도망쳤니?"

해리는 그들을 추격하던 죽음을 먹는 자들이 그가 진짜 해리라는 것을 안 순간 추격을 멈추고 볼드모트에게 알렸기 때문에, 그와 해그리드가 통스의 부모님 댁에 무사히 도착하기 직전 볼드모트가 나타난 게 틀림없다고 간략하게 설명했다.

"놈들이 널 알아봤다고? 하지만 어떻게? 네가 뭘 어떻게 했기에?"

"제가……." 해리는 애써 기억을 더듬어 보았다. 두렵고 혼란스러운 마음에, 이동하는 과정에서 벌어졌던 일이 잘 기억나지 않았다. "제가 스탠 션파이크를 봤어요……. 아시죠? 나이트 버스의 차장이었던 사람요. 그래서 저는 스탠에게 그냥 무장해제 마법을 걸려고 했어요. 스탠은 분명 임페리우스 저주에 걸려서 자기가 무슨 짓을 하는지도 몰랐을 테니까요!"

루핀은 경악한 표정을 지었다.

"해리, 무장해제 마법 같은 것을 쓰는 시절은 지나갔다! 그자들은 너를 잡아서 죽이려는 거야! 차마 죽이지 못하겠다면 최소한 기절 마법이라도 걸어야지!"

"저흰 100미터도 넘는 곳을 날고 있었다고요! 스탠은 제정신이 아니었어요. 제가 기절 마법을 걸어서 스탠이 빗자루 아래로 떨어졌다면 살해 저주를 건 거나 마찬가지였을 거예요! 무장해제 마법은 2년 전에도 저를 볼드모트에게서 지켜 줬단 말이에요." 해리는 반항하듯 덧붙였다. 루핀의 반응을 보니, 후플푸프의 재커라이어스 스미스가 코웃음을 치던 모습이 떠오른 것이다. 그는 해리가 덤블도어의 군대에게 무장해제 마법을 가르치겠다고 하자 비웃었었다.

"그래, 해리." 루핀이 애써 인내심을 발휘하며 입을 열었다. "그리고 엄청난 수의 죽음을 먹는 자들이 그 장면을 목격했지! 이렇게 말해서 미안하지만, 당장 죽을지도 모르는 상황에서 네가 그런 행동을 한 건 굉장히 비상식적인 일이었어. 그 일을 직접 목격했거나 소문으로라도 들은 자들 앞에서 똑같은 짓을 반복하다니 그건 자살행위나 마찬가지다!"

"그럼 제가 스탠 션파이크를 죽였어야 한다는 거예요?" 해리가 언성을 높였다.

"물론 아니다." 루핀이 말했다. "하지만 죽음을 먹는 자들은…… 솔직히, 대부분의 사람들은 네가 반격할 거라고 예상했을 거다! 해리, 엑스펠리아르무스는 유용한 주문이지만 죽음을 먹는 자들은 그게 너의 특기라고 생각할 거야. 그러니까 그러지 말라고 충고하는 거다!"

루핀의 말을 듣고 보니 멍청이가 된 기분이 들었지만 해리의 마음속에는 아직도 반항심이 조금 남아 있었다.

"제 앞길을 막는다는 이유만으로 사람들을 날려 버리지는 않을 거예요." 해리가 말했다. "그건 볼드모트나 하는 짓이라고요."

루핀은 반박할 말을 잃었다. 마침내 간신히 문을 비집고 들어온 해그리드가 비틀거리며 의자로 걸어가서 앉았다. 의자는 그의 몸무게를 버티지 못하고 부서져 버렸다. 해리는 욕설을 내뱉으며 사과를 늘어놓는 해그리드를 못 본 척하고 루핀에게 다시 말했다.

"조지는 괜찮을까요?"

루핀이 해리에게 느끼던 답답함이 이 질문으로 싹 가시는 듯했다.

"괜찮을 거다. 저주를 맞아서 귀가 잘린 거라 회복할 수는 없겠지만……."

바깥에서 획획 하는 소리가 들렸다. 루핀이 쏜살같이 뒷문으로 달려갔다. 해리는 해그리드의 다리를 뛰어넘어 뒷마당으로 전력 질주했다.

두 사람의 모습이 마당에 나타났다. 달려가서 보니 그들은 이제 원래 모습으로 돌아오고 있는 헤르미온느와, 함께 구부러진 옷걸이를 움켜쥐고 있는 킹슬리였다. 헤르미온느는 해리의 품에 와락 뛰어들었지만 킹슬리는 그들 중 누구도 반갑지 않은 눈치였다. 해리는 헤르미온느의 어깨 너머로 그가 마법 지팡이를 들어 루핀의 가슴을 겨누는 모습을 보았다.

"알버스 덤블도어가 우리 두 사람에게 마지막으로 한 말은?"

"'우리가 가진 최고의 희망은 해리다. 그를 믿어라.'" 루핀이 침착하게 말했다.

킹슬리가 지팡이를 해리에게 돌리자 루핀이 말했다. "해리가 맞아. 내가 확인했어!"

"좋아, 알았어!" 킹슬리는 마법 지팡이를 다시 망토 안으로 집어넣으며 말했다. "하지만 배신자가 있어! 놈들이 알고 있었어. 오늘 밤이라는 걸 알고 있었다고!"

"그런 것 같군." 루핀이 대답했다. "하지만 해리가 일곱 명이나 될 거라는 건 몰랐던 것 같아."

"그것 참 위안이 되는군!" 킹슬리가 성난 듯 말했다. "또 누가 돌아왔지?"

"해리와 해그리드, 조지와 나뿐이야."

헤르미온느가 손을 들어 새어 나오는 신음을 틀어막았다.

"어떻게 된 거야?" 루핀이 킹슬리에게 물었다.

"다섯 놈이 따라붙었어. 두 놈에게 부상을 입혔고 한 놈은 아마 죽었을 거야." 킹슬리가 막힘없이 대답했다. "그리고 '그 사람'도 봤어. 그자가 추격에 가담했는데 갑자기 순식간에 사라지더군. 리머스, 그자는……."

"하늘을 날 수 있죠." 해리가 말했다. "저도 봤어요. 그자가 해그리드와 저를 쫓아왔거든요."

"그래서 사라진 거구나. 너를 쫓아가려고!" 킹슬리가 말했다. "그자가 왜 사라졌는지 영문을 알 수가 없었거든. 하지만 무슨 이유로 표적을 바꾼 거지?"

"해리가 스탠 션파이크에게 지나치게 친절하게 굴었기 때문이야." 루핀이 말했다.

"스탠이라고요?" 헤르미온느가 물었다. "하지만 스탠은 아즈카반에 있지 않나요?"

킹슬리가 즐거운 기색이라고는 찾아볼 수 없는 웃음을 터뜨렸다.

"헤르미온느, 마법 정부에서는 쉬쉬하고 있지만 대규모 탈옥이 있었던 게 분명하다. 내가 저주를 걸었을 때 복면이 벗겨진 사람은 트래버스였어. 그자도 원래는 아즈카반에 있어야 하지. 그런데 넌 어떻게 된 거야, 리머스? 조지는 어디 있고?"

"조지가 한쪽 귀를 잃었어." 루핀이 말했다.

"뭘 잃었다고요……?" 헤르미온느가 놀란 목소리로 물

었다.

"스네이프 짓이야." 루핀이 말했다.

"스네이프요?" 해리가 소리쳤다. "그럼 설마……."

"스네이프는 우리를 쫓아오다가 복면을 잃어버렸어. 섹툼셈프라는 항상 스네이프의 주특기였지. 나도 똑같이 복수해 줬으면 좋았겠지만 조지가 부상을 당한 뒤로는 그 애가 빗자루에서 떨어지지 않도록 하는 게 고작이었다. 피를 너무 많이 흘리고 있었거든."

네 사람이 하늘을 올려다보는 동안 침묵이 내려앉았다. 어느 것 하나 움직이는 기색이라곤 없었다. 깜빡거리지도 않고 무심하게 그들을 마주 보는 별들이 떠 있을 뿐, 별을 가리며 하늘을 가로지르는 동료들의 모습은 전혀 보이지 않았다. 론은 어디에 있을까? 프레드와 위즐리 씨는? 빌과 플뢰르, 통스, 매드아이와 먼덩거스는?

"해리, 도와줘!" 다시 문간에 낀 해그리드가 쉰 목소리로 외쳤다. 해리는 뭔가 할 일이 생긴 것을 다행스러워하며 해그리드를 도와주려고 텅 빈 부엌을 지나 다시 거실로 들어갔다. 위즐리 부인과 지니가 계속 조지를 돌보고 있었다. 위즐리 부인이 지혈을 한 상태였다. 등불 빛에 비쳐 조지의 귀가 있었던 자리에 뻥 뚫린 구멍이 드러났다.

"조지는 어때요?"

위즐리 부인이 해리를 돌아보고 대답했다. "어둠의 마법에 당해서 그런지 귀가 다시 나게 할 수가 없구나. 하지만 이만하길 다행이야……. 살아 있잖니."

"네." 해리가 말했다. "다행이에요."

"밖에서 다른 사람 소리가 들린 것 같은데?" 지니가 물었다.

"헤르미온느랑 킹슬리가 도착했어." 해리가 말했다.

"아, 감사합니다." 지니가 속삭였다. 그들은 서로를 바라보았다. 해리는 그녀를 꽉 끌어안고 싶었다. 위즐리 부인이 옆에 있더라도 상관없었다. 하지만 그가 섣부른 행동을 할 겨를도 없이 부엌에서 엄청난 굉음이 들렸다.

"내가 누군지는 증명하겠네, 킹슬리. 하지만 내 아들을 먼저 봐야겠어! 험한 꼴 당하기 싫으면 당장 비켜!"

해리는 위즐리 씨가 저런 식으로 소리치는 모습은 한 번도 본 적이 없었다. 거실을 박차고 들어온 그의 벗어진 머리가 땀으로 번들거렸고 안경은 비뚤어져 있었다. 프레드가 그런 그를 바짝 뒤따랐다. 둘 다 얼굴이 하얗게 질려 있었지만 다친 곳은 없었다.

"아서!" 위즐리 부인이 흐느꼈다. "아, 감사합니다!"

"조지는 어때?"

위즐리 씨가 조지 옆에 털썩 무릎을 꿇었다. 프레드는 할 말을 잃은 듯했다. 해리가 그를 알게 된 이래로 저런 모습은 처음이었다. 그는 소파 등받이 뒤에서 자기 눈을 믿을 수 없다는 듯 입을 떡 벌린 채 쌍둥이 형제의 상처를 멍하니 바라보았다.

프레드와 아버지가 도착하는 소리에 깼는지 조지가 움찔거렸다.

"좀 어떠니, 조지?" 위즐리 부인이 속삭이듯 물었다.

조지는 손가락으로 자기 머리 옆을 더듬었다.

"귀공자가 된 기분이에요." 그가 웅얼거렸다.

"얘 어디 잘못된 거 아니에요?" 프레드가 겁에 질린 채 잔뜩 쉰 목소리로 물었다. "정신도 이상해졌나 봐요."

"귀공자가 된 기분이라니까." 조지가 눈을 뜨고 쌍둥이 형제를 올려다보며 되풀이했다. "봐…… 귀공자야. *귀에 구멍이 났다고*, 프레드. 알아들어?"

위즐리 부인이 더욱 심하게 흐느꼈다. 프레드의 창백한 얼굴이 확 달아올랐다.

"한심하네." 그가 조지에게 말했다. "한심해! 하고많은 귀 관련 농담 중에 하필 귀공자라고?"

"아 뭐……." 조지가 눈물범벅이 된 어머니에게 씩 웃어
보이며 말했다. "어쨌든 이제 우리 둘을 구분할 수 있겠네
요, 엄마."

그가 주위를 둘러보았다.

"안녕, 해리…… 너 해리 맞지?"

"응, 맞아." 해리가 소파로 가까이 다가서며 말했다.

"어쨌든, 적어도 너는 무사히 데려왔네." 조지가 말했다.
"근데 어째서 론이랑 빌은 내 침대 곁에 모이지 않는 거지?"

"아직 돌아오지 않았단다." 위즐리 부인이 말했다. 조지
의 미소가 싹 사라졌다. 해리는 지니를 힐끗 바라보면서
함께 밖으로 나가자고 손짓했다. 부엌을 지나갈 때 지니가
목소리를 낮추고 말했다. "지금쯤은 론이랑 통스가 돌아왔
어야 해. 그렇게 먼 데로 가진 않았거든. 뮤리엘 할머니 댁
은 여기서 별로 멀지 않단 말이야."

해리는 아무 말도 하지 않았다. 버로에 도착한 이후 불
길한 느낌을 계속 억누르려 애를 썼건만, 이제는 그 느낌
이 그를 옥죄고 살갗을 기어오르며 가슴을 두근거리게 하
고 목구멍을 틀어막는 듯했다. 지니는 뒷문 계단을 내려가
어두운 마당으로 들어서면서 그의 손을 잡았다.

킹슬리가 큰 걸음으로 왔다 갔다 하면서, 방향을 틀 때

마다 하늘을 힐끗 올려다보고 있었다. 해리는 꼭 백만 년 전처럼 느껴지는 예전 어느 날 거실을 어슬렁거리던 버넌 이모부의 모습을 떠올렸다. 해그리드와 헤르미온느, 루핀도 나란히 서서 조용히 하늘을 올려다보고 있었다. 해리와 지니가 그 침묵시위에 동참했을 때는 아무도 그들을 돌아보지 않았다.

몇 분이 꼭 몇 년 같은 긴 시간으로 이어졌다. 그들은 희미한 바람 소리에도 하나같이 화들짝 놀라면서, 아직 오지 않은 기사단 단원 중 누군가가 멀쩡한 모습으로 이파리 사이에서 뛰어나오기를 바라듯 살랑거리는 덤불숲이나 나무를 돌아보았다.

그때 빗자루 하나가 머리 바로 위에 나타나더니 땅으로 빠르게 내려왔다.

"왔어!" 헤르미온느가 비명 같은 소리를 내질렀다.

통스가 땅바닥에 쭉 미끄러지면서 흙과 자갈을 사방으로 튀겼다.

"리머스!" 통스가 비틀거리며 빗자루에서 내리더니 루핀의 품에 안겨 소리쳤다. 루핀의 얼굴은 하얗게 질린 채 딱딱하게 굳어 있었다. 그는 할 말을 잃은 듯 보였다. 론은 멍한 얼굴로 비틀거리며 해리와 헤르미온느를 향해 다가

왔다.

"너 무사하구나." 론이 웅얼거렸다. 헤르미온느가 달려가 그를 꼭 끌어안았다.

"난 네가…… 난 네가……."

"난 괜찮아." 론이 그녀의 등을 토닥이며 말했다. "괜찮아."

"론은 훌륭했어." 통스가 루핀에게서 몸을 떨어뜨리며 흥분한 목소리로 말했다. "정말 멋졌어. 죽음을 먹는 자도 한 명 기절시켰고. 그것도 머리를 명중시켜서 말이야. 날아다니는 빗자루를 타고 움직이는 표적을 조준하는 건……."

"정말?" 헤르미온느가 두 팔을 여전히 론의 목에 두른 채 그를 올려다보며 물었다.

"맨날 이렇게 의외라는 말투라니까." 그가 포옹을 풀면서 살짝 툴툴거렸다. "우리가 마지막이에요?"

"아니." 지니가 말했다. "아직 빌이랑 플뢰르랑 매드아이랑 먼덩거스를 기다리고 있어. 가서 엄마 아빠한테 오빠가 무사하다고 전할게……."

그녀는 다시 집 안으로 달려갔다.

"그래서, 왜 늦은 거야? 무슨 일이 있었어?" 루핀은 통스에게 화가 난 것 같은 목소리였다.

"벨라트릭스가 나타났어." 통스가 말했다. "벨라트릭스는 나를 해리만큼이나 잡고 싶어 하거든, 리머스. 나를 죽이고 싶어서 안달을 하더라. 내가 그 여자를 잡았으면 좋았을 텐데. 벨라트릭스한테는 빚이 있으니까 말이야. 하지만 로돌푸스한테는 확실히 부상을 입혔어……. 그러고 나서 론네 뮤리엘 고모할머니 집에 도착했는데 그만 포트키를 놓쳤고 할머니가 야단을 하시는 바람에……."

루핀의 턱이 움찔거렸다. 그는 고개만 끄덕일 뿐 말은 전혀 할 수 없는 듯했다.

"다들 어떻게 된 거야?" 통스가 해리, 헤르미온느, 킹슬리를 둘러보며 물었다.

그들은 각자가 이동하면서 겪은 일을 풀어놓았다. 하지만 빌과 플뢰르, 매드아이와 먼덩거스가 아직 돌아오지 않았다는 사실이 마치 서리처럼 그들에게 내려앉았고, 그 싸늘한 기분을 견뎌 내기가 점점 힘에 부쳤다.

"난 다우닝가(영국 총리 관저가 있는 곳—옮긴이)로 돌아가 봐야겠어. 벌써 한 시간 전에 거기 도착했어야 했는데." 마침내 킹슬리가 마지막으로 하늘을 쓱 훑어보고 말했다. "모두 도착하면 알려 줘."

루핀이 고개를 끄덕였다. 킹슬리는 다른 사람들에게 손

을 흔들며 대문을 향해 어둠 속으로 걸어갔다. 킹슬리가 버로의 경계선을 넘어가자마자 '펑' 하고 순간이동 하는 소리가 희미하게 들린 것 같았다.

위즐리 부부가 뒷문을 달려 내려왔다. 지니가 뒤따르고 있었다. 부부는 론을 와락 껴안은 뒤 루핀과 통스에게 고개를 돌렸다.

"고마워요." 위즐리 부인이 말했다. "우리 애들을 돌봐줘서."

"그런 소리 마세요, 몰리." 통스가 곧바로 대꾸했다.

"조지는 좀 어떻습니까?" 루핀이 물었다.

"형이 왜요?" 론이 입을 열었다.

"조지가 귀를……."

하지만 위즐리 부인의 뒷말은 주변의 소란에 묻히고 말았다. 세스트럴 한 마리가 막 그들의 눈앞으로 날아와 몇 미터 떨어진 곳에 내려앉았던 것이다. 빌과 플뢰르가 그 세스트럴의 등에서 미끄러져 내려왔다. 거친 바람을 맞은 듯한 모습이었지만 다친 곳은 없었다.

"빌! 감사합니다, 감사합니다……."

위즐리 부인이 앞으로 달려갔지만 빌은 건성으로 그녀를 안았다 놓을 뿐이었다. 그가 아버지를 똑바로 바라보며 말했다. "매드아이가 죽었어요."

아무도 입을 열지 않았고, 어느 누구도 움직이지 않았다. 해리의 내면에서 무언가가 떨어져 나가 발아래로, 땅속으로 꺼지더니 그를 영원히 떠나 버렸다.

"우리가 봤어요." 빌이 말하자 플뢰르가 고개를 끄덕였다. 그녀의 뺨에 어린 눈물 자국이 부엌 창문에서 흘러나온 빛에 비쳐 반짝거렸다. "우리가 포위망을 뚫고 나오자마자 벌어진 일이에요. 매드아이랑 덩은 우리랑 가까운 곳에 있었어요. 두 사람도 북쪽으로 가고 있었거든요. 그런데 볼드모트가 곧장 두 사람을 쫓아갔어요. 그자는 하늘을 날 수 있었어요. 덩은 겁에 질렸죠. 고함을 지르는 소리가 저한테까지 들리더라고요. 매드아이가 막으려고 했지만 덩은 순간이동을 해 버렸어요. 매드아이는 볼드모트의 저주를 얼굴에 정통으로 맞고 빗자루에서 떨어져서……. 우리가 할 수 있는 일은 아무것도 없었어요. 아무것도요. 우리도 여섯 명이나 되는 놈들한테 쫓기고 있어서……."

빌의 목소리가 갈라졌다.

"아무것도 할 수 없었던 게 당연해." 루핀이 말했다.

그들은 모두 그 자리에 선 채 서로를 바라보았다. 해리는 이 상황을 도무지 받아들일 수가 없었다. 매드아이가 죽다니, 그럴 리가……. 매드아이가, 그렇게 강하고 용감한 사람이, 그런 생존의 달인인 매드아이가…….

누구도 입을 열지 않았지만 결국 여기에서 더 기다려 봐야 아무 소용 없다는 생각이 모두에게 떠오른 모양이었다. 그들은 위즐리 부부를 따라 조용히 집 안으로 들어가 다시 거실로 향했다. 프레드와 조지가 함께 키득키득 웃고 있었다.

"왜 그래요?" 프레드가 거실로 들어오는 사람들의 얼굴을 살피며 물었다. "무슨 일이에요? 누가……?"

"매드아이." 위즐리 씨가 말했다. "돌아가셨다."

쌍둥이의 웃는 얼굴이 충격으로 일그러졌다. 다들 어찌할 바를 모르는 것 같았다. 통스가 손수건에 얼굴을 묻고 조용히 울음을 터뜨렸다. 해리는 통스가 무디와 가까운 사이였고, 무디가 마법 정부에서 가장 아끼는 후배가 그녀였다는 사실을 알고 있었다. 거실 한쪽 구석을 거의 다 차지하고 앉아 있던 해그리드가 식탁보만 한 손수건으로 눈가를 꾹꾹 눌렀다.

빌이 찬장으로 걸어가 파이어위스키 병과 유리잔들을 꺼냈다.

"여기요." 그는 마법 지팡이를 휘둘러 술을 가득 채운 열두 개의 잔을 각자에게 보내고 남아 있던 열세 번째 잔을 높이 들어 올렸다. "매드아이를 위하여."

"위하여." 모두가 그렇게 말하고 잔을 비웠다.

"매드아이를 위하여." 해그리드가 딸꾹질을 하며 조금 뒤늦게 따라 했다.

파이어위스키를 마시자 해리는 목구멍이 화끈거리는 것을 느꼈다. 꺼져 가던 감정이 뜨겁게 불타오르는 듯하더니, 멍하고 비현실적인 느낌은 사라지고 용기 비슷한 무언가가 맹렬한 불길처럼 치솟아 올랐다.

"그럼 먼덩거스는 사라진 건가?" 단숨에 잔을 비운 루핀이 입을 열었다.

분위기가 확 바뀌었다. 모두 긴장한 표정으로 루핀을 지켜보았다. 해리가 보기에 그들은 그가 하는 말을 계속 듣고 싶으면서도 무슨 이야기를 듣게 될지 두려워하고 있는 것 같았다.

"무슨 생각 하시는지 알아요." 빌이 말했다. "저도 여기로 오면서 같은 생각을 했어요. 적들은 우리가 올 줄 알고 있었던 것 같았거든요. 안 그런가요? 하지만 먼덩거스가 우리를 배신했을 리는 없어요. 그자들은 해리가 일곱 명이나 있을 줄은 몰랐어요. 그래서 우리가 나타난 순간 혼란

에 빠진 거예요. 혹시 잊으셨을까 봐 하는 말인데, 이 조그
만 속임수를 제안한 건 먼덩거스였어요. 먼덩거스가 배신
자였다면 왜 적들에게 이 중요한 사실을 말해 주지 않았겠
어요? 전 덩이 그냥 겁에 질렸던 거라고 생각해요. 그게 다
예요. 덩은 처음부터 오고 싶어 하지 않았는데 매드아이가
억지로 시킨 거잖아요. '그 사람'이 곧장 매드아이와 덩한테
달려들기도 했고요. 누구라도 겁에 질릴 만한 상황이었죠."

"'그 사람'은 매드아이가 예상한 그대로 행동했어요." 통스
가 훌쩍였다. "매드아이는 그자가 진짜 해리는 가장 강하고
실력 있는 오러들과 함께 있을 거라고 생각할 거랬어요. 그
자는 정말로 맨 먼저 매드아이를 쫓았고, 먼덩거스 때문에
둘의 정체가 드러나자마자 킹슬리로 표적을 바꿔서……."

"네, 그건 그렇다고 쳐요." 플뢰르가 쏘아붙였다. "하지
망 그래도 그자들이 우리가 오늘 밤 애리를 이동시킨다능
걸 어떻게 알았는지능 설명이 앙 되잖아요? 누궁가 부주의
했던 게 틀림없어요. 누궁가 외부인에게 날짜를 흘링 거예
요. 그자들이 날짜능 알면서 작전의 자세항 내용까지능 몰
랐덩 건 그렇게밖에 설명할 수 없어요."

그녀는 여전히 눈물 자국이 또렷이 남은 아름다운 얼굴
로, 반박해 보라는 듯 모두를 쏘아보았다. 반박하는 사람

은 아무도 없었다. 해그리드가 손수건에 대고 딸꾹질하는 소리만이 침묵을 깨뜨릴 뿐이었다. 해리는 해그리드를 힐 끗 쳐다보았다. 조금 전 해리를 구하기 위해 자신의 목숨 을 걸었던 사람. 해리가 사랑하고 신뢰하는 사람. 언젠가 속임수에 걸려들어 용의 알과 맞바꿔 볼드모트에게 중요 한 정보를 넘겨주기도 했던 사람……

"아뇨." 해리가 큰 소리로 내뱉자 모두가 놀라서 그를 바 라보았다. 파이어위스키의 기운 탓에 목소리가 커진 것 같 았다. "그러니까 제 말은…… 만약에 누군가가 실수를 했 다면……." 해리가 말을 이었다. "그래서 정보가 새어 나갔 다면, 그 사람이 일부러 한 행동은 아니었을 거란 얘기예 요. 그건 그 사람 잘못이 아니에요." 그는 좀 더 큰 목소리 로 또 한 번 되풀이했다. "우린 서로를 믿어야 해요. 저는 여러분 모두를 믿어요. 이 방 안에 있는 사람 중 누구도 절 대 저를 볼드모트에게 팔아넘기지 않을 거라고 생각해요."

그의 말이 끝나자 또다시 침묵이 이어졌다. 모두가 그를 바라보고 있었다. 해리는 얼굴이 살짝 달아오르는 것을 느 끼고 뭐라도 하기 위해 파이어위스키를 좀 더 마시면서 매 드아이를 생각했다. 매드아이는 늘 사람을 너무 쉽게 믿는 게 덤블도어의 흠이라며 투덜거리곤 했다.

"말 잘했어, 해리." 프레드가 갑자기 입을 열었다.

"그래, 맞아. 귀엽지, 귀엽지." 조지가 프레드 쪽을 힐끔 거리며 동조하자 프레드의 입꼬리가 올라갔다.

루핀은 묘한 표정을 지으며 해리를 바라보고 있었다. 측 은함에 가까운 표정이었다.

"제가 바보 같다고 생각하세요?" 해리가 물었다.

"아니, 네가 제임스 같다고 생각한다." 루핀이 말했다. "제임스라면 친구를 믿지 않는 것이야말로 가장 씻을 수 없는 불명예라고 생각했을 거야."

해리는 루핀이 무슨 말을 하는지 알아차렸다. 그는 아버 지가 친구인 피터 페티그루에게 배신당한 일을 이야기하 고 있었다. 해리는 갑자기 비이성적인 분노에 사로잡혔다. 해리는 뭐라 따지고 싶었지만 루핀은 그에게서 고개를 돌 리더니 탁자 위에 유리잔을 내려놓고 빌에게 말을 걸었다. "할 일이 있다. 킹슬리한테……."

"아뇨." 빌이 곧바로 말했다. "제가 할게요. 제가 가겠습 니다."

"어딜 가는데?" 통스와 플뢰르가 동시에 물었다.

"매드아이의 시신 말이야." 루핀이 말했다. "수습해야 지."

"혹시 조금……." 위즐리 부인이 애원하는 듯한 눈으로 빌을 바라보며 말했다.

"기다렸다 가라고요?" 빌이 말했다. "설마 죽음을 먹는 자들이 시신을 가져가게 놔둬도 된다고 생각하시는 건 아니죠?"

아무도 입을 열지 않았다. 루핀과 빌은 작별 인사를 하고 떠났다.

남은 사람들은 의자에 털썩 주저앉았다. 오직 해리만이 그대로 서 있었다. 갑작스럽고도 완전한 죽음이 그들과 그 자리를 함께하고 있는 것 같았다.

"저도 가야겠어요." 해리가 말했다.

깜짝 놀란 열 사람의 눈동자가 그에게 쏠렸다.

"바보 같은 소리 말아라, 해리." 위즐리 부인이 말했다. "대체 무슨 소릴 하는 거니?"

"전 여기 있을 수 없어요."

그는 이마를 문질렀다. 이마가 또다시 욱신거렸다. 1년 넘도록 이런 통증은 느껴 본 적이 없었다.

"제가 여기 있으면 모두가 위험해요. 전 그런 걸 바라지 않……."

"아니, 바보 같은 소리 하지 마라!" 위즐리 부인이 말했다. "오늘 밤 우리가 했던 모든 일은 너를 여기에 안전하게 데려오기 위해서였어. 천만다행으로 그 일을 해냈고. 게다가 플뢰르도 프랑스가 아닌 여기서 결혼식을 하는 데 동의해 줬단다. 모두 함께 이곳에 머물면서 널 보호할 수 있도록 다 준비해 놨는데……."

그녀는 이해하지 못하고 있었다. 그녀가 해리를 위로한다고 하는 말이 오히려 그의 기분을 더 나빠지게 했다.

"제가 여기 있는 걸 볼드모트가 알면……."

"하지만 그걸 어떻게 알겠니?" 위즐리 부인이 물었다.

"지금 네가 있을 거라고 짐작할 만한 곳은 모두 열두 군데다, 해리." 위즐리 씨가 말했다. "네가 어느 은신처에 있는지 그자가 알아낼 방법은 전혀 없어."

"제가 걱정하는 건 저 자신이 아니에요!" 해리가 소리쳤다.

"우리도 알아." 위즐리 씨가 조용히 말했다. "하지만 네가 떠나면 오늘 밤 우리가 기울인 노력이 아주 무의미해질 거다."

"넌 아무 데도 못 가." 해그리드가 으르렁거리듯 말했다. "제기랄, 해리. 우리가 널 여기 데려오려고 그 고생을 했는데!"

"그래, 피투성이가 된 내 귀는 어쩌고?" 조지가 몸을 일으켜 쿠션에 기대며 말했다.

"그건 저도 알지만…….."

"매드아이도 그런 건 원하지 않을……."

"**안다고요!**" 해리가 버럭 소리쳤다.

그는 사람들에게 둘러싸여 협박이라도 당하는 것 같은 기분이었다. 이 사람들은 자신들이 해리를 위해 무슨 일을 했는지 그가 모른다고 생각하는 걸까? 이 모든 사람이 자기 때문에 더 많은 고통을 당하기 전에 떠나려 하는 이유가 바로 그것이라는 사실을 모르는 걸까? 길고 어색한 침묵이 이어졌다. 그러는 동안에도 해리의 흉터는 여전히 쿡쿡 쑤시고 욱신거렸다. 마침내 위즐리 부인이 침묵을 깨뜨렸다.

"헤드위그는 어디 있니, 해리?" 그녀가 달래듯 말했다. "피그위전하고 새장에 같이 두고 먹을 걸 주면 좋을 텐데."

누군가가 심장을 꽉 움켜쥐는 기분이었다. 해리는 그녀에게 진실을 말할 수 없었다. 그는 대답을 피하기 위해 파이어위스키를 마저 들이켰다.

"두고 봐라, 해리. 네가 또 한 번 해냈다는 얘기가 퍼질 테니까." 해그리드가 말했다. "네가 바로 네 머리 위에 나타난 그자를 물리치고 탈출했다고 말이야!"

"제가 한 게 아니에요." 해리가 딱 잘라 말했다. "제 마법 지팡이가 한 일이에요. 제 마법 지팡이가 저절로 움직였어요."

잠시 후 헤르미온느가 조용히 말했다. "하지만 그건 불가능해, 해리. 너도 모르게 마법을 쓴 거겠지. 본능적으로 반응한 거야."

"아냐." 해리가 말했다. "오토바이가 추락하고 있었기 때문에 난 볼드모트가 어디 있는지도 몰랐어. 그런데 마법 지팡이가 내 손 안에서 빙글 돌더니 그자를 찾아서 주문을 날렸어. 내가 알지도 못하는 주문을 말이야. 난 지금까지 황금색 불꽃을 일으켜 본 적이 한 번도 없어."

"압박을 받는 상황에서는" 하고, 위즐리 씨가 입을 열었다. "꿈도 꾸지 못했던 마법을 해내게 되는 경우가 종종 있단다. 어린아이들은 훈련을 받기 전에 자주……."

"그런 게 아니었어요." 해리가 이를 악물고 말했다. 흉터가 타는 듯 쿡쿡 쑤셨고, 화가 나고 답답했다. 다들 그가 볼드모트에 필적할 만한 힘을 갖고 있을 거라 믿는다니 생각만 해도 미칠 노릇이었다.

아무도 입을 열지 않았다. 해리는 다들 그의 말을 믿지 않는다는 것을 알았다. 이제 와서 생각해 보니 해리 역시 마법 지팡이가 저절로 마법을 건다는 얘기는 들어 본 적이 없었다.

흉터가 불타오르는 것 같은 고통이 느껴졌다. 그가 할 수 있는 일이라고는 신음을 참는 것뿐이었다. 그는 바람을 좀 쐬어야겠다고 중얼거리며 유리잔을 내려놓고 거실을 나갔다.

어두운 마당을 가로지르자 해골 같은 거대한 세스트럴이 고개를 들고 어마어마하게 큰 박쥐 같은 날개를 부스럭대다가 다시 풀을 뜯기 시작했다. 해리는 정원으로 들어서는 문 앞에 멈춰 섰다. 그리고 욱신거리는 이마를 문지르면서 아무렇게나 자라 무성해진 온갖 식물을 바라다보며 덤블도어를 떠올렸다.

덤블도어라면 그의 말을 믿어 주었을 거라고, 그는 생각했다. 덤블도어라면 해리의 마법 지팡이가 무슨 이유로, 어떻게 저절로 움직였는지 알았을 것이다. 덤블도어는 언제나 답을 알고 있었으니까. 그는 마법 지팡이에 대해 잘 알았고, 해리의 지팡이와 볼드모트의 지팡이 사이에 존재하는 기묘한 연관성에 대해 설명해 주기도 했다……. 하지만 덤블도어는 매드아이처럼, 시리우스처럼, 그의 부모님처럼, 그의 가엾은 올빼미처럼, 그 모두와 마찬가지로 해리가 다시는 말을 걸 수 없는 곳으로 사라져 버렸다. 해리는 파이어위스키와는 상관없이 목구멍이 뜨겁게 불타오르는 듯한 기분을 느꼈다.

그때 별안간 흉터의 통증이 절정에 달했다. 이마를 감싸쥐고 눈을 감자 머릿속에서 웬 목소리가 고함을 질렀다.

"다른 사람의 지팡이를 쓰면 문제가 해결될 거라고 하지 않았느냐!"

돌바닥에 깔린 넝마 위에 누워 있는 어떤 수척하고 나이든 남자의 모습이 해리의 머릿속에 떠올랐다. 그 노인이 내지르는, 견디기 힘든 고통이 담긴 끔찍한 비명 소리가 길게 이어졌다…….

"안 돼요! 안 됩니다! 이렇게 빕니다, 이렇게 빌겠습니다…….”

"너는 볼드모트 경에게 거짓말을 했다, 올리밴더!"

"아닙니다…… 맹세코 아닙니다…….”

"너는 포터를 도우려고 했다. 놈이 내게서 도망치는 걸 도우려고 한 거야!"

"맹세컨대 그렇지 않습니다……. 저는 다른 지팡이라면 통할 거라고 생각했습니다…….”

"그렇다면 왜 이런 사태가 벌어졌는지 설명해라. 루시우스의 마법 지팡이가 파괴되었단 말이다!"

"모르겠습니다……. 그런 연결은…… 오직…… 두 사람의 지팡이 사이에만 존재하는데……."

"거짓말!"

"제발…… 이렇게 빕니다……."

지팡이를 들어 올리는 하얀 손이 보였다. 볼드모트의 사악한 분노가 솟구치는 것이 느껴졌다. 바닥 위의 노인이 고통으로 몸부림쳤다.

"해리?"

그 장면은 떠올랐을 때처럼 빠르게 사라졌다. 해리는 어둠 속에서 몸을 부르르 떨며 정원 문을 꽉 붙들고 서 있었다. 심장이 두방망이질 쳤고 흉터는 아직도 화끈거렸다. 그는 시간이 조금 지난 뒤에야 론과 헤르미온느가 곁에 와 있다는 사실을 알아차렸다.

"해리, 집으로 들어가자." 헤르미온느가 속삭였다. "아직도 떠날 생각인 건 아니지?"

"그래, 넌 여기 있어야 돼." 론이 해리의 등을 탁 치며 말했다.

"괜찮아?" 해리의 얼굴이 보일 만큼 가까이 다가온 헤르미온느가 물었다. "너무 안 좋아 보여!"

"뭐……." 해리가 몸을 떨면서 말했다. "아마 올리밴더보다는 좋아 보일걸……."

해리가 방금 본 것을 말해 주자 론은 경악스러운 표정을 지었고 헤르미온느는 완전히 겁에 질렸다.

"하지만 그러면 안 되잖아! 네 흉터 말이야. 더는 그러면 안 돼! 다시 그렇게 연결되게 놔둬선 안 된다고. 덤블도어 교수님은 네가 정신을 닫기를 바라셨어!"

해리가 대답하지 않자 헤르미온느는 그의 팔을 꽉 움켜잡았다.

"해리, 그자는 이미 정부와 신문과 마법사 세계의 절반을 손에 넣었어! 네 머릿속까지 차지하도록 놔둬선 안 돼!"

6장
잠옷을 입은 굴

매드아이를 잃은 충격은 그 뒤로 며칠 동안 집 안을 맴돌았다. 해리는 소식을 전하기 위해 이곳을 들락거리는 다른 기사단 단원들처럼 그가 쿵쿵거리며 뒷문으로 들어오는 모습을 보게 될 거라는 기대감을 떨칠 수가 없었다. 그리고 오직 행동하는 것만이 자신의 죄책감과 슬픔을 달래줄 수 있다고, 최대한 빨리 호크룩스를 찾아서 파괴하는 임무를 시작해야겠다고 느꼈다.

"뭐, 그 ……에 대해서는 네가 할 수 있는 일이 아무것도 없어." 론은 '호크룩스'라는 단어를 입 모양만으로 말했다. "열일곱 살이 될 때까지는 말이야. 아직 너한테 추적 마법이 걸려 있잖아. 그리고 계획이라면 여기서도 얼마든지 세울 수 있고. 안 그래? 아니면······." 그는 목소리를 낮추고 속삭였다. "그것들이 어디 있는지 이미 알고 있는 거야?"

"아니." 해리가 대답했다.

"헤르미온느가 그동안 조사를 좀 해 본 것 같아." 론이 말했다. "네가 도착할 때까지는 말을 아끼겠다고 했거든."

그들은 아침을 먹기 위해 식탁에 앉아 있었다. 위즐리 씨와 빌은 막 출근했고, 위즐리 부인은 헤르미온느와 지니를 깨우러 위층으로 올라갔다. 플뢰르는 목욕을 하겠다고 나간 뒤였다.

"추적 마법은 31일에 깨져." 해리가 말했다. "그 말은 이곳에 나흘만 있으면 된다는 뜻이야. 그다음에는······."

"닷새야." 론이 단호하게 그의 말을 정정해 주었다. "결혼식 때까지는 있어야 돼. 그 자리에 빠지면 우릴 죽이려 들걸."

해리는 그들을 죽이려 드는 사람이 플뢰르와 위즐리 부인이라는 것을 알았다.

"그래 봤자 딱 하루 더 있는 거잖아." 해리가 반란이라도 일으킬 듯한 표정을 짓자 론이 말했다.

"그분들은 이게 얼마나 중요한 일인지 모르는······."

"당연히 모르지." 론이 말했다. "알 수 있을 만한 게 아무것도 없잖아. 그리고 네가 말을 꺼내서 말인데, 바로 그 일에 대해 얘기하고 싶은 게 있어."

론은 위즐리 부인이 아직 돌아오지 않은 걸 확인하려고 복도로 통하는 문을 힐끗 바라보더니 해리에게 더 가까이 몸을 기울였다.

"엄마가 헤르미온느랑 나한테서 우리가 뭘 하려는지 알아내려고 애를 쓰고 계셔. 다음에는 네 차례니까 각오하고 있으라고. 아빠랑 루핀도 물어봤는데 덤블도어가 너더러 우리한테만 말하라고 했다니까 더 이상 묻지 않았어. 근데 엄마는 아니야. 엄마는 단단히 작정했어."

론의 예언은 몇 시간 만에 실현됐다. 점심 식사를 앞두고 위즐리 부인이 해리의 배낭에서 나온 것이라고 생각되는 짝 없는 양말을 확인해 달라며 그를 다른 사람들에게서 떼어 낸 것이다. 그녀는 일단 부엌에서 조금 떨어진 좁디좁은 골방으로 그를 몰아넣더니 입을 열었다.

"론이랑 헤르미온느는 너까지 셋이서 호그와트를 그만두려는 생각인 것 같더구나." 그녀는 가볍고 일상적인 어투로 말문을 열었다.

"아." 해리가 말했다. "음, 네. 맞아요."

구석에서 탈수기가 저절로 켜지더니 위즐리 씨의 조끼

처럼 보이는 것을 비틀어 짜기 시작했다.

"왜 공부를 그만두겠다는 건지 이유를 물어봐도 되겠니?" 위즐리 부인이 말했다.

"그게, 덤블도어 교수님이 저한테…… 할 일을 남기셨거든요." 해리가 우물거렸다. "론이랑 헤르미온느는 그게 무슨 일인지 알고 있고요. 그래서 저랑 같이 가고 싶어 해요."

"그 '할 일'이 뭔데?"

"죄송하지만 그건……."

"글쎄다, 솔직히 난 나랑 아서한테는 알 권리가 있다고 생각한다. 그리고 헤르미온느의 부모님도 분명 같은 생각이겠지!" 위즐리 부인이 말했다. 안 그래도 해리는 '걱정하는 부모님'을 이용한 공격이 있을 거라 두려워했었다. 해리는 애써 그녀의 눈을 똑바로 바라봤지만 그 눈이 지니의 눈과 똑같은 갈색이라는 것만 알아차렸을 뿐 별 도움이 되지는 않았다.

"덤블도어 교수님은 다른 사람들이 알게 되길 바라지 않으셨어요, 위즐리 아줌마. 죄송해요. 론이랑 헤르미온느는 굳이 같이 갈 필요 없어요. 걔들이 그런 선택을……."

"나는 네가 가야 할 이유도 모르겠구나!" 그녀는 이제 가식적인 태도를 모두 걷어 내고 쏘아붙이기 시작했다. "넌 이제 겨우 성인이 됐을 뿐이야. 너희 셋 다! 할 일이라니, 그게 무슨 말도 안 되는 소리야. 덤블도어 교수님에게는 그분의 지시를 따르는 기사단이 있잖니! 해리, 네가 그분 말씀을 잘못 알아들은 게 틀림없어. 아마 덤블도어 교수님 은 너한테 그분이 직접 매듭짓고 싶은 일이 있다고 말씀하 신 걸 거야. 그런데 넌 그 말을 네가 그 일을 해 줬으면 좋 겠다는 걸로⋯⋯."

"오해한 게 아니에요." 해리가 딱 잘라 말했다. "제가 해 야만 해요."

그는 위즐리 부인이 확인해 달라고 했던 양말 한 짝을 그녀에게 돌려주었다. 황금빛 부들 무늬가 새겨져 있는 양 말이었다.

"그리고 이건 제 양말이 아니에요. 전 퍼들미어 유나이 티드를 응원하지 않거든요."

"아, 그렇지." 위즐리 부인은 갑자기 불안할 만큼 일상적 인 말투로 돌아왔다. "진작 알았어야 했는데. 그래, 해리. 여기 있는 동안에는 빌과 플뢰르의 결혼식 준비를 도와줄 수 있겠지? 아직도 할 일이 너무 많아서 말이야."

"그럼요⋯⋯ 저야⋯⋯ 당연히 괜찮죠." 해리는 이토록 갑작스러운 화제 전환에 당황스러워하며 대답했다.

"착하기도 하지." 그녀는 그렇게 말하고 미소를 지으며 골방을 나갔다.

그 순간부터 위즐리 부인은 결혼식 준비를 핑계 삼아 해리, 론, 헤르미온느가 딴생각을 할 틈도 없을 만큼 일을 시켰다. 가장 긍정적인 관점에서 살펴보자면, 위즐리 부인의 그런 행동은 그들 모두를 매드아이에 대한 생각과 최근 여기까지 오는 과정에서 겪었던 공포에서 벗어나게 해 주려는 의도였다. 하지만 이틀 연속으로 쉴 새 없이 식기를 닦고, 답례품과 리본과 꽃 색깔을 맞추고, 정원의 땅요정들을 제거하고, 어마어마한 양의 카나페를 만드는 위즐리 부인을 돕고 나자 해리는 그녀에게 다른 이유가 있을 거라는 의심이 들기 시작했다. 그녀가 주는 그 모든 일거리가 그와 론과 헤르미온느를 서로 떨어뜨려 놓으려는 의도로 보였던 것이다. 볼드모트가 올리밴더를 고문하고 있다는 이야기를 들려 준 첫날 밤 이후로 해리는 두 사람과 이야기를 나눌 기회가 전혀 없었다.

"엄만 너희 셋이 모여서 계획을 못 짜게 하면 너희가 떠나는 걸 늦출 수 있다고 생각하는 것 같아." 해리가 버로에 머문 지 사흘째 되는 날, 그와 함께 저녁 식탁을 차리던 지니가 목소리를 낮추고 속삭였다.

"그다음엔 어떻게 될 거라고 생각하시는데?" 해리가 중얼거렸다. "너희 엄마가 여기서 볼로방(크림 소스에 고기, 생선 등을 넣어 조그맣게 만든 파이―옮긴이)이나 만들라고 우리를 잡아 놓고 있는 동안 다른 사람이 볼드모트를 죽이기라도 할까 봐?"

그는 아무 생각 없이 말했다가 지니의 얼굴이 하얗게 질리는 모습을 보았다.

"그럼 사실이구나?" 그녀가 말했다. "네가 하려는 일이 그거야?"

"난…… 아니…… 농담이었어." 해리가 말을 돌렸다.

둘은 서로를 바라보았다. 지니의 얼굴에는 충격 이상의 어떤 표정이 깃들어 있었다. 호그와트 교정의 외딴 구석에서 몇 시간씩 짬을 내서 함께하던 그때 이후로 그녀와 단둘이 있게 된 건 이번이 처음이란 사실이 문득 실감 났다. 해리는 그녀도 그 시간들을 기억하고 있을 거라 확신했다. 문이 열리고 위즐리 씨와 킹슬리, 빌이 들어오자 두 사람 모두 깜짝 놀랐다.

이제 그들은 종종 기사단 단원들과 함께 저녁을 먹었다. 그리몰드가 12번지 대신 버로가 기사단 본부가 되었기 때문이다. 위즐리 씨는 비밀 수호자였던 덤블도어가 사망한 이후로, 덤블도어에게서 그리몰드가의 위치를 전해 들은 모든 사람이 번갈아 가면서 비밀 수호자를 맡았다고 설명해 주었다.

"그리고 우리는 스무 명 정도 되니까 피델리우스 마법의 힘이 크게 약해질 수밖에 없단다. 죽음을 먹는 자들이 비밀을 빼낼 가능성이 스무 배는 커진 거니까. 그 마법이 오래 버텨 줄 거라고는 기대할 수 없어."

"하지만 지금쯤 당연히 스네이프가 죽음을 먹는 자들에게 그곳의 위치를 알려 줬을 텐데요?" 해리가 물었다.

"글쎄, 스네이프가 다시 그곳에 나타날 경우를 대비해 매드아이가 몇 가지 저주를 걸어 놓기는 했다. 스네이프가 그리몰드가에 들어가는 걸 막고 그곳에 대해 말하려 하면 혀가 묶일 만큼 저주가 강력했으면 좋겠지만 장담은 못 하겠구나. 보안이 이렇게 불안해졌는데 그곳을 계속 본부로 쓰는 건 미친 짓이야."

그날 저녁에는 부엌이 얼마나 사람들로 넘쳐 났는지 나이프와 포크를 쥐고 움직이기도 어려울 지경이었다. 해리는 어쩌다 보니 지니 옆에 앉게 됐다. 방금 둘이서 무언의 대화를 주고받은 터라 해리는 둘 사이에 몇 명 더 끼어 앉았으면 좋겠다고 생각했다. 그녀의 팔에 스치지 않으려고 애쓰느라 닭고기를 자르는 일조차 힘들었다.

"매드아이 소식은 없어?" 해리가 빌에게 물었다.

"전혀." 빌이 대답했다.

빌과 루핀이 시신을 수습하지 못했기에 무디의 장례식은 치를 수 없었다. 주위도 어두웠고 혼란스러운 전투가 벌어진 탓에 무디가 어디에 떨어졌는지 알아내기가 어려웠던 것이다.

"《예언자일보》에 무디가 죽었다거나 무디의 시신이 발견됐다는 얘기는 한 마디도 실리지 않았어." 빌이 말을 이었다. "특별한 일은 아니지. 요즘엔《예언자일보》가 꽤 잠잠하니까."

"제가 죽음을 먹는 자들한테서 도망치면서 온갖 마법을 썼는데 아직 미성년 마법 법령을 어겼다면서 청문회도 소집하지 않았죠?" 해리가 식탁 저편 위즐리 씨에게 큰 소리로 물었다. 위즐리 씨는 고개를 끄덕였다. "저한테 선택의 여지가 없었다는 사실을 알아서 그런 건가요, 아니면 볼드모트가 절 공격했다는 얘기가 세상에 알려지는 게 싫어서 그런 건가요?"

"후자일 것 같구나. 스크림저는 '그 사람'이 그토록 강력해졌다는 사실을 인정하기 싫어해. 아즈카반에서 대규모 탈옥 사건이 벌어졌다는 사실도 그렇고."

"그렇죠, 사람들한테 뭐 하러 진실을 알리겠어요?" 해리가 나이프를 꽉 움켜쥐자 오른쪽 손등에 하얗게 새겨진 희미한 흉터가 도드라졌다. '거짓말을 하지 않겠습니다.'

"정부에서는 아무도 그자에게 맞설 준비가 되어 있지 않은 거예요?" 론이 성난 목소리로 물었다.

"그럴 리가 있겠니, 론. 하지만 사람들은 겁에 질려 있어." 위즐리 씨가 대답했다. "다음번에는 자신이 실종되지 않을까, 자기 자식이 공격당하지는 않을까 겁에 질려 있는 거야! 끔찍한 소문이 돌고 있어. 나부터도 호그와트 머글학 교수가 그냥 사임했다는 말은 못 믿겠다. 몇 주가 지났는데도 여전히 그분의 모습을 볼 수가 없어. 그 와중에 스크림저는 하루 종일 자기 집무실에 틀어박혀서 입을 다물고 있고. 무슨 계획이라도 세우고 있는 거면 좋겠다만."

잠시 대화가 끊긴 사이 위즐리 부인은 마법을 걸어 빈 접시들을 옆으로 치우고 사과 타르트를 내왔다.

"넌 어떻게 위장할 것잉지 정해야 해, 애리." 모두가 디저트를 먹고 난 뒤 플뢰르가 입을 열었다. "결혼쉭 때 말이야." 해리가 어리둥절한 표정을 짓자 그녀가 덧붙였다. "우리 손님들 중에능 당연히 죽음을 먹는 자가 없을 테지만,

샴페인이 들어가면 무슨 말을 흘리고 다닐지 모르니까."

그 말을 듣고 해리는 그녀가 아직도 해그리드를 의심한다는 것을 알아차렸다.

"그래, 좋은 생각이구나." 상석에 앉아 있던 위즐리 부인이 거들었다. 그녀는 코끝에 안경을 걸친 채 긴 양피지에 휘갈겨 둔 엄청난 양의 할 일 목록을 훑어보고 있었다. "근데, 론. 아직 방 청소 안 했니?"

"왜요?" 론이 숟가락을 탁 내려놓고 어머니를 노려보며 소리쳤다. "왜 내 방을 청소해야 하는데요? 해리랑 저는 지금 그대로도 괜찮단 말이에요!"

"며칠 있으면 여기서 형의 결혼식을 치르게 되니까요, 도련님." 위즐리 부인이 말했다.

"제 방에서 결혼한대요?" 론이 화가 나서 따졌다. "아니잖아요! 그럼 멀린의 축 처진 왼쪽 불알을 걸고 말하는데, 대체 왜……."

"엄마한테 그게 무슨 말버릇이냐." 위즐리 씨가 단호하게 말했다. "엄마가 시키는 대로 해."

론은 부모님을 노려보더니 숟가락을 집어 들고 조금 남은 사과 타르트를 푹푹 찔렀다.

"내가 도와줄게. 내가 어지럽힌 것도 있으니까." 해리가 론에게 말했지만 위즐리 부인이 끼어들었다.

"아니다, 해리. 그보다는 아서가 닭장 치우는 일을 도와 줬으면 좋겠구나. 그리고 헤르미온느, 들라쿠르 부부가 쓸 방의 침대보를 갈아 주면 정말 고맙겠다. 내일 아침 11시에 두 분이 도착하시는 거 너도 알지?"

하지만 막상 닭장에 가 보니 할 일은 별로 없었다.

"어, 굳이 몰리한테 얘기할 필요는 없다." 위즐리 씨가 닭장으로 들어가는 길을 막으며 해리에게 말했다. "그게, 어, 테드 통스가 시리우스의 오토바이 잔해 대부분을 모아 보내 줘서 내가, 음, 숨겨 놨거든. 정말 환상적인 물건이야. 배기구 '개스킨'(가스 같은 것이 새지 않도록 파이프의 접합부 따위를 메우는 데 쓰는 부속인 '개스킷'을 말한다―옮긴이)이었던가? 뭐 그런 것도 있어. 무지무지 근사한 배터리도 있더구나. 브레이크 작동 방식을 알아낼 좋은 기회가 될 거야. 내가 전부 다시 조립해 볼 생각이란다. 몰리가 없을…… 내 말은, 시간이 있을 때 말이야."

집 안으로 돌아와 보니 위즐리 부인의 모습은 어디에도 보이지 않았다. 해리는 슬쩍 론의 다락방 침실로 올라갔다.

"치울게요, 치운다고요……! 아, 너였구나." 해리가 방에 들어가자 론이 안심한 듯 말했다. 방금 전까지 누워 있다가 일어난 듯 론은 다시 침대에 벌렁 드러누웠다. 방은 1주일 내내 그랬던 것처럼 엉망진창이었다. 딱 하나 변한 게 있다면 지금은 헤르미온느가 방 한쪽 구석에 앉아 북슬북슬한 적갈색 고양이 크룩섕스를 발밑에 두고 책들을 분류하면서 두 개의 거대한 책 더미를 만들어 놓고 있다는 것뿐이었다. 그중에는 해리의 책도 몇 권 있었다.

"안녕, 해리." 해리가 자신이 쓰는 접이식 침대에 걸터앉자 그녀가 인사를 건넸다.

"넌 어떻게 빠져나온 거야?"

"아, 론네 엄마가 어제 이미 지니랑 나한테 침대보를 갈라고 하신 걸 깜빡하셨거든." 헤르미온느가 말했다. 그녀는 《수비학과 문법》을 한쪽 책 더미에 던지고 《어둠의 마법, 그 흥망성쇠》를 다른 쪽에 던졌다.

"우린 방금 매드아이 얘기를 하고 있었어." 론이 해리에게 말했다. "난 매드아이가 살아 있을지도 모른다고 생각해."

"하지만 매드아이가 살해 저주에 맞는 걸 빌이 봤다잖아." 해리가 말했다.

"그래, 하지만 빌도 공격을 당하고 있었잖아." 론이 말했다. "뭔가를 제대로 볼 여력이 있었겠어?"

"살해 저주가 빗나갔더라도 매드아이는 거의 300미터

높이에서 떨어졌을 거야." 헤르미온느가 이제는 《영국과 아일랜드의 퀴디치 팀들》을 따져 보듯 들고 말했다.

"방패 마법을 썼을 수도……."

"플뢰르 말로는 매드아이의 손에서 마법 지팡이가 날아 갔대." 해리가 말했다.

"그래, 좋아. 매드아이가 죽었길 바란다면 뭐." 론이 베개를 탁탁 두드려 베기 편하게 만들며 시무룩하게 대꾸했다.

"매드아이가 죽었길 바라는 건 당연히 아니지!" 헤르미온느가 충격받은 얼굴로 소리쳤다. "매드아이가 죽은 건 끔찍한 일이야! 우린 현실적으로 구는 것뿐이라고!"

해리는 덤블도어처럼 온몸이 부서진 채 여전히 한쪽 눈만 눈구멍에서 빙글빙글 돌아가고 있는 매드아이의 모습을 처음으로 상상해 봤다. 이상하게도 웃음이 터질 것 같은 기분과 혐오스러운 감정이 뒤섞여 그를 찌르는 듯했다.

"아마 죽음을 먹는 자들이 처리했을 거야. 그래서 아무도 매드아이를 못 찾은 거겠지." 론이 그럴듯하게 추론했다.

"그래." 해리가 말했다. "뼈가 되어서 해그리드의 오두막 앞마당에 묻힌 바티 크라우치처럼. 아마 무디의 시신에 변환 마법을 걸어서 어딘가에 처박아……."

"그만해!" 헤르미온느가 소리를 질렀다. 놀란 해리가 고개를 돌리자, 《스펠먼의 룬문자 읽기》 위로 울음을 터뜨리는 헤르미온느의 모습이 보였다.

"아, 이런." 해리가 낡은 접이식 침대에서 허둥지둥 몸을 일으키며 말했다. "헤르미온느, 기분 상하게 하려던 건 아니⋯⋯."

하지만 론이 먼저 녹슨 침대 스프링이 삐걱거리는 요란한 소리와 함께 침대에서 벌떡 일어나 헤르미온느에게로 다가갔다. 그가 한 팔로 헤르미온느를 감싸 안더니, 청바지를 뒤져서는 보기만 해도 속이 메슥거리는 손수건을 꺼냈다. 얼마 전 오븐을 닦을 때 썼던 손수건이었다. 그는 얼른 마법 지팡이를 꺼내 그 걸레 같은 손수건을 가리키며 "테르지오"라고 주문을 외웠다.

마법 지팡이가 기름때를 대부분 빨아들였다. 론은 어느 정도 만족스러운 표정을 지으며 살짝 연기가 나는 손수건을 헤르미온느에게 건넸다.

"아⋯⋯ 고마워, 론⋯⋯. 미안⋯⋯." 그녀는 코를 풀고 딸꾹질을 했다. "그냥 너무⋯⋯ 너무 끔찍하잖아. 바, 바로 얼마 전에 덤블도어 교수님이 그렇게 됐는데⋯⋯ 나⋯⋯ 난 그냥 매드아이가 죽을 거라고는 저, 전혀 상상도 못 해서⋯⋯. 그렇게 강해 보였는데!"

"그래, 나도 알아." 론이 그녀를 꼭 안아 주며 말했다. "하지만 만약 매드아이가 여기 있었다면 무슨 말을 했을 것 같아?"

"지, 지속적 경계." 헤르미온느가 눈가를 훔치며 말했다.

"맞아." 론이 고개를 끄덕이며 말했다. "우리더러 자기한 테 벌어진 일에서 뭔가 배우라고 했을 거야. 그리고 우리 는 그 별 볼 일 없는 겁쟁이 먼덩거스를 믿어선 안 된다는 걸 배웠지."

헤르미온느는 초조함을 감추지 못한 웃음을 터뜨리더니 몸을 숙이고 책 두 권을 더 집어 들었다. 잠시 후 론이 그 녀의 어깨에서 팔을 재빨리 내렸다. 그녀가 《괴물들에 관 한 괴물 책》을 그의 발등에 떨어뜨린 것이다. 책을 동여매 고 있던 허리띠가 풀리면서 책이 론의 발목을 사납게 덥석 물었다.

"미안, 미안해!" 헤르미온느가 소리치는 사이 해리가 책 을 론의 발에서 억지로 떼어 내고 덮은 다음 다시 묶어 놓 았다.

"그건 그렇고, 이 책들은 다 뭐 하려고?" 론이 절뚝절뚝 자기 침대로 돌아가면서 물었다.

"그냥 어떤 책을 가져갈지 정하는 중이야." 헤르미온느가 말했다. "호크룩스 찾으러 갈 때 말이야."

"아, 맞다." 론이 자기 이마를 탁 치며 비꼬듯 말했다. "우리가 이동도서관 버스를 타고 볼드모트를 잡으러 다닐 거라는 사실을 까맣게 잊고 있었네."

"하. 하." 헤르미온느가 《스펠먼의 룬문자 읽기》를 내려다보며 말했다. "잘 모르겠어……. 룬문자를 해석해야 할 일이 있을까? 그럴 수도 있겠지……. 가져가는 게 좋겠어. 혹시 모르니까."

그녀는 그 책을 둘 중 더 큰 책 더미 위에 떨어뜨리고 《호그와트의 역사》를 집어 들었다.

"내 말 들어 봐." 해리가 말했다.

그는 허리를 펴고 앉았다. 론과 헤르미온느가 똑같이 체념과 반발심이 뒤섞인 표정을 지으며 그를 바라보았다.

"덤블도어 교수님의 장례식이 끝난 뒤에 너희가 나랑 같이 가고 싶다고 말했던 건 알고 있어." 해리가 입을 열었다.

"시작됐네." 론이 눈알을 굴리며 헤르미온느에게 말했다.

"저럴 줄 알았잖아." 그녀가 다시 책들 쪽으로 시선을 돌리며 한숨을 쉬었다. "있잖아, 《호그와트의 역사》는 가져가야 할 것 같아. 학교로 돌아가지 않는다 해도 이 책이 없으면 뭔가 허전한 기분이……."

"들어 보라니까!" 해리가 다시 말했다.

"아니, 해리. 너나 잘 들어." 헤르미온느가 말했다. "우리는 너랑 같이 갈 거야. 몇 달 전에 이미 결정된 일이야. ……실은, 몇 년 전에 결정된 거지."

"하지만……."

"그만 좀 해라." 론이 충고하듯 말했다.

"……제대로 생각해 본 거 확실해?" 해리는 물러서지 않았다.

"글쎄." 헤르미온느가 사나운 표정으로 《트롤과 함께하는 여행》을 두고 가는 쪽 무더기에 탁 내려놓으며 말했다. "난 며칠 동안 짐을 꾸렸어. 그러니까 론이랑 나는 네가 알려 주기만 하면 언제든 떠날 준비가 돼 있다고. 혹시 모를까 봐 말해 주는 건데 아주 어려운 마법도 몇 가지 걸었어. 론의 엄마 코앞에서 매드아이가 갖고 있던 폴리주스 마법약을 통째로 몰래 빼내 온 건 말할 것도 없고, 난 우리 부모님 기억도 바꿔 놨어. 두 분은 이제 본인들 이름이 웬델 윌킨스와 모니카 윌킨스이고, 평생소원은 오스트레일리아로 이주해서 사는 거라고 확신하고 계셔. 지금은 실제로 그렇게 되셨고. 그럼 볼드모트가 두 분을 추적하더라도 나에 대해 취조하기가 더 어려워질 테니까. 아니면 너에

대해서라든가. 불행하게도 내가 두 분께 네 얘기를 조금
해 드렸거든. 호크룩스를 모두 추적한 뒤에도 살아남는다
면 난 엄마 아빠를 찾아서 마법을 해제할 거야. 만약 살아
남지 못하면…… 뭐, 두 분이 계속 안전하고 행복하게 사
실 수 있도록 충분히 좋은 마법을 건 거라고 생각해. 그러
니까, 웬델과 모니카 윌킨스 부부는 자신들에게 딸이 있는
걸 모르시거든."

헤르미온느의 눈이 다시 눈물로 어른거렸다. 론이 또다
시 침대에서 일어나 이번에도 그녀에게 팔을 두르고, 눈치
없다고 나무라듯 해리를 향해 얼굴을 찌푸렸다. 해리는 뭐
라고 말해야 할지 전혀 떠오르지 않았다. 론이 다른 사람에
게 눈치 어쩌고 하는 게 이상한 일이기 때문만은 아니었다.

"난…… 헤르미온느, 미안해……. 나는……."

"너랑 같이 가면 무슨 일이 일어날 수 있는지 론이랑 내
가 확실히 알지도 못하고 이러는 줄 알았어? 글쎄, 우린 알
고 있어. 론, 네가 뭘 했는지 해리한테 보여 줘."

"에이, 쟤 방금 식사했잖아." 론이 말했다.

"얼른, 쟤도 알아야지!"

"아, 알았어. 해리, 이리 와 봐."

론은 헤르미온느에게 둘렀던 팔을 풀고 문 쪽으로 쿵쿵

걸어갔다.

"빨리."

"왜?" 해리가 론을 따라 좁디좁은 층계참으로 나가면서 물었다.

"디센도." 론이 마법 지팡이로 나지막한 천장을 가리키며 중얼거렸다. 머리 바로 위에서 뚜껑문이 열리더니 사다리가 발아래까지 스르르 내려왔다. 뚜껑이 열린 하수구에서 나는 것 같은 불쾌한 냄새와 함께, 네모난 구멍에서 공기를 빨아들이는 것 같기도 하고 흐느끼는 것 같기도 한 끔찍한 소리가 새어 나왔다.

"저거 너희 집에 사는 굴 아냐?" 해리가 물었다. 가끔씩 한밤의 고요함을 방해하는 그 괴물을 실제로 만나 본 적은 한 번도 없었다.

"그래, 맞아." 론이 사다리를 올라가며 말했다. "너도 와서 한번 봐."

해리는 론을 따라서 짧은 계단을 올라 비좁은 다락 공간으로 들어갔다. 머리와 어깨를 완전히 들이민 뒤에야 조금 떨어진 곳에서 몸을 웅크리고 있는 생명체가 보였다. 그것은 희미한 어둠 속에서 커다란 입을 활짝 벌린 채 깊이 잠들어 있었다.

"그런데…… 저건 꼭……. 굴들이 보통 잠옷을 입나?"

"아니." 론이 말했다. "보통은 빨간 머리카락이 나지도 않고, 물집이 저만큼 있지도 않지."

해리는 속이 살짝 메슥거리는 것을 느끼며 한참 동안 그 것을 바라보았다. 굴은 모습이나 크기가 인간과 비슷했는 데, 어둠에 눈이 익숙해지자 론의 낡은 잠옷을 걸치고 있 는 그것의 모습이 확실히 보였다. 하긴 보통 굴이라면 저 렇듯 분명하게 머리털이 잔뜩 나 있고 성난 자주색 물집으 로 뒤덮여 있는 게 아니라, 머리가 벗어지고 온몸은 점액 으로 뒤덮여 있을 것이었다.

"쟤가 나야. 알겠지?" 론이 말했다.

"아니." 해리가 말했다. "모르겠는데."

"방으로 돌아가서 설명할게. 냄새가 너무 지독해서 못 참겠다." 론이 말했다. 그들은 사다리를 내려왔다. 론은 사 다리를 천장으로 되돌려 놓은 뒤 여전히 책을 분류하고 있 는 헤르미온느 곁으로 돌아갔다.

"우리가 떠나자마자 저 굴이 여기 내 방에 내려와서 살 거야." 론이 말했다. "정말 기대하고 있는 것 같아. 뭐, 사 실 무슨 생각을 하고 있는지 잘은 모르겠지만. 저 녀석이 할 수 있는 건 신음 소리를 내면서 침 흘리는 것뿐이니까.

하지만 그 얘기를 하면 고개를 열심히 끄덕여. 아무튼, 저 녀석은 알알이 곰팡이에 걸린 내가 될 거야. 끝내주지?"

해리는 그저 혼란스러운 표정만 짓고 있었다.

"끝내준다니까!" 이 계획이 얼마나 기발한지 이해하지 못하는 해리가 답답하다는 듯 론이 말했다. "봐, 우리 셋이 호그와트에 나타나지 않으면 다들 헤르미온느랑 내가 틀림없이 너랑 같이 있다고 생각할 거야. 그렇지? 그 말은 죽음을 먹는 자들이 네 위치를 알아내려고 곧장 우리 가족들을 찾을 거란 얘기고."

"나야 엄마 아빠랑 같이 떠난 걸로 보이면 될 거야. 지금 이 순간에도 많은 수의 머글 태생들이 어딘가로 가서 숨겠다고 이야기하고 있으니까." 헤르미온느가 말했다.

"하지만 우리 가족 모두가 숨을 수는 없잖아. 그러면 너무 수상해 보일 테고, 다들 직장을 그만둘 수도 없는 노릇이니까." 론이 말했다. "그래서 내가 알알이 곰팡이를 심하게 앓고 있다고 둘러댈 생각이야. 그 때문에 학교에 가지 못한다고 하는 거지. 누가 조사하러 오면 엄마 아빠가 물집으로 뒤덮인 채 내 침대에 누워 있는 굴을 보여 줄 거야. 알알이 곰팡이는 실제로 전염성이 있으니까 그 사람들도 가까이 가고 싶어 하지 않을 테고. 저 굴이 말을 못 하는 것도 별문제 없어. 곰팡이가 목젖까지 퍼지면 확실히 말을 할 수가 없거든."

"너희 엄마 아빠도 이 계획에 동참하신 거야?" 해리가 물었다.

"아빠는 그랬어. 아빠는 프레드랑 조지를 도와서 굴을 변신시켰어. 엄마는…… 뭐, 엄마가 어떻게 나오는지 너도 봤잖아. 진짜로 떠날 때까지는 우리가 갈 거라는 사실을 받아들이시지 않을걸."

방 안에는 잠시 침묵이 흘렀다. 헤르미온느가 계속해서 책을 이쪽이나 저쪽 더미로 툭툭 던져 놓는 소리만 들릴 뿐이었다. 론은 앉아서 그런 그녀를 지켜보았고 해리는 할 말을 잃은 채 그 둘을 번갈아 보고만 있었다. 두 사람이 가족을 지키기 위해 어떤 조치들을 취해 놓았는지를 듣고 나자, 그들이 정말 그와 함께 갈 것이며 그 일이 얼마나 위험한지 정확히 알고 있다는 사실을 이보다 더 실감할 수가 없을 지경이었다. 해리는 이것이 그에게 얼마나 뜻깊은 일인지 두 사람에게 말해 주고 싶었지만 그런 마음을 표현할 수 있을 만한 단어를 찾지 못했다.

그 침묵을 뚫고 위즐리 부인이 맨 아래층에서 고함치는 소리가 아득히 들려왔다.

"아마 지니가 별것도 아닌 냅킨 고리 같은 데다 먼지 한 톨을 남겨 놨겠지." 론이 말했다. "들라쿠르 가족은 왜 결혼식 이틀 전에 온다는 거야?"

"플뢰르의 여동생이 들러리잖아. 예행연습을 하려면 와야지. 그 애 혼자 오기엔 너무 어리고." 헤르미온느가 판단이 잘 서지 않는다는 듯 《밴시와의 휴식 시간》을 들여다보며 말했다.

"글쎄, 손님들이 엄마의 스트레스 수치를 낮추는 데 도움이 되지는 않는 것 같다." 론이 말했다.

"우리가 진짜로 결정해야 하는 건……." 헤르미온느가 잠깐의 망설임도 없이 《마법 방어 이론》을 쓰레기통에 던져 넣고 《유럽 마법 교육의 평가》를 집어 들면서 말했다. "여길 떠나서 어디로 갈 거냐는 거야. 네가 일단 고드릭 골짜기에 가고 싶다고 말했던 건 알아, 해리. 그 이유도 알겠고. 하지만…… 글쎄…… 호크룩스를 우선순위로 삼아야 하는 거 아닐까?"

"호크룩스가 있는 곳을 한 군데라도 알았다면 나도 너랑 똑같이 생각했을 거야." 해리가 말했다. 헤르미온느가 고드릭 골짜기에 가고 싶어 하는 그의 마음을 정말로 이해했다는 생각은 들지 않았다. 부모님의 무덤이 그곳에 있다는

사실은 해리가 고드릭 골짜기에 끌리는 여러 이유 중 하나
일 뿐이었다. 그는 바로 그곳에 해답이 있을 것 같은 강력
한 느낌을 받았지만 그 느낌을 설명할 수가 없었다. 어쩌
면 그곳이 해리가 볼드모트의 살해 저주에서 살아남은 장
소이기 때문일지도 몰랐다. 그런 대단한 일을 다시 해내
야 하는 도전 과제를 앞두고 있는 지금 해리는 그 일을 이
해하고 싶었고, 그럴수록 그 일이 벌어졌던 장소에 마음이
끌렸다.

"볼드모트가 고드릭 골짜기를 감시하고 있을지도 모른
다는 생각은 안 드니?" 헤르미온느가 물었다. "볼드모트라
면, 네가 어디든 자유롭게 갈 수 있게 되자마자 가장 먼저
고드릭 골짜기에 가서 부모님 무덤을 찾고 싶어 할 거라고
예상하지 않을까?"

해리는 미처 그런 생각을 해 보지 못했다. 반박할 말을
찾으려고 애쓰는데, 혼자만의 생각에 빠져 있던 론이 목소
리를 높였다.

"그 R.A.B.라는 사람 있잖아." 그가 말했다. "그 왜, 진짜
로켓을 훔쳐 간 사람 말이야."

헤르미온느가 고개를 끄덕였다.

"그 사람이 편지에다 진짜를 파괴할 거라고 썼지?"

해리는 배낭을 가져다가 꼭꼭 접힌 R.A.B.의 편지가 들어 있는 가짜 호크룩스를 꺼냈다.

"나는 진짜 호크룩스를 훔쳐 냈고 가능한 한 빨리 그것을 파괴할 생각이오." 해리가 소리 내서 읽었다.

"뭐, 그 남자가 정말로 그걸 부숴 버렸다면?" 론이 말했다.

"여자일 수도 있지." 헤르미온느가 끼어들었다.

"누구든 간에." 론이 말했다. "그럼 우리가 할 일이 하나 줄어드는 거야!"

"그래, 하지만 그래도 진짜 로켓을 추적해 봐야 할 거 아냐." 헤르미온느가 말했다. "파괴됐는지 아닌지 알아보려면."

"그래서 손에 넣었다고 쳐. 그럼 그 호크룩스를 어떻게 없애야 해?" 론이 물었다.

"음." 헤르미온느가 말했다. "그건 내가 조사해 봤어."

"어떻게?" 해리가 물었다. "도서관에 호크룩스와 관련된 책은 없는 줄 알았는데?"

"없었어." 헤르미온느가 얼굴을 붉히며 말했다. "덤블도어 교수님이 전부 치우시긴 했는데…… 아예 없애 버리진 않으셨더라."

론이 눈을 휘둥그렇게 뜨며 허리를 꼿꼿이 펴고 앉았다.

"멀린의 바지를 걸고, 대체 어떻게 호크룩스 관련 책을 손에 넣은 거야?"

"그게…… 훔친 건 아니야!" 헤르미온느가 절박한 눈길을 해리에게서 론에게로 돌리며 말했다. "덤블도어 교수님이 책꽂이에서 치우시긴 했지만 그래도 여전히 도서관 책인 건 맞잖아. 아무튼, 교수님이 정말로 그 책에 아무도 손대지 않길 바라셨다면 분명히 이것보단 훨씬 어렵게……."

"본론만 말해!" 론이 말했다.

"그러니까…… 아주 간단했어." 헤르미온느가 기어들어 가는 목소리로 말했다. "그냥 소환 마법을 썼어. 그러니까, 아씨오 하고. 그랬더니 그 책들이 덤블도어 교수님의 연구실 창문에서 곧장 여학생 기숙사로 날아오더라."

"언제 그런 걸 한 거야?" 해리가 감탄과 믿기지 않는다는 감정이 뒤섞인 표정을 짓고 헤르미온느를 바라보았다.

"덤블도어 교수님…… 장례식 직후에." 헤르미온느가 더한층 기어들어 가는 목소리로 말했다. "학교를 떠나서 호크룩스를 찾으러 가자고 우리끼리 입을 모은 다음에 말이야. 짐을 챙기러 위층으로 올라갔는데, 그게…… 그러니까, 아는 게 많으면 도움이 될 거라는 생각이 들었어……. 마침 나 혼자 있기도 했고……. 그래서 해 봤는데…… 통하더라. 책들이 열린 창문으로 곧장 날아들어 오길래 얼른…… 얼른 챙겼어."

헤르미온느는 침을 꿀꺽 삼키더니 간절한 어조로 말했다. "덤블도어 교수님이 화를 내실 것 같지는 않아. 우리가 그 정보를 이용해서 호크룩스를 만들 것도 아니잖아. 안 그래?"

"누가 뭐래?" 론이 말했다. "아무튼, 그 책들은 어디 있는데?"

헤르미온느가 잠시 책 더미를 뒤지더니 빛바랜 검은색 가죽 표지의 큼직한 책을 꺼냈다. 그녀는 약간 구역질 나는 표정을 지으며, 죽은 지 얼마 안 된 무언가라도 되는 양 그 책을 아주 조심스럽게 들었다.

"여기엔 호크룩스 만드는 방법이 명확하게 설명되어 있어. 《가장 어두운 마법의 비밀》. 끔찍한 책이야. 정말 끔찍해. 사악한 마법들에 대해 잔뜩 적혀 있어. 덤블도어 교수님이 언제 이 책을 도서관에서 없앴는지는 모르겠어……. 교장이 된 다음에 없애신 거라면 볼드모트는 틀림없이 이 책에서 필요한 정보를 모두 얻었을 거야."

"그럼 왜 슬러그혼한테 호크룩스 만드는 방법을 물어봤을까? 이미 그 책을 읽었다면 말이야." 론이 물었다.

"볼드모트가 슬러그혼 교수님한테 접근한 건 그저 영혼을 일곱 개로 쪼갰을 때 무슨 일이 일어나는지 알아보기 위해서였어." 해리가 말했다. "덤블도어 교수님은 리들이 슬러그혼 교수님한테 호크룩스에 대해 물었을 때는 이미 호크룩스 만드는 법을 알고 있었을 거라고 확신하셨어. 네 말이 맞는 것 같아, 헤르미온느. 볼드모트는 그 책에서 정보를 얻었을 가능성이 커."

"호크룩스는" 하고, 헤르미온느가 말했다. "읽으면 읽을수록 더 끔찍하게 느껴지더라. 볼드모트가 호크룩스를 실제로 여섯 개나 만들었다니 도저히 믿어지지가 않아. 이 책은 영혼을 쪼개면 남은 영혼이 굉장히 불안정해진다고 경고하고 있거든. 호크룩스를 겨우 하나 만들 때도 그렇다는데 말이야!"

해리는 볼드모트가 '평범한 악'의 수준을 넘어섰다던 덤블도어의 말을 떠올렸다.

"쪼개진 영혼을 다시 합치는 방법은 있어?" 론이 물었다.

"응." 헤르미온느가 기운 빠지는 미소를 지으며 말했다. "하지만 극심한 고통을 겪게 돼."

"왜? 어떻게 하는 건데?" 해리가 물었다.

"후회하는 것." 헤르미온느가 말했다. "자기가 한 짓을 진심으로 후회하는 거야. 주석도 달려 있어. 보니까 그 고통 때문에 파멸할 수도 있나 봐. 하지만 볼드모트가 어떤 식으로든 그런 노력을 할 리가 없잖아. 그렇지 않아?"

"그건 그래." 해리가 대답하기도 전에 론이 말했다. "그럼 그 책에 호크룩스를 파괴하는 방법도 나와 있어?"

"응." 헤르미온느가 이제는 썩어 가는 내장을 보듯, 바스라질 것 같은 페이지를 넘기며 말했다. "이 책은 어둠의 마법사들한테 호크룩스에 얼마나 강한 마법을 걸어야 하는지 경고하고 있어. 내가 읽은 내용을 통틀어 보면, 해리가 리들의 일기장에 한 일이 바로 호크룩스를 확실하게 파괴할 수 있는 몇 안 되는 방법 중 하나야."

"뭐, 바실리스크 송곳니로 찌르는 것 말이야?" 해리가 물었다.

"아, 그래. 바실리스크 송곳니가 엄청 많이 남아서 참 다행이다. 그치?" 론이 특유의 비꼬는 말투로 말했다. "그놈의 송곳니들을 어떻게 처리해야 할지 고민 중이었는데."

"꼭 바실리스크 송곳니일 필요는 없어." 헤르미온느가 인내심을 발휘하며 말했다. "호크룩스가 스스로 재생할 수 없을 만큼 파괴적인 것이면 돼. 바실리스크의 독에는 해독제가 딱 하나뿐인데, 그건 아주 희귀한······."

"……불사조의 눈물 말이지." 해리가 고개를 끄덕이며 말했다.

"바로 그거야." 헤르미온느가 말했다. "문제는 바실리스크의 독만큼 파괴적인 물질이 아주 드물다는 거야. 들고 다니기에는 전부 위험한 것들이기도 하고. 그게 바로 우리가 해결해야 할 문제야. 호크룩스를 찢어 버리거나 부수거나 박살 내는 건 아무 소용 없을 테니까. 마법으로 복구할 수 없을 정도로 만들어 놔야 해."

"우리가 영혼이 깃들어 있는 물건을 망가뜨린다 치자. 근데 왜 그 안에 있는 영혼 조각이 다른 물건 안에 들어가서 살 수 없는 거지?" 론이 말했다.

"왜냐하면 호크룩스는 인간이랑 정반대거든."

해리와 론의 어리둥절한 표정을 본 헤르미온느가 서둘러 말을 이었다. "봐, 론. 내가 지금 당장 칼을 집어 들고 널 찌른다고 해도 네 영혼에는 전혀 피해를 줄 수 없을 거야."

"그것 참 되게 안심되는 말이구나." 론이 말했다.

해리는 웃음을 터뜨렸다.

"진짜 안심할 만한 일이야! 아무튼 내 말은, 몸에 무슨 일이 일어나든 영혼은 영향을 받지 않고 살아남는다는 거야." 헤르미온느가 말했다. "하지만 호크룩스는 그와 정반

대야. 호크룩스 안에 깃든 영혼 조각의 생사는 그것이 담겨진 용기, 즉 마법에 걸린 그 몸체에 달려 있어. 그 용기 없이는 존재할 수 없는 거지."

"그 일기장도 내가 찌르니까 죽어 버렸어." 해리는 꿰뚫린 종이에서 잉크가 피처럼 쏟아져 나오던 일이며 볼드모트의 영혼 조각이 사라지면서 비명을 질렀던 일을 떠올렸다.

"일기장이 제대로 파괴되자 그 안에 들어 있는 영혼이 더 이상 존재하지 못하게 된 거야. 너보다 앞서 지니가 그 일기장을 변기에 넣고 물을 내려서 없애 버리려고 했지만 다시 새것처럼 멀쩡해져서 돌아왔잖아."

"잠깐만." 론이 얼굴을 찡그리며 말했다. "그 일기장에 들어 있던 영혼 조각이 지니를 지배했었잖아. 안 그래? 그건 어떻게 된 거야?"

"영혼이 담긴 마법 용기가 온전할 때는 그 안에 있는 영혼 조각이 호크룩스에 지나치게 가까이 접근하는 사람한테 아주 잠깐씩 들어갔다 나갔다 할 수 있어. 손으로 너무 오래 잡고 있어서 그렇다는 게 아니야. 만지는 거랑은 아무 상관 없어." 론이 뭐라고 입을 열기도 전에 그녀가 덧붙였다. "내 말은 감정적으로 가까워졌을 때를 얘기하는 거야. 지니는 자신의 진심을 그 일기장에 쏟아부어서 자기

180

자신을 믿을 수 없을 만큼 취약하게 만들었어. 호크룩스를 너무 좋아하거나 거기에 의지하게 되면 문제가 발생하는 거지."

"덤블도어 교수님은 그 반지를 어떻게 파괴했을까?" 해리가 말했다. "왜 여쭤보지 않았을까? 난 한 번도 진정으로……."

해리의 목소리가 사그라들었다. 그는 덤블도어에게 물어봤어야 할 모든 것에 대해 생각하고 있었다. 교장 선생이 죽은 지금 돌이켜보니, 그가 아직 살아 있을 때 너무나 많은 기회를 날려 버린 것 같다는 생각이 들었다. 더 많은 것을 알아낼 수 있는 기회를…… 그 모든 것을…….

벽이 흔들릴 정도의 굉음과 함께 침실 문이 벌컥 열리면서 침묵을 깨뜨렸다. 헤르미온느가 비명을 지르며 《가장 어두운 마법의 비밀》을 떨어뜨렸고 크룩섄스는 쏜살같이 침대 밑으로 들어가 화난 듯 식식댔다. 론은 침대에서 벌떡 일어나다가 바닥에 버린 개구리 초콜릿 포장지를 밟고 미끄러져 맞은편 벽에 이마를 찧고 말았다. 해리가 본능적으로 마법 지팡이를 향해 몸을 날린 후 고개를 들자 위즐리 부인의 모습이 보였다. 그녀는 머리가 잔뜩 헝클어진 채 분노로 얼굴을 일그러뜨리고 있었다.

"화기애애한 모임을 방해해서 정말 미안하구나." 그녀가 화가 나서 떨리는 목소리로 말했다. "물론 다들 좀 쉬어야 했겠지……. 근데 내 방에 결혼식 선물이 잔뜩 쌓여 있단다. 너희가 선물 분류하는 일을 도와주기로 한 줄 알았는데."

"아, 네." 헤르미온느가 벌떡 일어나다가 책들을 사방으로 날려 보내며 겁먹은 얼굴로 말했다. "도와드릴게요……. 죄송해요……."

헤르미온느는 해리와 론에게 괴로워하는 표정을 지어 보이며 위즐리 부인을 따라 서둘러 방을 나섰다.

"집요정이라도 된 것 같아." 해리와 함께 헤르미온느의 뒤를 따라가면서 론이 계속 머리를 문지르며 목소리를 죽이고 투덜거렸다. "일에 대한 만족감만 없을 뿐이지. 이 결혼식이 빨리 끝나야 내가 행복해질 텐데."

"그러게." 해리가 말했다. "그다음에는 호크룩스 찾는 것 말고는 할 일이 아무것도 없을 테니까……. 휴가 같을 거야, 그치?"

론은 웃음을 터뜨렸다가, 위즐리 부인의 방에서 그들을 기다리고 있는 어마어마한 결혼식 선물 더미를 본 순간 곧바로 입을 다물었다.

들라쿠르 가족은 다음 날 아침 11시에 도착했다. 해리,

론, 헤르미온느와 지니는 이때쯤 플뢰르의 가족에 대해 화가 날 대로 나 있었다. 론이 짝이 맞는 양말을 찾아 위층으로 쿵쿵거리며 올라간 것이나 해리가 머리를 납작하게 눌러 보려 애를 쓴 건 모두 마지못해서 한 일이었다. 그들은 그럭저럭 단정한 모습을 갖추고 다 같이 햇살이 내리쬐는 뒷마당으로 나가 손님들을 기다렸다. 이곳이 이렇게 깔끔했던 적은 여태껏 한 번도 없었다. 늘 뒷문 계단에 흩어져 있던 녹슨 솥단지들과 낡은 장화는 어디론가 사라지고 대신 처음 보는 파닥파닥 덤불 화분 두 개가 문 양옆에 하나씩 서 있었다. 바람이 불지 않는데도 잎사귀들이 한가로이 흔들리면서 매혹적인 물결을 일으켰다. 닭들은 우리에 들어가 있었고, 마당은 비질이 되어 있었으며, 옆에 있는 정원은 가지치기를 하고 잡초도 뽑아 말끔하게 정돈되어 있었다. 하지만 풀이 무성한 그 정원의 모습을 좋아하는 해리는 평소처럼 깡충거리는 땅요정 무리가 없어 정원이 조금 쓸쓸해 보인다는 생각이 들었다.

해리는 기사단과 정부가 버로에 얼마나 많은 보호 마법을 걸어 두었는지 잊고 있었다. 그가 아는 건 더 이상 누구도 마법을 사용해 곧장 이곳에 들어올 수 없다는 사실뿐이었다. 위즐리 씨가 들라쿠르 가족이 포트키를 써서 도착하기로 되어 있는 가까운 언덕 꼭대기로 그들을 마중 나간 건 그 때문이었다. 그들이 다가오면서 처음으로 들린 소리는 특이할 정도로 높은 웃음소리였다. 알고 보니 그 웃음소리는 잠시 후 대문에 나타난 위즐리 씨가 낸 것으로, 그는 짐 가방을 잔뜩 든 채, 나뭇잎 같은 초록색의 긴 로브를 입은 아름다운 금발 여성을 안내하고 있었다. 플뢰르의 어머니가 틀림없었다.

"마망!" 플뢰르가 달려 나가 그녀를 껴안으며 소리쳤다. "파파!"

들라쿠르 씨는 매력으로 따지면 아내의 발끝에도 미치지 못했다. 키가 그녀보다 머리 하나는 작았고 눈에 띄게 통통했으며 얼굴에는 뾰족한 검은색 턱수염이 조금 나 있었다. 하지만 성격은 꽤 좋아 보였다. 그는 굽이 높은 부츠를 신고 위즐리 부인에게 통통 튀어 와 그녀의 양 뺨에 한 번씩 입을 맞추며 그녀를 당황하게 만들었다.

"고생이 많으셨겠습니다." 그가 굵직한 목소리로 말했다. "플뢰르가 아주 열심히 준비하셨다고 말하더군요."

"아, 아무것도 아니에요. 별말씀을요!" 위즐리 부인이 떨리는 목소리로 말했다. "수고랄 것도 없었답니다!"

론은 새로 심어 놓은 파닥파닥 덤불 뒤에서 고개를 내민 땅요정에게 발길질을 하는 것으로 분풀이를 했다.

"사돈!" 그때까지도 통통한 두 손으로 위즐리 부인의 손을 잡고 활짝 웃고 있던 들라쿠르 씨가 말했다. "앞으로 있을 우리 두 집안의 결합을 굉장히 영광스럽게 생각합니다! 여기 제 아내, 아폴린입니다."

들라쿠르 부인이 앞으로 미끄러지듯 나오더니 마찬가지로 허리를 구부리고 위즐리 부인에게 입을 맞췄다.

"앙샹테('반갑습니다'라는 뜻의 프랑스어—옮긴이)." 그녀가 말했다. "남편분께서 우리에게 아주 재미있능 이야기들을 해 주셨답니다!"

위즐리 씨는 미친 사람처럼 웃어 대다가 위즐리 부인이 쏘아보자 즉각 입을 다물더니 가까운 친구의 병상 곁에서나 어울릴 법한 표정을 지었다.

"그리고 우리 작은딸 가브리엘응 물롱 만나 보셨겠지요!" 들라쿠르 씨가 말했다. 가브리엘은 플뢰르의 축소판처럼 보였다. 맑은 은빛이 감도는 금발을 허리까지 늘어뜨린 열한 살 소녀가 눈부신 미소를 지으며 위즐리 부인을 껴안았다. 그러더니 반짝반짝 빛나는 눈으로 해리를 바라보며 속눈썹을 깜빡거렸다. 지니가 큰 소리로 목을 가다듬었다.

"자, 어서 들어오세요!" 위즐리 부인이 밝은 목소리로 외쳤다. 그러고는 "아뇨, 사양 마세요!"라든지 "먼저 들어가세요!", "별말씀을요!" 같은 얘기를 잔뜩 쏟아 내며 들라쿠르 가족을 집 안으로 안내했다.

들라쿠르 가족이 유익하고 유쾌한 손님이라는 사실은 곧바로 밝혀졌다. 그들은 무슨 일에든 기뻐했고 결혼식 준비를 돕는 데도 열심이었다. 들라쿠르 씨는 좌석 배치에서부터 신부 들러리의 신발에 이르기까지 모든 것을 보면서 "샤르망!('멋지다'라는 뜻의 프랑스어―옮긴이)"이라고 외쳤고, 들라쿠르 부인은 집안일 마법 솜씨가 제법 뛰어나서 눈 깜짝할 사이에 오븐을 깔끔하게 청소했다. 가브리엘은 언니를 졸졸 따라다니며 할 수 있는 한 뭐든 도와주려고 애쓰면서 프랑스어로 빠르게 재잘거렸다.

단점은 버로가 그렇게 많은 사람들이 지낼 수 있도록 지어진 집이 아니라는 사실이었다. 위즐리 부부는 거실을 잠자리로 삼았는데, 그전에 들라쿠르 부부의 항의를 고함으로 묵살한 다음 그들이 침실을 써야 한다고 설득해야 했다. 가브리엘은 퍼시가 쓰던 방에서 플뢰르와 함께 잠을 잤고 빌은 신랑 들러리인 찰리가 루마니아에서 돌아오면 그와 같이 방을 쓰기로 했다. 함께 계획을 짜는 일이 사실상 불가능해지자 해리, 론, 헤르미온느는 절박한 심정으로 닭에게 모이 주는 일을 자청했다. 그렇게 해서라도 사람들로 북적거리는 집을 벗어나려는 마음에서였다.

"엄마는 여전히 우릴 가만 놔두지 않으려고 한다니까!" 마당에서 모이려던 두 번째 시도가 위즐리 부인이 커다란 빨래 바구니를 품에 안고 나타나면서 수포로 돌아가자 론이 씩씩거렸다.

"아, 잘했다. 닭 모이를 주고 있었구나." 그녀가 그들 쪽으로 다가오며 소리쳤다. "내일 사람들이 도착하기 전에 다시 닭들을 가둬 두는 게 좋겠다……. 결혼식 때 쓸 천막을 설치하러 오기로 했거든." 그녀는 발걸음을 멈추고 닭장에 기대 설명을 이었다. 몹시 피곤한 기색이었다. "밀라만트 마법 천막 전문 업체라고…… 솜씨가 아주 좋아. 빌이 데려올 거야……. 그 사람들이 여기 있는 동안 너는 집 안에 있는 게 좋겠다, 해리. 곳곳에 보호 마법들이 걸려 있으니 확실히 결혼식 준비가 복잡해지긴 하는구나."

"죄송해요." 해리가 미안한 마음에 말했다.

"아, 바보같이 굴지 말거라, 애야!" 위즐리 부인이 대번에 말했다. "내 말은 그게 아니라…… 음, 네 안전이 훨씬 중요하잖니! 사실 네가 어떤 식으로 생일을 축하받고 싶은

지 알고 싶었단다, 해리. 어쨌든 열일곱 살이 되는 중요한 날이니까…….”

“요란스럽게 하고 싶진 않아요.” 해리는 그 파티가 모두에게 얼마나 더 부담을 줄지 생각하며 재빨리 말했다. “정말이에요, 위즐리 아줌마. 그냥 평범한 저녁 식사면 좋을 것 같아요……. 결혼식 전날이기도 하고요…….”

“아, 그래. 정 그렇다면 내가 리머스랑 통스를 초대하마. 괜찮니? 해그리드는 어떠니?”

“그럼 정말 좋겠네요.” 해리가 말했다. “하지만 너무 신경 쓰지는 마세요.”

“신경은 무슨, 전혀 아니야……. 그런 것쯤은 아무것도 아니란다…….”

그녀는 오랫동안 탐색하는 눈길로 그를 바라보다가 약간 슬픈 미소를 지어 보이더니 허리를 펴고 그 자리를 떠났다. 해리는 위즐리 부인이 빨랫줄 근처에서 마법 지팡이를 흔드는 모습을 바라보았다. 축축하게 젖은 옷가지들이 저절로 날아올라 빨랫줄에 걸렸다. 문득 그녀에게 부담과 괴로움을 준 것에 대한 죄스러운 마음이 거대한 물결처럼 밀려들었다.

7장

알버스 덤블도어의 유언

그는 새벽의 서늘한 푸른빛을 받으며 산길을 걷고 있었다. 저 아래 안개에 휩싸인 작은 마을의 모습이 얇은 띠처럼 보였다. 그가 찾던 사람이 저 밑에 있을까? 너무도 절실히 필요한 나머지 다른 생각은 거의 할 수 없게 하는 사람, 그가 가진 문제의 해답을 쥐고 있는 그 사람…….

"야, 일어나."

해리는 눈을 떴다. 그는 다시 한 번 론의 우중충한 다락방 침실에 있는 접이식 침대에 누워 있었다. 태양은 아직 뜨지 않았고 방은 여전히 어둑어둑했다. 피그위전이 조그만 날개 밑에 머리를 묻고 잠들어 있었다. 해리는 이마의 흉터가 욱신거리는 것을 느꼈다.

"자면서 뭐라 중얼거리던데."

"내가?"

"응. '그레고로비치'라고. 계속 '그레고로비치'라고 말했어."

안경을 쓰지 않은 탓에 론의 얼굴이 약간 흐릿하게 보였다.

"그레고로비치가 누군데?"

"나야 모르지. 안 그래? 그 말을 한 건 너잖아."

해리는 생각에 잠긴 채 이마를 문질렀다. 예전에 그 이름을 들어 본 것 같다는 생각이 어렴풋이 났지만 어디서 들었는지는 떠오르지 않았다.

"볼드모트가 그 사람을 찾고 있는 것 같아."

"안됐네." 론이 진심을 담아 말했다.

해리는 여전히 흉터를 문지르면서 일어나 앉았다. 이제 잠은 다 깼다. 그는 꿈에서 본 장면을 정확히 떠올리려고 애썼지만 생각나는 것은 산들의 능선과 깊은 계곡으로 둘러싸인 작은 마을의 윤곽뿐이었다.

"다른 나라에 있는 것 같아."

"누구, 그레고로비치?"

"볼드모트. 외국 어딘가에서 그레고로비치를 찾고 있는 것 같아. 영국은 아닌 것 같았어."

"다시 그자의 머릿속이 보이는 거야?"

론이 걱정스러운 목소리로 물었다.

"부탁인데 헤르미온느한테는 얘기하지 말아 줘." 해리가 말했다. "아무리 헤르미온느라도 내가 자면서 뭘 보는 것까지 그만두라고 하진 못하겠지만······."

해리는 생각에 잠긴 채 자그마한 피그위전의 새장을 올려다보았다. ······어째서 '그레고로비치'라는 이름이 익숙한 걸까?

"내 생각에······." 그는 천천히 입을 열었다. "퀴디치랑 뭔가 관련이 있는 것 같아. 무슨 연관이 있는데, 그게 뭔지 생각이 안 나."

"퀴디치?" 론이 말했다. "고르고비치 생각하는 건 아니고?"

"누구?"

"드래고미르 고르고비치. 2년 전에 기록적인 몸값을 받고 처들리 캐넌스로 이적한 추격꾼. 한 시즌 퀘플을 가장 많이 놓친 선수로 기록된 사람 말이야."

"아냐." 해리가 말했다. "고르고비치를 생각한 건 확실히 아니었어."

"그래, 나도 그 생각은 하기 싫다." 론이 말했다. "뭐, 아무튼 생일 축하해."

"와우. 맞다, 잊고 있었네! 나 열일곱 살이구나!"

해리는 접이식 침대 옆에 놓여 있던 마법 지팡이를 집어 들고 안경을 놓아둔 잡동사니로 가득한 책상을 가리키며 *"아씨오 안경!"*이라고 외쳤다. 겨우 한 걸음쯤 떨어진 곳에 있기는 했지만 안경이 붕 날아오는 것을 보자 굉장히 만족스러웠다. 적어도, 그 안경에 눈을 찔리기 전까지는.

"멋진걸!" 론이 코웃음을 치며 말했다.

해리는 추적 마법이 풀린 상황을 마음껏 즐기며 론의 소지품들을 방 안에 날아다니게 만들었다. 그 바람에 피그위전이 깨어나 새장 안에서 흥분한 듯 파닥거렸다. 해리는 운동화 끈도 마법으로 묶어 보았다(그 결과, 손으로 그 매듭을 푸는 데 몇 분이 걸렸다). 재미 삼아 론의 처들리 캐넌스 포스터 속의 오렌지색 로브들을 밝은 파란색으로 바꿔 보기도 했다.

"그래도 나라면 바지 지퍼는 손으로 올릴 거야." 론이 해리에게 충고했다. 그러고는 해리가 황급히 지퍼를 확인하는 모습을 보고 낄낄거렸다. "자, 네 선물. 여기서 풀어 봐. 엄마가 보면 안 되는 거니까."

"책?" 해리는 직사각형 꾸러미를 받아 들며 말했다. "왜

안 하던 짓을 하고 그래?"

"이건 보통 책이 아니야." 론이 말했다. "보물이라고. 《여자 마법사들을 매혹시키는 열두 가지 확실한 방법》. 여자들에 대해 알아야 하는 모든 것을 설명해 주는 책이지. 지난 학기에 나한테 이 책만 있었어도 라벤더를 떨쳐 버릴 방법을 확실히 알았을 테고, 그…… 잘해 보고 싶은 애랑 잘될 방법도 알았을 거야. 뭐, 프레드랑 조지가 한 권 줬는데 엄청나게 많은 걸 배웠어. 너도 놀랄 거야. 지팡이만 잘 쓴다고 다가 아니야."

부엌에 내려가 보니 식탁에 놓인 선물 더미가 기다리고 있었다. 빌과 들라쿠르 씨는 거의 아침 식사를 마쳤고 위즐리 부인은 프라이팬 너머로 그들과 수다를 떨며 서 있었다.

"아서가 열일곱 번째 생일을 축하한다고 전해 달라더구나, 해리." 위즐리 부인이 활짝 웃으며 말했다. "일찍 출근해야 해서 나갔는데 저녁 식사 때는 돌아올 거야. 맨 위에 있는 게 우리 선물이란다."

해리는 자리에 앉아 그녀가 가리킨 네모난 꾸러미를 가져다가 포장을 풀어 보았다. 안에는 위즐리 부부가 론의 열일곱 번째 생일에 준 것과 아주 비슷한 손목시계가 들어 있었다. 금으로 되어 있고, 바늘 대신 별 여러 개가 숫자판

위를 돌고 있는 시계였다.

"성인이 된 마법사한테는 손목시계를 선물하는 게 전통이란다." 위즐리 부인이 스토브 옆에서 그를 걱정스럽게 지켜보며 말했다. "론한테 준 것처럼 새것이 아니라 마음에 걸리는구나. 사실은 내 남동생 페이비언이 쓰던 시계인데, 그 애는 소지품을 아주 조심스럽게 다루는 편이 아니었거든. 뒤쪽에 약간 찍힌 자국이 있긴 한데……."

그녀는 더 이상 말을 잇지 못했다. 해리가 일어나 그녀를 끌어안았기 때문이었다. 그는 말하지 못한 수많은 것들을 그 포옹에 담으려고 애썼다. 그녀도 그 마음을 이해한 모양이었다. 해리가 포옹을 풀자 위즐리 부인은 그의 뺨을 어색하게 토닥여 주더니 허둥지둥 마법 지팡이를 휘둘렀고, 그 바람에 프라이팬에 담겨 있던 베이컨이 절반이나 바닥에 쏟아지고 말았다.

"생일 축하해, 해리!" 헤르미온느가 황급히 부엌으로 들어와 자기 선물을 선물 더미 맨 위에 올려놓으며 말했다. "별건 아니지만 마음에 들었으면 좋겠다. 넌 뭐 줬어?" 그녀가 물었지만 론은 못 들은 척했다.

"자, 그럼 헤르미온느의 선물을 풀어 볼까!" 론이 말했다.

그녀는 해리에게 새 스니코스코프를 사 주었다. 나머지

꾸러미들 속에는 빌과 플뢰르가 준 마법 면도기("아 그래, 이거라면 평생 가장 매끄러운 면도를 할 수 있을 거다." 들라쿠르 씨가 장담했다. "하지만 원하는 게 뭔지 똑똑히 말해 줘야 해……. 그렇지 않으면 머리카락이 생각보다 적어질 테니……."), 들라쿠르 가족이 준 초콜릿과 프레드와 조지가 보내온 위즐리 형제의 위대하고 위험한 장난감 최신 상품이 담긴 거대한 상자가 들어 있었다.

들라쿠르 부인, 플뢰르와 가브리엘까지 들어와 부엌이 불편할 만큼 북적거렸기에 해리, 론, 헤르미온느는 식탁에서 꾸물거리지 않았다.

"이건 내가 대신 싸 줄게." 셋이서 같이 위층으로 올라갈 때 헤르미온느가 해리의 품에서 선물들을 가져가며 밝은 목소리로 말했다. "난 짐을 거의 다 쌌거든. 네 나머지 팬티만 세탁기에서 나오면 돼, 론."

론이 뭐라고 더듬거렸지만 그 소리는 첫 번째 층계참에서 문이 열리는 바람에 끊겼다.

"해리, 잠깐 들어와 줄래?"

지니였다. 론은 우뚝 멈춰 섰지만 헤르미온느가 그의 팔을 잡고 위층으로 끌어당겼다. 해리는 잔뜩 긴장한 채 지니를 따라 그녀의 방으로 들어갔다.

이 방에는 처음 들어와 봤다. 작지만 밝은 방이었다. 마법사 밴드인 '운명의 세 여신' 포스터가 한쪽 벽에 붙어 있고, 또 다른 벽에는 전부 여자 마법사로만 구성된 퀴디치 팀인 홀리헤드 하피스의 주장 그웨녹 존스의 사진이 붙어 있었다. 책상 하나가 창문을 마주 보고 놓여 있었고, 열린 창밖으로 해리와 지니가 론, 헤르미온느와 함께 2 대 2로 퀴디치를 했던 과수원이 내다보였다. 지금 그곳에는 진홋빛 커다란 천막이 설치되어 있었는데, 천막 맨 꼭대기에 꽂혀 있는 황금색 깃발이 지니의 방 창문과 같은 높이에 다다를 정도였다.

지니가 해리의 얼굴을 올려다보고 한 번 심호흡을 하더니 말했다. "열일곱 번째 생일 축하해."

"응…… 고마워."

지니는 그를 계속 바라보고 있었지만 해리는 그녀를 마주 보기가 힘들었다. 마치 눈부신 빛을 들여다보는 것만 같았다.

"경치 좋다." 그가 창문을 가리키며 기어들어 가는 목소리로 말했다.

그녀는 그 말을 무시했다. 해리가 생각하기에도 무시당할 만했다.

"너한테 뭘 선물해야 할지 도무지 생각이 안 났어." 그녀가 말했다.

"아무것도 안 줘도 돼."

그녀는 이 말도 무시했다.

"뭐가 쓸모 있을지 모르겠더라고. 너무 크면 안 되겠지? 가져갈 수가 없을 테니까."

해리는 용기를 내서 그녀를 힐끗 바라보았다. 지니는 울고 있지 않았다. 그것이 지니의 여러 장점 중 하나였다. 잘울지 않는다는 것. 해리는 여섯이나 되는 오빠들의 존재가 그녀를 강하게 만든 게 아닐까 하는 생각을 종종 하곤 했다.

그녀가 그에게 한 걸음 다가왔다.

"그래서 생각했어. 날 기억하게 해 줄 뭔가를 주고 싶다고. 네가 하려는 그 일을 하려고 멀리 갔을 때 빌라 같은 걸 만날 수도 있으니까 말이야."

"그 일을 하는 중엔 데이트할 기회가 별로 없을 것 같은데."

"불행 중 다행이네." 그녀가 속삭였다. 그러더니 그녀는 전에는 한 번도 해 본 적 없는 방식으로 그에게 입을 맞췄고 해리도 그녀에게 입을 맞췄다. 파이어위스키보다도 황홀한, 모든 것을 잊게 만들어 주는 행복 가득한 순간이었다. 지니, 그녀만이 이 세상에서 유일하게 실체를 가진 존재인 것만 같았다. 그녀의 등에 닿은 한 손과 달콤한 향기가 나는 긴 머리카락에 닿은 다른 한 손으로 전해지는 그녀의 느낌만이…….

등 뒤에서 문이 벌컥 열리자 둘은 화들짝 놀라며 서로에게서 떨어졌다.

"이런." 론이 날카로운 목소리로 말했다. "미안."

"론!" 헤르미온느가 그의 바로 뒤에서 숨을 살짝 헐떡이며 서 있었다. 팽팽한 침묵이 흐르고 곧이어 지니가 낮고 담담한 목소리로 말했다. "아무튼 생일 축하해, 해리."

론은 귀가 새빨개져 있었고 헤르미온느는 긴장한 표정이었다. 해리는 그들의 눈앞에서 문을 쾅 닫고 싶었다. 문이 열리고 찬바람이 들어와 그의 반짝이는 한순간이 비누거품처럼 터져 버린 것 같은 느낌이었다. 지니와 헤어지고 그녀와 거리를 두려 했던 온갖 이유가 론과 함께 이 방안으로 밀어닥친 것 같았다. 행복한 망각의 순간은 사라져 버렸다.

그는 무슨 말을 해야 할지 알 수 없는데도 뭐라도 말하고 싶어서 지니를 바라보았다. 하지만 그녀는 그에게서 등을 돌린 뒤였다. 해리는 그녀가 이번만큼은 눈물에 굴복한

건지도 모른다는 생각이 들었다. 론 앞에서는 그녀를 달래
는 그 어떤 행동도 할 수가 없었다.

"나중에 보자." 해리는 그렇게 말하고 두 사람을 따라 방
을 나섰다.

론은 아래층으로 성큼성큼 내려가 아직도 북적거리는
부엌을 지나서 마당으로 나갔다. 해리는 걷는 내내 론과
발걸음을 맞췄다. 헤르미온느는 불안한 표정으로 그들 뒤
에서 종종걸음 쳤다.

새로 깎아 놓은 잔디밭 한구석에 이르렀을 때 론이 해리
를 홱 돌아보았다.

"네가 지니를 찼잖아. 근데 이제 와서 지니를 데리고 장
난치다니 뭐 하는 짓이야?"

"장난치는 거 아니야." 해리가 말했다. 그때 헤르미온느
가 둘을 따라잡았다.

"론······."

하지만 론은 손을 들어 그녀의 말을 막았다.

"네가 헤어지자고 했을 때 지니는 정말 상처받았······."

"나도 마찬가지야. 내가 왜 그랬는지 알잖아. 정말 그러
고 싶어서 헤어진 게 아니었어."

"그래, 하지만 이제 와서 키스하고 그러면 걘 다시 희망

을 갖게 될 거라고……."

"지니는 바보가 아니야. 그런 일이 있을 수 없다는 건 지니도 알고 있어. 지니는 우리가 결국 결혼하게 된다거나 뭐 그런 건 기대하지 않을……."

그 말을 한 순간 해리의 머릿속에 지니가 하얀 드레스를 입고서 키가 크고 불쾌한 느낌을 주는 얼굴 모를 낯선 남자와 결혼하는 장면이 생생하게 떠올랐다. 한순간 소용돌이처럼 휘몰아친 생각이 해리를 후려치는 것 같았다. 그녀의 미래는 자유롭고 아무런 장애물이 없는 반면 그의 미래는……. 그의 미래에는 볼드모트 외에 아무것도 보이지 않았다.

"계속 그렇게 걸핏하면 그 앨 더듬었다간……."

"다신 그런 일 없을 거야." 해리가 매몰차게 말했다. 구름 한 점 없는 날이었지만 해가 어디론가 사라져 버린 기분이었다. "됐냐?"

론은 반쯤은 화가 나고 반쯤은 쑥스러운 표정이었다. 그는 잠시 앞뒤로 몸을 흔들더니 말했다. "좋아, 그럼. 뭐, 그건…… 그래."

지니는 남은 하루 동안 해리와 단둘이 만날 기회를 다시 노리지도 않았고, 표정이든 행동이든 그녀의 방에서 정중

한 대화 이상의 무언가를 나누었다는 기색도 내비치지 않
았다. 그럼에도 해리는 찰리가 도착해서 다행이라고 생각
했다. 위즐리 부인이 찰리를 억지로 의자에 앉히더니 위협
적으로 지팡이를 들어 올리고 제대로 이발을 해야겠다고
말하는 광경을 지켜보며 다른 데 정신을 팔 수 있었던 것
이다.

버로의 부엌은 찰리, 루핀과 통스, 해그리드가 도착하기
전부터 해리의 생일 축하 만찬 덕분에 미어터질 지경이었
다. 이제는 정원 한쪽 끝에서 반대쪽 끝까지 식탁 여러 개
가 놓였다. 프레드와 조지는 숫자 17로 커다랗게 장식된
수많은 자주색 등불에 마법을 걸어 손님들의 머리 위를 떠
다니도록 만들었다. 위즐리 부인이 정성껏 돌본 덕분에 조
지의 상처는 말끔하고 깨끗해져 있었지만 해리는 쌍둥이
들이 아무리 농담을 해도 조지의 머리 한쪽에 난 검은 구
멍에 좀처럼 익숙해지지 않았다.

헤르미온느는 자기 지팡이 끝에서 자주색과 황금색 테
이프가 튀어나오게 해서 그것들이 저절로 나무와 덤불에
분위기 있게 걸쳐지도록 만들었다.

"멋있다." 헤르미온느가 마법 지팡이를 마지막으로 한
차례 화려하게 휘둘러 야생 능금나무 잎사귀들을 황금색

으로 바꿔 놓자 론이 말했다. "넌 이런 일에 정말 안목이 있는 것 같아."

"고마워, 론!" 헤르미온느는 기쁘면서도 약간 어리둥절한 표정을 지으며 말했다. 해리는 홀로 미소 지으며 고개를 돌렸다. 《여자 마법사들을 매혹시키는 열두 가지 확실한 방법》을 읽을 시간이 생기면 칭찬에 대해 써 놓은 챕터를 발견하게 될 거라는 엉뚱한 생각이 들었던 것이다. 그는 지니와 눈을 마주치고 씩 웃다가 론에게 했던 약속이 생각나 재빨리 들라쿠르 씨에게 말을 걸었다.

"비켜요, 비켜!" 위즐리 부인이 비치볼만 한 커다란 스니치처럼 생긴 뭔가를 앞에 띄워 놓고 대문으로 들어오면서 노래하듯 말했다. 잠시 후 해리는 그것이 그의 생일 케이크라는 것을 깨달았다. 위즐리 부인은 땅이 평평하지도 않은데 괜히 케이크를 들고 오는 위험을 감수하느니 지팡이로 띄워 오기로 한 듯했다. 마침내 케이크가 식탁 한가운데에 내려앉자 해리가 말했다. "굉장한데요, 위즐리 아줌마."

"아, 아무것도 아니란다, 얘야." 그녀가 애정 어린 목소리로 말했다. 그녀의 어깨 너머로 론이 해리에게 양쪽 엄지손가락을 들어 보이며 '잘했어'라고 입 모양으로 말했다.

7시쯤 되자 손님들이 모두 도착했다. 그들은 길 끝에서 기다리고 있던 프레드와 조지의 안내를 받아 집으로 들어왔다. 해그리드는 특별한 행사에 알맞은 예의를 차리기 위해 그가 가진 것 중 가장 좋고 한편으로 끔찍하기도 한 털북숭이 갈색 정장을 입고 있었다. 루핀은 해리와 악수하며 미소를 지었지만 기분이 썩 좋아 보이지는 않았다. 루핀의 모든 것이 아주 이상했다. 루핀 곁에 있는 통스는 그저 반짝반짝 빛이 나는 것 같았다.

"생일 축하해, 해리." 통스가 말하며 그를 꽉 끌어안았다.

"열일곱 살이다, 이거지!" 해그리드가 양동이 크기의 와인 잔을 프레드에게서 받아 들며 말했다. "우리가 만난 지 꼭 6년이다, 해리. 기억나냐?"

"어렴풋하게요." 해리가 씩 웃으며 그를 올려다봤다. "아저씨가 현관문을 부수고 들어와서 더들리한테 돼지 꼬리를 달아 주고 저더러 마법사라고 말해 주지 않으셨어요?"

"자세한 건 기억 안 나." 해그리드가 낄낄 웃었다. "잘 있었냐, 론, 헤르미온느?"

"저흰 잘 지내요." 헤르미온느가 말했다. "아저씨는요?"

"아, 나쁘지 않아. 바쁘긴 했지. 유니콘 몇 마리가 태어났거든. 너희가 돌아오면 보여 줄게……." 해그리드가 주머니를 뒤지는 동안 해리는 론과 헤르미온느의 시선을 피했다. "여기 있다, 해리. 뭘 줘야 할지 도무지 생각이 안 났는데 갑자기 이게 떠올랐어." 그는 털이 약간 북슬북슬한, 끈으로 졸라매는 작은 주머니를 꺼냈다. 긴 끈이 달린 걸 보니 목에 걸고 다니는 것 같았다. "당나귀 가죽이야. 그 안에 뭔가 숨기면 주인만 꺼낼 수 있어. 정말 구하기 힘든 거야."

"해그리드, 고마워요!"

"별것도 아닌데 뭐." 해그리드가 쓰레기통 뚜껑만 한 손을 내저으며 말했다. "찰리도 왔네! 저 녀석은 항상 마음에 들었지. 어이! 찰리!"

찰리가 좀 심하다 싶을 정도로 짧게 깎은 머리카락을 머쓱한 듯 손으로 쓸어 넘기며 다가왔다. 그는 키는 론보다 작았지만 다부진 체격이었으며 근육이 두드러진 두 팔에는 화상 자국과 긁힌 자국이 수없이 나 있었다.

"안녕하세요, 해그리드. 잘 지내셨어요?"

"너한테 편지 쓰려고 오랫동안 벼르고 있었어. 노버트는 어떻게 지내?"

"노버트요?" 찰리가 웃었다. "그 노르웨이 리지백 말이죠? 지금은 노버타라고 불러요."

"무슨…… 노버트가 여자애였어?"

"네." 찰리가 말했다.

"어떻게 알아?" 헤르미온느가 물었다.

"암컷이 훨씬 더 사납거든." 찰리가 말했다. 그는 어깨
너머를 돌아보며 목소리를 낮췄다. "아빠가 빨리 오셨으면
좋겠다. 엄마가 슬슬 신경이 날카로워지는 것 같아."

그들은 일제히 위즐리 부인을 바라보았다. 그녀는 들라
쿠르 부인과 이야기를 나누면서도 계속 대문 쪽을 힐끔거
리고 있었다.

잠시 후 그녀가 정원에 있는 사람들에게 소리쳤다. "아서
없이 시작하는 게 좋겠네요. 발이 묶였나 봐요. ……아!"

빛 한 줄기가 마당을 가로질러 식탁 위로 날아드는 광경
을 모두가 동시에 보았다. 그 빛은 밝은 은색을 띤 족제비
로 변하더니 뒷다리로 서서 위즐리 씨의 목소리로 말했다.

"마법 정부 총리님하고 같이 가고 있어."

위즐리 씨의 패트로누스가 공중으로 흩어져 사라지자
플뢰르의 가족은 굉장히 놀라워하면서 족제비가 사라진
곳을 쳐다보았다.

"우린 여기 있으면 안 되겠다." 루핀이 다급히 말했다.
"해리, 미안하다. 다음에 설명할게."

그는 통스의 손목을 잡고 끌어당겼다. 두 사람은 울타리

를 지나 보이지 않는 곳으로 사라졌다. 위즐리 부인의 얼굴에는 당황한 기색이 가득했다.

"총리가…… 대체 왜……? 이해가 안 되네……."

하지만 따질 겨를도 없이 얼마 지나지 않아 위즐리 씨가 루퍼스 스크림저와 함께 난데없이 대문 앞에 나타났다. 총리는 사자 갈기 같은 희끗희끗한 머리카락 때문에 한눈에 알아볼 수 있었다.

새로 도착한 두 사람은 마당을 가로질러 정원의 등불로 밝혀진 식탁으로 다가왔다. 모두가 조용히 앉아 그들이 다가오는 모습을 지켜보았다. 스크림저가 등불 빛이 비추는 곳까지 다가오자 해리는 그가 지난번 만났을 때보다 훨씬 나이 들고 야위었으며 어두워 보인다는 것을 알 수 있었다.

"방해해서 미안합니다." 스크림저가 절뚝거리며 식탁 앞에 멈춰 서서 말했다. "초대받지 않은 파티에 이렇듯 불쑥 찾아오니 더욱 그렇군요."

그의 눈이 거대한 스니치 모양 케이크에 잠시 머물렀다.

"생일 축하한다."

"고맙습니다." 해리가 말했다.

"따로 이야기를 좀 했으면 좋겠구나." 스크림저가 말을 이었다. "로널드 위즐리 군이랑 헤르미온느 그레인저 양도 함께."

"저희도요?" 론이 놀란 목소리로 물었다. "저희는 왜요?"

"좀 더 조용한 곳에 가서 얘기해 주마." 스크림저가 말했다. "그런 공간이 있나?" 그가 위즐리 씨에게 물었다.

"네, 물론입니다." 위즐리 씨가 긴장한 얼굴로 말했다. "그게, 어, 거실요. 거실에서 이야기하시면 어떨까요?"

"네가 안내하면 되겠구나." 스크림저가 론에게 말했다. "자네가 안내해 주지 않아도 될 것 같군, 아서."

해리는 론, 헤르미온느와 함께 일어서면서 위즐리 씨가 위즐리 부인과 걱정스러운 눈길을 주고받는 모습을 보았다. 아무 말 없이 앞장서서 집 안으로 들어가면서 해리는 나머지 두 사람도 그와 같은 생각을 하고 있다는 것을 깨달았다. 어떻게 된 일인지는 모르겠지만 스크림저는 그들 세 사람이 호그와트를 그만둘 계획이라는 사실을 알아낸 게 틀림없었다.

어질러진 부엌을 지나 버로의 거실로 향하는 내내 스크림저는 아무 말도 하지 않았다. 정원은 부드러운 황금빛 노을로 가득한 반면 이곳은 이미 어두워져 있었다. 해리가 들어서면서 기름등을 향해 마법 지팡이를 탁 튕기자, 등불들에서 뿜어 나온 빛이 허름하지만 아늑한 거실을 밝혔다.

스크림저는 평소 위즐리 씨가 앉는 푹 꺼진 안락의자에 자리를 잡았고 해리, 론, 헤르미온느는 소파에 나란히 끼어 앉았다. 그들이 자리에 앉자 스크림저가 입을 열었다.

"너희 셋에게 몇 가지 물어볼 게 있는데 따로따로 이야기하는 게 가장 좋을 것 같구나. 너희 둘이⋯⋯." 그는 해리와 헤르미온느를 가리켰다. "위층에서 기다려 준다면 로널드 군부터 시작하고 싶다."

"저흰 아무 데도 안 가요." 해리가 말하자 헤르미온느도 힘차게 고개를 끄덕였다. "모두 함께 있는 자리에서 얘기하지 않으신다면 저희는 듣지 않겠습니다."

스크림저는 재는 듯 냉정한 눈길로 해리를 바라보았다. 해리는 총리가 이렇게 일찍 적대감을 드러낼 필요가 있는지 고민하는 것 같은 느낌을 받았다.

"그럼, 좋다. 같이 하자." 그가 어깨를 으쓱하며 말했다. 그러고는 목을 가다듬었다. "너희도 알고 있겠지만 내가 여기에 온 건 알버스 덤블도어의 유언 때문이다."

해리, 론, 헤르미온느는 서로를 마주 보았다.

"놀란 모양이군! 덤블도어가 너희에게 뭔가 남겼다는 걸 모르고 있었단 말이냐?"

"어⋯⋯ 저희 모두에게요?" 론이 말했다. "저랑 헤르미온느한테도요?"

"그래, 너희 모……."

하지만 스크림저가 말을 끝내기도 전에 해리가 끼어들었다.

"덤블도어 교수님이 돌아가신 지 이미 한 달도 넘었어요. 그분이 남기신 걸 저희한테 전달하는 데 왜 이렇게 오래 걸린 거죠?"

"뻔하잖아?" 스크림저가 대답할 새도 없이 헤르미온느가 말했다. "뭔지는 몰라도 덤블도어 교수님이 우리에게 남기신 걸 마법 정부에서 검사하고 싶었던 거야. 정부는 그럴 권한이 없을 텐데요!" 그렇게 말하는 그녀의 목소리가 살짝 떨렸다.

"권한이라면 충분히 있다." 스크림저가 그녀의 말을 반박했다. "정당한 몰수에 관한 법령에 따라, 정부에는 유언장에 명시된 물건을 압수할 권한이……."

"그 법은 마법사들이 어둠의 마법과 관련된 물건을 후손에게 전달하는 걸 막기 위해 만들어진 거예요." 헤르미온느가 따지듯 말했다. "그리고 정부는 사망자의 소지품을 압류하기 전에 그것들이 불법적인 물건이라는 강력한 증거를 갖고 있어야 하고요! 덤블도어 교수님이 저희한테 저

주 마법에 걸린 물건을 전달하려 했다고 생각하신단 말씀
이세요?"

"마법 법조계에서 일할 계획인가, 그레인저 양?" 스크림
저가 물었다.

"아뇨, 그건 아니에요." 헤르미온느가 반박했다. "저는
세상을 위해 뭔가 좋은 일을 하고 싶을 뿐이에요!"

론이 웃음을 터뜨렸다. 스크림저의 눈이 그에게 휙 돌아
갔다가 해리가 입을 열자 다시 그에게로 돌아갔다.

"그럼 왜 이제 와서 저희 물건을 전해 주기로 하신 거죠?
그 물건들을 계속 가지고 있을 핑계가 생각나지 않으신 건
가요?"

"아니, 31일이 지났기 때문일 거야." 헤르미온느가 바로
말했다. "위험한 물건이라는 걸 증명하지 못하면 문제의
물건들을 그 이상 보관할 수 없거든. 맞죠?"

"너 자신이 덤블도어와 가까운 사이였다고 생각하나, 로
널드?" 스크림저가 헤르미온느의 말을 무시하고 론에게
물었다. 론은 깜짝 놀란 표정을 지었다.

"제가요? 아뇨, 별로 그렇지는 않은데요……. 가까운 사
이였던 건 항상 해리……."

론은 해리와 헤르미온느를 돌아보고 나서야 헤르미온느

가 '이제 입 다물어'라고 하는 듯한 눈길을 던지는 것을 봤
지만 이미 일은 벌어진 뒤였다. 스크림저는 듣게 될 거라
기대했고 또 듣고 싶어 했던 바로 그 말을 들은 눈치였다.
그는 론의 대답을 듣자마자 독수리처럼 달려들었다.

"네가 덤블도어와 별로 가깝지 않았다면, 덤블도어가 유
언장을 통해 너에게 유산을 남겼다는 사실에 대해서는 어
떻게 설명할 생각이지? 덤블도어는 손에 꼽을 정도의 사람
들에게만 유산을 남겼다. 덤블도어의 소지품들, 가령 개인
서고의 책들, 마법 도구, 그 외 개인적인 물품 등은 호그와
트에 기증되었는데 말이야. 왜 네가 특별히 선택됐다고 생
각하지?"

"저는…… 잘 모르겠는데요." 론이 말했다. "저는…… 아
까 가깝지 않다고 말한 건…… 그러니까 제 말은, 덤블도
어 교수님이 절 좋아하셨다고는 생각하지만……."

"너 너무 겸손하다, 론." 헤르미온느가 말했다. "덤블도
어 교수님은 너를 무척이나 아끼셨어."

하지만 그것은 위태로울 만큼 진실을 왜곡하는 말이었
다. 해리가 아는 한 론과 덤블도어는 단둘이 만난 적이 한
번도 없었고, 직접 만난 적이 있다 해도 별 의미 없는 접
촉일 뿐이었다. 하지만 스크림저는 그 말을 귀 기울여 듣

지 않는 듯했다. 그는 망토 안에 손을 넣어 해그리드가 해리에게 준 것보다 훨씬 큰, 끈으로 졸라매는 주머니를 꺼냈다. 그는 그 속에서 양피지 두루마리를 꺼내더니 펼쳐서 큰 소리로 읽었다.

"'알버스 퍼시벌 울프릭 브라이언 덤블도어의 유언장'…… 그래, 여기 있군……. '로널드 빌리우스 위즐리에게, 이것을 사용하는 동안 나를 기억하길 바라며 딜루미네이터를 남긴다.'"

스크림저는 주머니에서 해리가 예전에 본 적이 있는 물건을 꺼냈다. 은색 라이터처럼 생겼지만 해리의 기억으로는 한 번 누르기만 해도 한 장소에 있는 빛을 모조리 빨아들였다가 되돌려 놓을 수 있는 기능을 가진 물건이었다. 스크림저는 앞으로 몸을 기울여 딜루미네이터를 론에게 건넸다. 론은 그 물건을 받아 들고 어안이 벙벙한 표정을 지으며 손가락으로 뒤집어 살펴보았다.

"그것은 귀한 물건이다." 스크림저가 론을 바라보며 말했다. "유일한 물건일 수도 있지. 덤블도어가 발명한 물건인 건 확실하고. 왜 너에게 그렇게 희귀한 물건을 남겼을까?"

론은 당황한 표정을 지으며 고개를 저었다.

"덤블도어는 분명 수천 명쯤 되는 학생들을 가르쳤을 거다." 스크림저가 끈질기게 말을 이어 나갔다. "한데 유언장으로 물건을 남긴 학생은 너희 셋뿐이다. 왜 그럴까? 덤블도어는 네가 딜루미네이터를 어디에 쓸 거라고 생각한 거지, 위즐리 군?"

"불 끌 때 아닐까요." 론이 웅얼거렸다. "그것 말고 뭘 할 수 있겠어요?"

스크림저도 달리 떠오르는 생각은 없는 게 분명했다. 그는 잠시 눈을 가늘게 뜨고 론을 바라보더니 다시 덤블도어의 유언장으로 시선을 돌렸다.

"'헤르미온느 진 그레인저 양에게, 이 책이 흥미롭고 유익하다는 것을 깨닫길 바라며 《음유시인 비들 이야기》를 남긴다.'"

스크림저는 주머니에서 지금 위층에 있는 《가장 어두운 마법의 비밀》만큼 오래된 것으로 보이는 작은 책 한 권을 꺼냈다. 표지는 군데군데 얼룩이 져 있고 벗겨져 있었다. 헤르미온느는 아무 말 없이 스크림저에게서 그 책을 받아 들었다. 그녀는 무릎에 책을 내려놓고 가만히 바라보았다. 보아하니 룬문자로 제목이 쓰여 있었는데 해리는 룬문자 읽는 법을 배운 적이 없었다. 그가 여전히 눈길을 주고 있는데 돋을새김을 한 글자들 위로 갑자기 눈물 한 방울이

툭 떨어졌다.

"덤블도어가 왜 너에게 그 책을 남겼을 거라고 생각하지, 그레인저 양?" 스크림저가 물었다.

"그분은…… 그분은 제가 책을 좋아한다는 걸 알고 계셨어요." 헤르미온느가 소매로 눈물을 훔치며 잠긴 목소리로 말했다.

"그런데 왜 하필 그 책을 줬을까?"

"모르겠어요. 제가 재미있게 읽을 거라고 생각하셨나 봐요."

"덤블도어와 암호라든가 비밀 메시지를 전달하는 방법에 대해 이야기한 적이 있나?"

"아뇨, 없어요." 헤르미온느가 소매로 계속 눈물을 닦으며 말했다. "그리고 정부에서 31일 동안이나 조사했는데도 찾지 못한 암호를 제가 찾아낼 수 있을 것 같지도 않고요."

그녀는 터져 나오려는 울음을 간신히 참았다. 셋이 너무 딱 붙어 앉은 탓에 론은 팔을 들어 헤르미온느의 어깨를 감싸 안기까지 힘겨운 과정을 거쳐야만 했다. 스크림저는 다시 유언장으로 돌아갔다.

"'해리 제임스 포터에게.'" 그가 유언장을 읽기 시작하자 해리의 심장이 갑작스러운 흥분으로 꽉 죄어들었다. "'투지와 뛰어난 기술에 대한 보상을 기억하라는 의미에서, 그가 호그와트 첫 퀴디치 경기에서 잡은 스니치를 남긴다.'"

스크림저가 호두 크기의 작디작은 황금색 공을 꺼내자 스니치의 은빛 날개들이 미세하게 파닥거렸다. 해리는 실망스러운 결말을 마주한 듯한 느낌을 떨칠 수가 없었다.

"덤블도어가 왜 너에게 이 스니치를 남긴 거지?" 스크림저가 물었다.

"모르겠어요." 해리가 말했다. "방금 총리님이 읽으신 이유 때문이겠죠……. 저한테…… 투지나 뭐 그런 걸 가지고 있으면 뭔가를 얻게 될 거란 사실을 상기시키시려고요."

"그럼 이게 그냥 상징적인 유품이라 생각한다는 건가?"

"그런 것 같네요." 해리가 말했다. "아니면 뭐겠어요?"

"지금 질문을 하고 있는 건 나다." 스크림저가 의자를 좀 더 소파 가까이로 옮기며 말했다. 바깥에는 이제 본격적으로 땅거미가 내리고 있었다. 창밖 산울타리 너머로 하얀색 천막이 유령 같은 모습으로 우뚝 솟아 있었다.

"네 생일 케이크가 스니치 모양이던데." 스크림저가 해리에게 말했다. "왜지?"

헤르미온느가 조롱 섞인 웃음을 터뜨렸다.

"아, 그렇죠. 케이크 모양이 해리가 훌륭한 수색꾼이라는 사실과 관련 있을 리는 없겠네요. 그건 너무 뻔하니까요." 그녀가 비꼬듯 말했다. "틀림없이 설탕 장식 속에 덤블도어 교수님의 비밀 메시지가 숨겨져 있을 거예요!"

"설탕 장식 속에는 아무것도 숨겨져 있지 않을 거다." 스크림저가 말했다. "하지만 스니치는 작은 물건을 숨기기에 아주 좋은 은닉처가 될 수 있지. 너도 분명 그 이유를 알텐데?"

해리는 어깨를 으쓱할 뿐이었지만 헤르미온느가 대답했다. 누가 질문을 하면 정답을 말하는 습관이 너무 깊이 들어서 충동을 억누를 수가 없는 모양이었다.

"스니치에는 피부를 기억하는 기능이 있으니까요." 그녀가 말했다.

"뭐?" 해리와 론이 동시에 소리쳤다. 둘 다 퀴디치에 관한 헤르미온느의 지식이 보잘것없을 거라고 생각했던 것이다.

"맞다." 스크림저가 말했다. "스니치는 풀어놓기 전에는 누구의 맨살에도 닿지 않지. 심지어 스니치를 만드는 사람의 맨살에도 닿지 않아. 장갑을 끼고 만드니까. 스니치에는 누가 잡았는지를 놓고 다툼이 벌어질 경우에 대비해 처음으로 그것을 만진 사람을 식별하는 마법이 걸려 있다. 이 스니치는…….." 그가 작은 황금색 공을 들어 올렸다. "네 손길을 기억하고 있을 거다, 포터. 다른 결점은 제쳐 두더라도 어쨌든 뛰어난 마법 실력을 갖고 있던 덤블도어가 오직 너만 열 수 있도록 이 스니치에 주문을 걸어 놨을 것 같다는 생각이 드는데."

해리의 심장이 빠르게 뛰었다. 그는 스크림저의 말이 맞다고 확신했다. 어떻게 하면 총리 앞에서 맨손으로 스니치를 잡는 일을 피할 수 있을까?

"아무런 말이 없구나." 스크림저가 말했다. "아마 스니치 안에 뭐가 들어 있는지 이미 아는 모양이지?"

"아뇨." 해리는 여전히 어떻게 하면 진짜로 스니치를 만지지는 않으면서 만지는 것처럼 보일 수 있을까를 궁리하고 있었다. 레질리먼시만 할 줄 알았다면 헤르미온느의 마음을 읽을 수 있었을 것이다. 실제로 옆에서 그녀의 머리가 윙윙 돌아가는 소리가 들리는 듯했다.

"받아라." 스크림저가 조용히 말했다.

해리는 총리의 노란 눈을 마주 보고 그 말에 따르는 것 말고는 별다른 방법이 없다는 것을 알아차렸다. 그가 손을 내밀자 스크림저는 다시 몸을 앞으로 기울여 스니치를 천천히, 조심스럽게 해리의 손바닥 위에 올려놓았다.

아무 일도 일어나지 않았다. 해리의 손가락이 감싸 쥐자 스니치는 지친 날개를 파닥거리다가 이내 고요해졌다. 스크림저와 론과 헤르미온느는 해리의 손가락에 감싸인 그 공을 계속 뚫어지게 바라보았다. 스니치가 어떤 식으로든 변화할 거라고 생각하는 듯했다.

"드라마틱하네요." 해리가 서늘한 목소리로 말했다. 론과 헤르미온느 모두 웃음을 터뜨렸다.

"그럼 이게 전부인가요?" 헤르미온느가 소파에서 일어나려고 애쓰며 말했다.

"그렇지 않다." 스크림저가 기분 상한 얼굴로 말했다. "덤블도어가 너에게 두 번째 유품을 남겼다, 포터."

"뭔데요?" 해리는 다시 흥분이 끓어오르는 것을 느끼며 물었다.

이번에 스크림저는 굳이 유언장을 읽지 않았다.

"고드릭 그리핀도르의 검이다." 그가 말했다.

헤르미온느와 론 둘 다 순간적으로 굳어 버렸다. 해리는 루비가 박힌 검 손잡이라도 보이는지 주위를 두리번거렸지만 스크림저는 그 가죽 주머니에서 검을 꺼내지 않았다. 하긴, 그 주머니는 검을 담기엔 너무 작았다.

"그래서, 어디 있는데요?" 해리가 의심 가득한 말투로 물었다.

"유감스럽게도" 하고, 스크림저가 말했다. "그 검은 덤블도어가 마음대로 처분할 수 있는 물건이 아니다. 고드릭 그리핀도르의 검은 중요한 역사적 물건이므로 그 소유권은……."

"해리한테 있죠!" 헤르미온느가 열을 내며 말했다. "그 검이 해리를 선택했어요. 그 검을 발견한 게 해리라고요. 기숙사 배정 모자가 해리한테 준……."

"믿을 만한 사료에 따르면, 검은 누구든 자격이 있는 그리핀도르 학생에게 스스로 모습을 드러낸다." 스크림저가 말했다. "그러므로 그 검은 포터 군의 독점적인 소유물이 될 수 없다. 덤블도어가 어떻게 판단했든 말이다." 스크림저는 엉망으로 면도한 뺨을 긁으며 해리를 찬찬히 뜯어보았다. "네 생각엔 왜……?"

"덤블도어 교수님이 저한테 그 검을 주고 싶어 했을 것 같냐고요?" 해리가 성질을 누르려고 애쓰며 말했다. "아마 제 방 벽에 걸어 놓으면 멋져 보일 거라고 생각하셨나 보죠."

"이건 장난이 아니다, 포터!" 스크림저가 사납게 외쳤다. "덤블도어가 고드릭 그리핀도르의 검만이 슬리데린의 후계자를 무찌를 수 있을 거라고 생각했기 때문 아니냐? 덤블도어가 너한테 그 검을 주고 싶어 한 까닭은 수많은 사람이 그러는 것처럼 네가 이름을 말해서는 안 되는 그 사람을 물리칠 운명이라고 믿었기 때문이 아니냔 말이다, 포터."

"흥미로운 가설인데요." 해리가 말했다. "혹시 볼드모트한테 검을 꽂아 본 사람이 있나요? 아마 정부는 누군가를 보내서 그 일을 하게 해야 할 것 같네요. 딜루미네이터를 까뒤집어 보거나 아즈카반 탈옥 사건을 덮느라 시간을 낭비하는 대신 말이죠. 그래서, 그동안 겨우 이런 짓을 하고 계셨던 건가요, 총리님? 집무실에 틀어박혀서 스니치를 열어 보려고 하신 거예요? 사람들이 죽어 가고 있어요. 저도 하마터면 그 사람들 중 한 명이 될 뻔했고요. 볼드모트는 세 개 주(州)를 가로질러 절 쫓아왔고, 매드아이 무디를 죽였어요. 하지만 정부에서는 그 얘기를 한 마디도 안 하죠. 안 그래요? 그런데도 총리님은 저희가 협조할 거라고 생각하시는군요!"

"도가 지나치구나!" 스크림저가 자리에서 일어서며 소리쳤다. 해리도 벌떡 일어났다. 스크림저는 절뚝절뚝 해리에게 걸어가 마법 지팡이 끝으로 그의 가슴을 꾹 찔렀다. 해리의 티셔츠에 담뱃불로 지진 것 같은 구멍이 생겼다.

"무슨 짓이야!" 론이 자리를 박차고 일어나 마법 지팡이를 들어 올렸지만 해리가 그를 말렸다. "안 돼! 우릴 체포할 핑계를 주고 싶어?"

"여기가 학교가 아니라는 사실이 떠올랐나 보구나." 스크림저가 해리의 얼굴에 대고 거친 숨을 몰아쉬며 말했다. "내가 네 시건방지고 반항적인 행태를 눈감아 주던 덤블도어가 아니란 사실을 떠올린 모양이지? 포터, 그 흉터가 마치 왕관처럼 느껴질지도 모르겠지만 내 일에 대해 이래라저래라 하는 건 열일곱 살짜리 소년이 할 일이 아니다! 이젠 너도 사람을 존경하는 법을 배울 때야!"

"총리님이 존경받을 만한 사람이 될 때겠죠." 해리가 말했다.

바닥이 흔들리고 후다닥하는 발소리가 들리더니 거실 문이 벌컥 열리면서 위즐리 부부가 달려 들어왔다.

"저흰…… 무슨 소리가 들린 것 같아서……." 해리와 총리가 코를 맞대다시피 하고 있는 광경에 아연실색한 위즐리 씨가 입을 열었다.

"……언성을 높이는 소리가요." 위즐리 부인이 헐떡거리며 말했다.

스크림저는 자기가 만들어 낸 해리의 티셔츠 구멍을 쓱 보며 몇 걸음 물러섰다. 분노를 참지 못한 것을 후회하는 눈치였다.

"아무…… 아무것도 아니네." 그가 식식 숨을 쉬며 말했다. "나는…… 네 태도가 유감스럽구나." 그가 다시 한 번 해리를 똑바로 바라보며 말했다. "너는 네가, 그리고 덤블도어가 바랐던 것을 정부는 바라지 않는다고 생각하는 모양이지. 우리는 힘을 합쳐야 한다."

"전 총리님의 방식이 마음에 들지 않습니다." 해리가 말했다. "기억나시죠?"

그는 오른쪽 주먹을 들어 올려 여전히 손등에 하얗게 드러난, '거짓말을 하지 않겠습니다'라고 쓴 흉터를 다시 한 번 스크림저에게 보여 주었다. 스크림저의 얼굴이 딱딱하게 굳었다. 그는 아무 말 없이 돌아서더니 절뚝절뚝 거실을 나갔다. 위즐리 부인이 황급히 그를 따라갔다. 그녀가 뒷문에서 멈춰 서는 소리가 들렸다. 1분쯤 흘렀을까, 그녀가 소리쳤다. "가셨어!"

"왜 오신 거니?" 위즐리 부인이 서둘러 돌아왔을 때, 위즐리 씨가 해리, 론, 헤르미온느를 돌아보며 물었다.

"덤블도어 교수님이 저희한테 남기신 물건을 전해 주려고요." 해리가 말했다. "조금 전에야 덤블도어 교수님의 유언장 내용을 들었어요."

바깥 정원의 저녁 식탁 위에서 스크림저가 전해 준 세 가지 물건이 이 손에서 저 손으로 옮겨졌다. 모두 딜루미네이터와 《음유시인 비들 이야기》를 보고 감탄하면서 스크림저가 검을 넘겨주길 거부한 사실을 안타까워했다. 하지만 덤블도어가 해리에게 그 스니치를 남긴 이유를 짐작이라도 하는 사람은 아무도 없었다. 위즐리 씨가 딜루미네이터를 세 번째인가 네 번째로 살펴보고 있을 때 위즐리 부인이 조심스럽게 입을 열었다. "해리, 애야, 다들 끔찍하게 배가 고프단다. 너 없이 시작하고 싶지는 않았거든……. 지금 저녁을 내와도 되겠니?"

모두 허겁지겁 식사를 하고 "생일 축하합니다"를 빠르게 합창한 다음 케이크를 와구와구 먹어 치우자 파티는 끝났다. 이튿날 결혼식에도 초대받은 해그리드는, 안 그래도 감당할 수 없을 만큼 사람이 들어찬 버로에 머무르기엔 몸집이 너무 컸기에 근처 들판에다 텐트를 치러 갔다.

"위층에서 만나자." 위즐리 부인이 정원을 원래 상태로 되돌려 놓는 것을 도와주면서 해리가 헤르미온느에게 속삭였다. "다들 자러 간 다음에."

다락방에 올라갔을 때 론은 자기가 받은 딜루미네이터를 살펴보았고 해리는 해그리드가 준 당나귀 가죽 주머니

를 금화가 아닌 그가 가장 소중하게 여기는 물건들로 채웠
다. 도둑 지도, 시리우스가 준 마법 거울 파편, R.A.B.의
로켓……. 그중 몇 가지는 겉보기에 아무런 가치가 없어
보이는 물건들이었다. 그는 끈을 꽉 조인 뒤 주머니를 목
에 걸고 앉아서, 손에 쥔 스니치가 힘없이 날개를 파닥거
리는 모습을 지켜보았다. 마침내 헤르미온느가 문을 두드
리고 까치발로 살금살금 들어왔다.

"머플리아토." 그녀가 계단을 향해 지팡이를 휘두르며
속삭였다.

"그 주문 싫어하는 줄 알았는데?" 론이 말했다.

"시대가 변했잖아." 헤르미온느가 말했다. "자, 딜루미네
이터 좀 보여 줘."

론은 바로 그렇게 했다. 그는 딜루미네이터를 눈앞에 들
어 올리고 찰칵 눌렀다. 그들이 단 하나 켜 놓은 등이 즉시
꺼졌다.

"중요한 건" 하고, 헤르미온느가 어둠 저편에서 속삭였
다. "이런 일은 페루산 즉석 암흑 가루로도 할 수 있다는
거야."

희미한 '찰칵' 소리와 함께 등에서 빠져나왔던 둥근 빛이
천장으로 되돌아가 다시 한 번 그들 모두를 비췄다.

"그래도 멋진걸." 론이 조금 소극적인 투로 말했다. "게다가 덤블도어가 직접 발명했다잖아!"

"나도 알아. 하지만 그냥 우리가 불 끄는 걸 도와주려고 너를 콕 집어 유품을 남기신 건 당연히 아닐 거 아니야!"

"정부에서 유언장을 압수해 우리한테 남긴 물건을 모두 살펴볼 거라는 걸 알고 계셨을까?" 해리가 물었다.

"분명 그렇겠지." 헤르미온느가 말했다. "유언장을 통해서는 왜 우리한테 이런 물건을 남기는지 말씀하실 수 없었던 거야. 하지만 그렇다고 해도 여전히 이해할 수 없는 건……."

"……왜 살아 계실 때 우리한테 힌트를 주지 않았냐는 거지?" 론이 물었다.

"음, 바로 그거야." 헤르미온느가 《음유시인 비들 이야기》를 휙휙 넘기며 말을 이었다. "이것들이 정부 코앞에서라도 전달되어야 할 만큼 중요한 물건들이라면 우리한테 그 이유를 알려 주실 법한데…… 당연히 알 거라고 생각하신 걸까?"

"그럼 덤블도어가 잘못 생각한 거 아니야?" 론이 말했다. "내가 옛날부터 덤블도어는 정신이 좀 나갔다고 말했잖아. 머리도 좋고 뭐 다 좋은데, 어딘가 좀 고장 났다고 말이야. 해리한테 예전에 잡았던 스니치를 남기다니, 대체 그게 무슨 뜻이야?"

"전혀 모르겠어." 헤르미온느가 말했다. "스크림저가 너한테 스니치를 받으라고 했을 때 말이야, 해리, 나는 분명 무슨 일이 일어날 거라고 생각했어!"

"그래. 뭐……." 손가락으로 스니치를 집어 들자 해리는 맥박이 빨라지는 것을 느꼈다. "스크림저 앞에서 굳이 애쓸 필요는 없잖아?"

"무슨 뜻이야?" 헤르미온느가 물었다.

"내가 첫 경기에서 잡았던 스니치라며?" 해리가 말했다. "기억 안 나?"

헤르미온느는 그저 어안이 벙벙한 표정이었다. 하지만 론은 헉하고 숨을 들이켜더니 해리와 스니치를 미친 듯이 번갈아 가리키다가 끝내 목소리를 되찾았다.

"그거 네가 삼킬 뻔했던 거잖아!"

"바로 그거야." 해리는 그렇게 말한 뒤 심장이 빠르게 뛰는 것을 느끼며 스니치에 입을 갖다 댔다.

하지만 스니치는 열리지 않았다. 좌절감과 씁쓸한 실망감이 해리의 가슴을 가득 채웠다. 그는 그 황금색 공을 입에서 내렸다. 그때 헤르미온느가 소리쳤다.

"글자야! 글자가 있어. 얼른, 봐!"

해리는 놀라고 흥분한 탓에 하마터면 스니치를 떨어뜨릴 뻔했다. 헤르미온느의 말이 맞았다. 방금 전까지만 해도 아무것도 없던 매끄러운 황금색 표면에 기우뚱한 손 글씨로 여덟 글자가 적혀 있었다. 해리는 그것이 덤블도어의 손 글씨임을 알아보았다.

나는 닫힐 때 열린다.

글자들은 읽기가 무섭게 사라졌다.

"'나는 닫힐 때 열린다'…… 대체 무슨 뜻이지?"

헤르미온느와 론은 멍한 표정으로 고개를 저었다.

하지만 아무리 여러 가지 억양으로 그 글자들을 수없이 되풀이해서 말해 봐도 더 이상 어떠한 의미도 생각해 낼 수 없었다.

"그리고 그 검도." 세 사람 모두 스니치에 적힌 글자의 의미를 알아내려는 시도를 결국 단념했을 때 론이 말했다. "왜 해리가 그 검을 갖길 바란 거지?"

"그냥 나한테 말해 주실 수는 없었던 이유는 또 뭐고?" 해리가 조용히 말했다. "그 검은 지난 학기에 교수님과 내가 대화를 나누던 내내 연구실 벽 쪽 바로 *거기*에 있었는데! 내가 그 검을 갖길 바라셨다면 왜 그때 나한테 직접 주시지 않은 걸까?"

그는 머리가 굼뜨고 아무런 생각도 떠오르지 않는 상태에서 대답해야만 하는 질문을 앞에 두고 시험장에 앉아 있는 듯한 기분이었다. 지난 학기에 덤블도어와 나눴던 기나긴 대화에서 뭔가 놓친 부분이 있는 걸까? 그 모든 게 무슨 뜻인지 알아야만 하는 걸까? 덤블도어는 그가 이해할 거라고 기대한 걸까?

"그리고 이 책 말인데" 하고, 헤르미온느가 입을 열었다. "《음유시인 비들 이야기》 말이야…… 난 한 번도 들어 본 적이 없어!"

"《음유시인 비들 이야기》를 한 번도 못 들어 봤다고?" 론이 믿을 수 없다는 듯 물었다. "농담이지?"

"아니, 농담 아니야!" 헤르미온느가 놀라서 말했다. "그럼 넌 알아?"

"뭐, 당연히 알지!"

해리는 흥미를 느끼며 눈을 들었다. 헤르미온느가 읽어 본 적이 없는 책을 론이 읽어 봤다니 처음 있는 일이었다. 하지만 론은 그들의 놀란 표정에 도리어 어안이 벙벙한 얼굴이었다.

"아, 왜 이래! 오래된 동화들은 전부 비들이 지은 거라고 하잖아? 〈엄청난 행운의 샘〉…… 〈마법사와 깡충깡충 냄비〉…… 〈배비티 래비티와 깔깔 웃는 그루터기〉……."

"응?" 헤르미온느가 킥킥 웃으며 말했다. "마지막 게 뭐라고?"

"너무하네!" 론은 믿을 수 없다는 듯 해리에게서 헤르미온느에게로 눈길을 돌리며 말했다. "배비티 래비티는 너도 분명 들어 봤을 텐데……."

"론, 해리랑 내가 머글들 사이에서 자랐다는 사실은 너도 아주 잘 알잖아!" 헤르미온느가 말했다. "우린 어렸을 때 그런 얘기 안 들었어. 〈백설공주와 일곱 난쟁이〉라든지 〈신데렐라〉 같은 얘길 들었……."

"신데렐라가 뭔데? 무슨 병 이름이야?" 론이 물었다.

"그러니까 이것들이 다 동화구나?" 헤르미온느가 다시 룬문자 위로 고개를 기울이며 물었다.

"그래." 론이 자신 없는 목소리로 말했다. "내 말은, 그냥 그렇다고들 말한다는 거야. 이런 옛날이야기들은 다 비들이 지은 거래. 그 얘기들의 원본이 어떤지는 모르겠지만."

"그런데 덤블도어 교수님은 왜 내가 이것들을 읽어야 한다고 생각하신 거지?"

아래층에서 삐거덕거리는 소리가 들렸다.

"아마 찰리일 거야. 이제 엄마가 잠들었으니, 몰래 나와서 머리카락을 다시 자라게 하려는 거지." 론이 불안한 듯 말했다.

"어쨌든 우리도 가서 자야 해." 헤르미온느가 속삭였다. "내일 늦게 일어나면 안 될 테니까."

"그렇고말고." 론이 동의했다. "신랑 어머니가 사람 셋을 연달아 잔혹하게 살해하는 일이 벌어지면 결혼식의 흥이 깨질지도 모르니. 내가 불 끌게."

헤르미온느가 방을 나가자 그는 딜루미네이터를 다시 한 번 찰칵 눌렀다.

8장
결혼식

　다음 날 오후 3시에 해리와 론, 프레드와 조지는 과수원에 있는 커다란 하얀색 천막 앞에 서서 결혼식 하객들이 도착하기를 기다리고 있었다. 해리는 프레드가 소환 마법으로 훔쳐 갖고 온 빨간 머리카락을 넣은 폴리주스를 한가득 마시고, 근처 마을 오터리 세인트 캐치폴에 사는 머글 소년과 똑같은 모습이 되어 있었다. 해리를 '사촌 바니'라 소개하고 엄청난 수의 위즐리 집안 사람들 사이에 그를 숨기려는 작전이었다.

　네 사람은 손님들을 정해진 자리로 안내하기 위해 좌석 배치도를 들고 있었다. 하얀색 로브를 입은 웨이터들이 황금색 재킷을 입은 악단과 함께 한 시간 전에 도착해 근처

나무 아래 앉아 있었다. 해리는 그곳에서 파이프 담배의 푸른 연기가 어른어른 피어오르는 광경을 보았다.

해리는 뒤에 있는 천막 입구를 통해 가냘픈 황금색 의자들이 긴 자주색 카펫 양옆에 줄지어 놓여 있는 것을 보았다. 흰색과 황금색 꽃들이 천막을 받치는 지지대를 휘감고 있었다. 프레드와 조지는 조금 있으면 빌과 플뢰르가 남편과 아내가 될 자리 위에 엄청난 수의 황금색 풍선 다발을 매달아 놓았다. 바깥에서는 나비와 벌 들이 풀밭과 울타리 위를 한가롭게 날아다니고 있었다. 해리는 조금 불편했다. 그가 모습을 빌린 머글 소년이 그보다 조금 뚱뚱했기 때문에, 쨍쨍한 여름 햇살을 받고 서 있으려니 정장 로브가 너무 덥고 꽉 끼었던 것이다.

프레드가 자신의 로브 목깃을 잡아당기며 말했다. "난 결혼할 때 이런 헛짓거리는 하지 않을 거야. 다들 입고 싶은 옷을 입으면 돼. 엄마한테는 결혼식이 다 끝날 때까지 전신 묶기 저주를 제대로 걸어 놔야지."

"오늘 아침에는 엄마도 그렇게 나쁘지 않았어." 조지가 말했다. "퍼시가 여기 오지 않았다고 조금 울기는 했지만. 그 자식을 누가 보고 싶어 한다고. 아 젠장, 각오해. 저기 온다. 봐."

저 멀리 마당 끝 울타리 근처에서 밝은 색깔로 차려입은 사람들이 별안간 하나둘 나타나더니 불과 몇 분 만에 행렬을 이루어 천막을 향해 정원을 구불구불 가로질러 오기 시작했다. 여자 마법사들의 모자 위에서는 이국적인 꽃들과 마법에 걸린 새들이 팔락거렸고, 수많은 남자 마법사들이 착용한 크라바트에서는 값비싼 보석들이 반짝였다. 사람들이 천막으로 다가오자 신이 나서 떠드는 소리가 점점 커지면서 벌들이 윙윙거리는 소리를 묻어 버렸다.

"끝내준다. 빌라 친척들도 몇 명 보이는 것 같은데." 조지가 더 잘 보려고 목을 빼며 말했다. "영국의 관습을 이해하려면 도움이 필요할 테니까 내가 보살펴 줘야지……."

"진정해, 귀공자!" 프레드가 시끌벅적한 중년 여자 마법사들을 쏜살같이 지나쳐 가더니 예쁜 프랑스 소녀 두 명에게 말을 건넸다. "저기요, 페르메테무아, 아시스테 부('제가 당신을 도울 수 있도록 허락해 주세요'—옮긴이) 하게 해 주세요." 소녀들은 깔깔대며 프레드의 안내를 받아 안으로 들어갔다. 조지는 남아서 중년 여자 마법사들을 응대했고, 론은 위즐리 씨의 오랜 직장 동료인 퍼킨스를 맡았으며, 해리에게는 귀가 잘 안 들리는 나이 든 부부가 맡겨졌다.

"어이." 해리가 다시 천막 밖으로 나오는데 익숙한 목소리가 들렸다. 통스와 루핀이 사람들의 행렬 맨 앞에 서 있었다. 그녀는 결혼식 참석을 위해 머리를 금발로 바꾸었다. "아서가 곱슬머리 녀석이 너라고 말해 줬어. 어제는 미안." 해리가 그들을 통로 한 곳으로 안내하자 그녀가 속삭이며 덧붙였다. "지금 정부는 늑대인간에 적대적인 입장을 취하고 있거든. 우리가 있으면 너한테 좋을 게 없다고 생각했어."

"괜찮아요, 이해해요." 해리는 통스보다는 루핀을 보면서 말했다. 루핀은 잠깐 웃어 보였지만, 해리는 그들이 돌아서는 순간 그의 얼굴이 다시 고통스럽게 무너져 내리며 깊은 주름이 새겨지는 것을 보았다. 해리는 그가 왜 그러는지 도무지 이해할 수 없었지만 이 문제에 대해 길게 생각할 시간은 없었다. 해그리드가 소란을 일으키고 있었다. 그가 프레드의 안내를 잘못 알아듣고, 뒷자리에 그를 위해 마법으로 튼튼하게 만들어 둔 의자가 아니라 다섯 개의 보통 의자 위에 앉았던 것이다. 그 의자들은 지금 산산이 부서져서 황금색 성냥개비처럼 보였다.

위즐리 씨가 부서진 의자들을 고치고 해그리드가 주위 모든 사람에게 미안하다고 소리치는 사이 해리는 황급히 다시 천막 입구로 갔다. 그곳에서는 론이 아주 희한한 차림의 남자 마법사를 마주하고 있었다. 약간 사팔눈에 솜사탕 같은 질감의 하얀 머리카락을 어깨까지 늘어뜨린 그 마법사는 술이 코앞에 늘어져 달랑거리는 모자를 쓰고 눈이 아플 정도로 샛노란 로브를 입고 있었다. 그의 목에서 삼각형 눈처럼 생긴 기묘한 상징이 달린 황금색 목걸이가 번쩍거렸다.

"제노필리우스 러브굿이다." 그가 해리에게 손을 내밀며 말했다. "딸이랑 같이 저쪽 언덕 너머에서 살고 있어. 우릴 초대하다니 위즐리 가족은 정말 친절하구나. 내 딸 루나는 알지?" 그가 론에게 물었다.

"네." 론이 말했다. "루나는 같이 안 왔나요?"

"땅요정들에게 인사하겠다고 저 근사한 정원에 남았어. 그 녀석들이 떼로 몰려오는 모습이 아주 장관이더구나! 그 작지만 현명한 땅요정들에게 얼마나 많은 것을 배울 수 있는지 깨달은 마법사가 어찌나 드문지 몰라. 땅요정의 정확한 명칭이 '게르눔블리 가르덴시'라는 것도……"

"우리 집 땅요정들은 근사한 욕들을 아주 많이 알아요." 론이 말했다. "제 생각엔 프레드랑 조지가 가르쳐 준 것 같지만요."

해리가 마법사 한 무리를 천막 안으로 안내하는데 루나

가 재빨리 달려왔다.

"안녕, 해리!" 그녀가 말했다.

"어…… 내 이름은 바니야." 해리가 당황해서 말했다.

"아, 이름도 바꾼 거야?" 그녀가 밝은 목소리로 물었다.

"어떻게 알았……?"

"아, 그냥 표정이 그랬어." 그녀가 말했다.

루나도 그녀의 아버지처럼 샛노란 로브를 입고 있었는데, 머리에는 액세서리처럼 커다란 해바라기를 꽂은 채였다. 그 현란함에 눈이 아프지만 않다면 전반적으로 꽤 보기 좋은 느낌이었다. 최소한 귀에서 순무가 달랑거리고 있지는 않았으니.

아는 사람과 대화에 몰두해 있던 제노필리우스는 루나와 해리가 나누는 이야기를 듣지 못했다. 그가 이야기를 나누던 마법사에게 작별 인사를 하고 딸을 향해 돌아서자 루나가 손가락을 들면서 말했다. "아빠, 이것 봐. 땅요정이 진짜로 물었어!"

"정말 잘됐구나! 땅요정 침은 엄청나게 유익하거든!" 러브굿 씨는 루나가 내민 손가락을 잡고 피가 흐르는 물린 자국을 살펴보았다. "사랑하는 우리 루나, 오늘 뭐든 갑자기 재능이 싹트는 기분이 든다면 절대 억누르지 마라! 혹시 오페라를 부르고 싶거나 인어어로 열변을 토하고 싶은 예기치 못한 충동을 느끼더라도 말이야. 게르놉블리 가르 덴시들에게 재능을 선물받았을지도 모르니까!"

반대 방향으로 그들을 지나쳐 가던 론이 큰 소리로 코웃 음을 쳤다.

"론은 맘껏 웃으라고 해." 해리가 그녀와 제노필리우스 를 자리로 안내해 줄 때 루나가 차분하게 말했다. "하지만 우리 아빠는 게르놉블리 가르덴시의 마법에 대해 아주 많 은 연구를 하셨어."

"정말?" 이미 오래전에 루나나 그녀 아버지의 독특한 관 점에 문제를 제기하지 않겠다고 결심한 해리가 말했다. "근데 상처에 정말 아무것도 안 발라도 되겠어?"

"아, 괜찮아." 루나가 몽롱하게 손가락을 빨면서 해리를 위아래로 훑어보았다. "너 멋져 보인다. 나는 아빠한테 사 람들이 대부분 정장 로브를 입을 거라고 했는데, 아빠는 결혼식에 갈 땐 태양 색깔 옷을 입어야 한다고 생각하셔. 그래야 운이 좋아지니까."

그녀가 아버지를 따라 멀어져 갔을 때 론이 어느 나이 든 여자 마법사에게 팔을 잡힌 채로 다시 나타났다. 매부 리코에 불그스름하게 충혈된 눈가, 깃털이 잔뜩 달린 분홍

237

색 모자 때문에 그녀는 성질 더러운 플라밍고처럼 보였다.

"……그리고 머리카락이 너무 길구나, 로널드. 순간 널 지네브라('지니'를 말한다―옮긴이)로 착각했지 뭐냐. 멀린의 턱수염 같으니, 제노필리우스 러브굿은 뭘 입고 있는 게 야? 꼭 오믈렛 같네. 넌 또 누구야?" 그녀가 해리에게 호통 쳤다.

"아, 맞다. 뮤리엘 할머니, 얘는 우리 사촌 바니예요."

"위즐리가 또 있어? 너희는 땅요정처럼 번식을 해 대는 구나. 해리 포터는 여기 없고? 그 앨 만나고 싶었는데. 난 네가 그 애랑 친구인 줄 알았다, 로널드. 아니면 그냥 자랑만 한 거냐?"

"아뇨, 걘 못 왔어요……."

"흠. 핑계를 댔다 이거지? 신문에 실린 사진에서 본 것처럼 아둔하진 않나 보구나. 난 방금 전까지 신부에게 내 왕관 머리 장식을 어떻게 써야 가장 아름답게 보이는지 알려 주고 있었다." 그녀가 해리에게 소리치듯 말했다. "고블린이 만든 거야. 우리 집안에 수백 년이나 이어져 내려온 거지. 예쁘게 생긴 여자애긴 하다만 그래도 그렇지, 프랑스 사람이라니. 그래그래, 좋은 자리로 찾아 다오, 로널드. 난 백일곱 살이라 너무 오래 서 있으면 안 돼."

론은 지나가면서 해리에게 의미심장한 눈길을 보내더니 한동안 모습을 보이지 않았다. 론과 천막 입구에서 다시 마주쳤을 때 해리는 열두 명을 더 자리로 안내한 뒤였다. 천막 안은 이제 거의 가득 차 있었다. 바깥에 서 있던 줄이 처음으로 사라졌다.

"뮤리엘 고모할머니는 정말 악몽이야." 론이 소매로 이마를 훔치며 말했다. "전에는 매년 크리스마스마다 오곤 하셨는데, 고맙게도 프레드랑 조지가 저녁 식사 자리에서 고모할머니 의자 밑에다 똥폭탄을 터뜨리는 바람에 기분이 상하셨어. 아빠는 항상 할머니가 유언장에서 형들 이름을 빼 버릴 거라고 하시지. 그런다고 그 인간들이 신경이나 쓰나? 결국 우리 집안사람들 중에 제일 부자가 될 텐데. 지금 같은 속도로 계속 돈을 번다면 말이야. ……우아." 헤르미온느가 다급히 다가오자 론이 빠르게 눈을 깜빡이며 덧붙였다. "너 정말 예쁘다!"

"맨날 이렇게 의외라는 말투라니까." 헤르미온느는 그렇게 말하면서 싱긋 웃었다. 그녀는 하늘하늘한 연보라색 드레스를 입고 같은 색깔 하이힐을 신고 있었다. 머리카락은 매끈하니 반짝반짝 빛났다. "너희 뮤리엘 고모할머니 생각은 다르던걸. 조금 전 위층에서 할머니가 플뢰르한테 왕관 머리 장식을 주실 때 만났거든. 그분이 '아 이런, 얘가 그 머글 태생이냐?' 하시더니 '자세도 엉망이고 발목도 앙상하구나'라고 하시더라."

"기분 나쁘게 생각하지 마. 고모할머니는 모든 사람한테 무례하니까." 론이 말했다.

"뮤리엘 고모할머니?" 조지가 프레드와 함께 천막에서 나오며 물었다. "그래, 방금 나한테도 귀가 짝짝이라고 하더라. 늙은 박쥐 같으니라고. 빌리우스 삼촌이 살아 계셨으면 좋았을 텐데. 결혼식에 딱 맞는 재밌는 분이었거든."

"빌리우스 삼촌이라면, 죽음의 개를 보고 스물네 시간 후에 돌아가셨다는 그분?" 헤르미온느가 물었다.

"뭐, 맞아. 돌아가실 때쯤엔 좀 이상해졌어." 조지가 인정했다.

"하지만 정신이 나가기 전에는 파티의 영혼이자 생명과도 같은 존재였지." 프레드가 말했다. "파이어위스키 한 병을 단숨에 마시곤 했다니까. 그런 다음에는 댄스플로어로 달려가서 로브를 들추고 꽃다발을 계속 꺼내는 거야. 어디서 꺼내냐면……."

"그래, 정말 매력적인 분 같다." 헤르미온느가 말을 끊었고 해리는 웃음을 터뜨렸다.

"이유는 모르겠지만 결혼을 못 하셨어." 론이 말했다.

"너어어무 놀라운걸." 헤르미온느가 놀라는 척하며 장난 스럽게 말했다.

모두들 하도 정신없이 웃느라 뒤늦게 도착한 크고 구부 러진 코에 까맣고 짙은 눈썹을 가진 검은 머리 청년을 발 견하지 못했다. 그는 시선은 헤르미온느에게 고정한 채 론 에게 초대장을 내밀었다. "너 청말 예쁘다."

"빅토르!" 그녀가 꺅 소리 지르며 구슬 장식이 달린 작 은 가방을 떨어뜨렸다. 가방이 바닥에 떨어지면서 크기에 걸맞지 않은 묵직한 쿵 소리를 냈다. 그녀가 얼굴을 붉히 며 허둥지둥 가방을 집어 들고 말했다. "네가 오는 줄 몰 랐…… 세상에…… 정말 반가워. 잘 지냈어?"

론의 귀가 다시 새빨개졌다. 그는 전혀 못 믿겠다는 듯 크룸이 내민 초대장을 훑어보고는 지나치게 큰 소리로 물 었다. "여기엔 어쩐 일이야?"

"플뢰르가 초대했다." 크룸이 눈썹을 치켜올리며 대답했 다.

크룸에게 아무 원한이 없었던 해리는 그와 악수를 나누 고, 크룸을 론의 주위에서 떼어 놓는 편이 현명하리란 생 각에 자리 안내를 자처했다.

"네 친쿠는 날 보는 게 키쁘지 않나 보다." 크룸이 해리와 함께 사람들로 꽉 차 있는 천막으로 들어가며 말했다. "아니, 친척인가?" 그가 해리의 빨간 곱슬머리를 힐끗 보며 덧붙였다.

"사촌이야." 해리가 웅얼거렸지만 크룸은 제대로 듣고 있지 않았다. 크룸이 등장하면서 특히 빌라 친척들 사이에 소란이 일었다. 어쨌든 그는 유명한 퀴디치 선수였던 것이다. 사람들이 그를 잘 보겠다고 계속 고개를 빼고 있는 가운데 론과 헤르미온느, 프레드와 조지가 서둘러 통로를 따라 다가왔다.

"앉아야 해." 프레드가 해리에게 말했다. "안 비키면 신부가 입장하다가 들이받을지도 몰라."

해리, 론, 헤르미온느는 프레드와 조지 뒤 두 번째 줄에 자리를 잡았다. 헤르미온느는 얼굴이 조금 붉게 물들어 있었고 론의 귀는 양쪽 다 아직도 새빨갰다. 잠시 후 그가 해리에게 속삭였다. "저 자식, 멍청하게 턱수염 기른 거 봤어?"

해리는 뭐라 알아들을 수 없는 소리로 웅얼거렸다.

짜릿한 기대감이 훈훈한 천막 안을 가득 채웠고, 웅성거리는 소리 중간중간 즐거운 웃음이 터져 나왔다. 위즐리 부부가 통로를 따라 걸어가면서 친척들에게 미소를 짓고 손을 흔들었다. 위즐리 부인은 새로 장만한 자수정 빛깔 로브에 같은 색깔의 모자를 쓰고 있었다.

잠시 후 천막 앞쪽에 앉아 있던 빌과 찰리가 자리에서 일어났다. 둘 다 단춧구멍에다 큼직한 흰 장미를 꽂은 정장 로브 차림이었다. 프레드가 길게 휘파람을 불자 빌라 친척들 사이에서 키득거리는 웃음이 터져 나왔다. 뒤이어 황금색 풍선처럼 생긴 것에서 음악이 울려 퍼지자 모두 조용해졌다.

"와아!" 헤르미온느가 앉은 채로 고개를 홱 돌려 천막 입구 쪽을 바라보며 말했다.

들라쿠르 씨와 플뢰르가 통로를 걸어오자 이 자리에 모인 마법사들 사이에서 일제히 감탄이 쏟아졌다. 플뢰르는 미끄러지듯 들어왔고 들라쿠르 씨는 통통 튀는 발걸음으로 걸으며 활짝 웃고 있었다. 플뢰르는 아주 소박한 흰 드레스를 입고 있었는데 마치 강렬한 은빛을 뿜어내는 것처럼 보였다. 평소 그녀에게서 뿜어 나오는 빛은 주위 사람들을 모두 빛바래게 만들었지만 오늘만큼은 그 빛이 비추는 모든 사람을 더 아름답게 만들어 주었다. 황금빛 드레스 차림의 지니와 가브리엘은 평소보다도 더 예뻐 보였다. 플뢰르가 가까이 다가서자 빌은 결코 펜리르 그레이백에게 공격당한 적이 없는 사람처럼 보였다.

"신사 숙녀 여러분." 마치 노래하는 듯한 목소리가 말했다. 해리는 덤블도어의 장례식에서 추도문을 읽었던 머리숱 많은 조그만 남자 마법사가 빌과 플뢰르 앞에 서 있는 모습을 보고 놀랐다. "오늘 우리가 여기 모인 것은 신실한 두 영혼의 결합을 축하하기 위해서입니다……."

"그래, 내 왕관 머리 장식 덕분에 모든 것이 더 멋지게 돋보이는구나." 뮤리엘 고모할머니가 다 들리는 목소리로 속삭였다. "하지만 이 얘긴 해야겠다. 지네브라의 드레스는 너무 파였어."

지니가 홱 돌아보더니 씩 웃으며 해리에게 눈을 찡긋하고 재빨리 다시 앞을 바라보았다. 그 순간 해리의 마음은 천막에서 저 멀리 날아가, 한적한 교정 한구석에서 지니와 단둘이 보냈던 오후의 시간들로 되돌아갔다. 그 모든 게 너무나 오래전 일처럼 느껴졌다. 이마에 번개 모양 흉터가 없는 평범한 사람의 인생에서 빛나는 몇 시간을 훔쳐 오기라도 한 것처럼, 현실이라고 하기엔 너무나 행복한 순간들이었다……

"신랑 윌리엄 아서는 신부 플뢰르 이자벨을 아내로 맞아……."

앞줄에서는 위즐리 부인과 들라쿠르 부인이 레이스 손수건에 대고 조용히 흐느끼고 있었다. 천막 뒤쪽에서 트럼펫을 불 때 나는 소리가 울리는 바람에 다들 해그리드가 식탁보만 한 손수건을 꺼냈다는 사실을 알 수 있었다. 헤르미온느는 고개를 돌려 해리에게 환하게 웃어 주었다. 그녀의 눈에도 눈물이 그득했다.

"……이로써 두 사람이 평생 가약을 맺었음을 선언합니다."

머리숱 많은 마법사가 빌과 플뢰르의 머리 위로 마법 지팡이를 높이 들어 올리자 은색 별들이 그들 위로 쏟아지면서, 이제는 서로를 꽉 껴안은 두 사람 주위를 소용돌이처럼 빙글빙글 돌았다. 프레드와 조지가 한 차례 박수를 이끌자 머리 위의 황금색 풍선들이 펑펑 터지더니 극락조와 작디작은 황금빛 종들이 날아와 두 사람 주위를 떠다니면서 노랫소리와 종소리를 더해 주었다.

"신사 숙녀 여러분!" 머리숱 많은 마법사가 소리쳤다. "일어나 주십시오!"

그의 말에 다들 일어섰다. 뮤리엘 고모할머니는 모두가 들을 수 있는 큰 목소리로 투덜거렸다. 마법사가 지팡이를 휘둘렀다. 캔버스로 된 천막의 벽들이 사라지면서 하객들이 앉아 있던 의자가 가만히 공중으로 떠올랐고, 어느새 사람들은 황금색 지지대가 떠받치고 있는 천막 덮개 아래서 햇살 가득한 과수원과 그 주위에 펼쳐진 눈부시게 아름다운 풍경을 바라보고 있었다. 곧이어 천막 한가운데서부터 녹아내린 황금이 바닥으로 퍼져 나가더니 번쩍이는 댄스플로어를 만들었다. 공중에 떠 있던 의자들이 하얀 천이 덮인 작은 식탁들 주위로 모여들었고, 그 식탁과 의자들은 다시 바닥에 우아하게 내려앉았다. 황금 재킷을 입은 밴드가 단상으로 줄지어 올라섰다.

"아주 순조롭게 흘러가는걸." 론이 만족스럽다는 듯 말했다. 그 순간 사방에서 웨이터들이 튀어나왔다. 몇몇은 호박 주스와 버터맥주, 파이어위스키가 담긴 은쟁반을 들고 있었고, 또 어떤 사람들은 타르트와 샌드위치를 휘청거릴 정도로 높이 쌓아 들고 있었다.

"가서 축하해 줘야지!" 헤르미온느가 축복해 주는 사람들에게 둘러싸인 빌과 플뢰르의 모습을 보려고 까치발을 들며 말했다.

"나중에 시간이 있을 거야." 론이 지나가는 쟁반에서 버터맥주 세 병을 집어 해리에게 한 병을 건네며 어깨를 으쓱했다. "헤르미온느, 하나 받아. 자리를 잡자……. 거긴

안 돼! 뮤리엘 할머니 근처는 절대로…….”

론은 앞장서서 텅 빈 댄스플로어를 가로지르며 좌우를 빠르게 살폈다. 해리는 그가 크룸을 경계하고 있는 것이란 확신이 들었다. 천막 반대편에 도착했을 때쯤에는 거의 모든 식탁이 자리를 잡은 사람들로 들어차 있었다. 그나마 사람이 없는 식탁은 루나가 혼자 앉아 있는 곳뿐이었다.

“같이 앉아도 돼?” 론이 물었다.

“응, 그럼.” 그녀가 기분 좋게 말했다. “아빠는 빌이랑 플뢰르한테 우리 선물을 전해 주러 가셨어.”

“뭔데? 평생 먹을 거디루트?” 론이 물었다.

헤르미온느는 식탁 아래로 그를 걷어차려다가 해리를 차고 말았다. 해리는 눈물이 찔끔할 정도로 아파서 잠시 대화의 맥락을 놓쳤다.

밴드가 연주를 시작했다. 가장 먼저 빌과 플뢰르가 엄청난 박수를 받으며 댄스플로어에 올랐고, 잠시 뒤에는 위즐리 씨가 들라쿠르 부인을 플로어로 이끌었으며, 위즐리 부인과 플뢰르의 아버지가 그 뒤를 따랐다.

“노래가 마음에 들어.” 루나가 왈츠 비슷한 곡에 박자를 맞춰 몸을 흔들며 말했다. 잠시 후 그녀는 자리에서 일어나 댄스플로어로 미끄러지듯 나가더니 눈을 감고 양팔을 흔들며 제자리에서 혼자 빙글빙글 돌았다.

"쟤 끝내준다. 그치?" 론이 감탄하며 말했다. "보는 재미
가 있다니까."

하지만 론의 얼굴에 떠올랐던 미소는 순식간에 사라졌
다. 루나가 앉았던 자리에 빅토르 크룸이 털썩 주저앉은 것
이다. 헤르미온느는 허둥거리면서도 기쁜 눈치였지만 이번
에 크룸은 그녀를 칭찬하러 온 것이 아니었다. 그가 얼굴을
찡그리며 말했다. "처 노란 옷 입은 사람은 누쿠냐?"

"제노필리우스 러브굿이야. 우리 친구의 아버진데." 론이
말했다. 제노필리우스가 대놓고 우스운 짓을 하더라도 절
대 그를 비웃지 않겠다는 결심이 느껴지는 공격적인 말투
였다. "가서 춤추자." 그가 헤르미온느에게 불쑥 내뱉었다.

그녀는 놀라는 한편 기쁜 듯 자리에서 일어났다. 그들
은 함께 댄스플로어의 점점 더 붐비는 사람들 사이로 사
라졌다.

"아, 이쳰 툴이 사뀌는 건가?" 크룸이 순간적으로 정신이
팔려서 물었다.

"어…… 비슷해." 해리가 대답했다.

"넌 누쿠냐?" 크룸이 물었다.

"바니 위즐리."

그들은 악수했다.

"바니, 너…… 너는 처 러브굿이라는 사람 찰 아나?"

"아니, 오늘 처음 만났는데. 왜?"

크룸은 음료수 잔 너머로 눈을 부라리며 댄스플로어 저쪽에서 마법사 몇 명과 수다를 떨고 있는 제노필리우스를 바라보았다.

"왜냐하면" 하고, 크룸이 말했다. "플뢰르의 손님만 아니었어도 치금 탕장 처차와 결투를 벌였을 테니까. 처 더러운 상징을 가슴에 달고 있다니."

"상징?" 해리도 제노필리우스 쪽을 보며 말했다. 그 삼각형 눈이 그의 가슴에서 번뜩이고 있었다. "왜? 저게 무슨 문제라도 돼?"

"그린델발드. 저건 그린델발드의 상징이다."

"그린델왈드라면…… 덤블도어 교수님이 물리친 어둠의 마법사?"

"맞다."

크룸은 뭔가를 씹기라도 하는 것처럼 턱 근육을 씰룩이더니 다시 말했다. "그린델발드는 많은 사람을 축였다. 우리 할아버치도. 물론 이 나라에서는 그렇게 강력하치 않았다. 사람들 말로는 그차가 덤블도어를 두려워했다니까.

그럴 만도 하다. 그차가 어떤 최후를 맞았는치 보면. 하치만 처건……." 그는 제노필리우스를 손가락으로 가리켰다. "처건 그차의 상징이다. 난 바로 알아봤다. 그린델발드가 덤스트랭 학생일 때 학교 벽에다 새겨 놨으니까. 어떤 멍청이들은 그 상징을 자기 책이나 옷에 베껴 놓기도 했치. 다른 사람들한테 겁을 주거나 대단해 보이려고. 그린델발드에게 가족을 잃은 우리 같은 사람들이 본때를 보여 주기 전에는."

크룸은 위협적으로 손마디를 꺾으며 제노필리우스를 노려보았다. 해리는 어리둥절해졌다. 루나의 아버지가 어둠의 마법을 지지하는 사람일 가능성은 거의 없었고, 천막 안에 있는 사람들 중 누구도 그 삼각형 룬문자 같은 상징을 알아보지 못한 듯했다.

"저게…… 어…… 그린델왈드의 상징이 확실해?"

"찰못 본 게 아니다." 크룸이 싸늘한 목소리로 말했다. "나는 몇 년 동안이나 저 상징을 치나다녔다. 아추 찰 알고 있다."

"음, 혹시 모르잖아." 해리가 말했다. "저분은 그 상징이 뭘 의미하는지 잘 모를 수도 있어. 러브굿 가족은 상당히…… 특이하거든. 그냥 어딘가에서 우연히 보고, 그게 굽은뿔 스노객이나 뭐 그런 것의 머리 단면도라고 생각했을지도 몰라."

"뭐의 단면도?"

"뭐, 나도 뭔지는 잘 모르겠는데, 저분은 쉬는 날마다 딸이랑 같이 그걸 찾으러 다니는 것 같더라고……."

해리는 루나와 그녀의 아버지에 대해서 제대로 설명하지 못하고 있다는 느낌이 들었다.

"쟤가 저분 딸이야." 해리는 여전히 날벌레를 쫓듯 양팔을 머리 위에서 흔들며 혼자 춤을 추고 있는 루나를 가리켰다.

"왜 처런 행동을 하는 거지?" 크룸이 물었다.

"아마도 랙스퍼트를 쫓으려는 것 같은데." 그녀의 상태를 알아본 해리가 말했다.

크룸은 해리가 그를 놀리는 게 아닌지 고민하는 눈치였다. 그가 로브 안에서 마법 지팡이를 꺼내 위협적으로 허벅지를 톡톡 치자 지팡이 끝에서 불꽃이 튀어나왔다.

"그레고로비치!" 해리가 큰 소리로 말하자 크룸은 화들짝 놀랐다. 하지만 해리는 너무 흥분한 나머지 그런 것엔 신경도 쓰지 않았다. 크룸의 마법 지팡이를 보자 기억이 떠오른 것이다. 트라이위저드 대회가 시작되기 전 올리밴더가 크룸의 지팡이를 가져다가 유심히 살펴본 적이 있었다.

"그레고로비치가 왜?" 크룸이 의심스러운 듯 물었다.

"지팡이 제작자였어!"

"나도 안다." 크룸이 말했다.

"그 사람이 네 지팡이를 만들었지! 그래서 내가 퀴디치를 떠올린 거였어……."

크룸은 점점 더 의심스러운 얼굴이었다.

"그레고로비치가 내 지팡이를 만들었다는 건 어떻게 알치?"

"난…… 어디서 읽은 것 같아." 해리가 말했다. "어…… 팬들이 보는 잡지에서." 해리가 아무렇게나 지어냈지만 크룸은 의심을 내려놓는 것 같았다.

"팬들에게 지팡이 얘기를 한 척이 있는 줄은 몰랐다." 그가 말했다.

"그럼…… 어…… 요즘 그레고로비치는 어디 있어?"

크룸은 어리둥절한 표정이었다.

"몇 년 전에 은퇴했다. 내가 그레고로비치의 지팡이를 마지막으로 산 사람 중 한 명이야. 그 사람이 만든 지팡이들이 최고거든. 물론 너희 영국 사람들은 올리밴더의 지팡이를 더 높이 친다는 걸 알치만."

해리는 대꾸하지 않았다. 그는 크룸처럼 춤추는 사람들을 지켜보는 척했지만 사실 열심히 머리를 굴리고 있었다. 그러니까 볼드모트는 명망 있는 지팡이 제작자를 찾고 있는 듯 보였고, 해리는 길게 생각하지 않고도 그 이유를 알 수 있었다. 분명 볼드모트가 하늘을 날아와 그를 쫓던 날 밤에 해리의 마법 지팡이가 벌인 일 때문일 것이다. 볼드모트가 빌려 온 지팡이가 불사조 깃털이 들어간 호랑가시나무 지팡이에 꺾였는데, 그것은 올리밴더가 미처 예상하지도 못했고 이해하지도 못한 일이었다. 그레고로비치라면 더 잘 알고 있을까? 그의 솜씨가 정말로 올리밴더보다 뛰어날까? 그는 올리밴더가 모르는 지팡이들의 비밀을 알고 있을까?

"처 여자애 아추 예쁘다." 크룸의 말이 해리의 주의를 다시 현실로 돌려놓았다. 크룸은 방금 루나와 합세한 지니를 가리키고 있었다. "처 애도 네 친척이냐?"

"응." 해리는 갑자기 짜증이 치밀었다. "근데 만나는 사람이 있어. 그 남자 질투심이 많은 스타일이라더라. 덩치도 크고. 그 녀석 심기는 거스르지 않는 편이 좋을 거야."

크룸이 끙 소리를 냈다.

"예쁜 여자애들한테 모두 짝이 있다면……." 그는 잔을 비우고 다시 일어서며 말했다. "도대체 세계적인 퀴디치 선수가 되는 게 다 무슨 소용이치?"

그는 성큼성큼 걸어가 버렸다. 해리는 그대로 앉아 있다가 지나가는 웨이터에게서 샌드위치를 받아 들고 북적거리는 댄스플로어 가장자리를 돌아갔다. 론을 찾아 그레고로비치 이야기를 해 주고 싶었지만 그는 댄스플로어 한가운데서 헤르미온느와 춤을 추고 있었다. 해리는 황금 지지대에 몸을 기대고 프레드와 조지의 친구인 리 조던과 춤을 추는 지니를 바라보면서 론에게 했던 약속을 분하게 여기지 않으려고 애썼다.

그는 결혼식에 가 본 적이 한 번도 없었기 때문에 머글 결혼식과 마법사 결혼식이 어떻게 다른지 판단할 수 없었지만, 머글 결혼식에서는 결혼 케이크 꼭대기에 얹어 놓은 불사조 모형 두 개가 케이크를 자르는 순간 날아오른다든가 샴페인 병이 저 혼자 둥둥 떠서 사람들 사이를 돌아다니는 일이 벌어지지 않으리라는 건 확신할 수 있었다. 저녁이 다가오면서 둥둥 떠다니는 황금 등불로 밝혀진 덮개 아래로 나방들이 날아들 때쯤 되자, 파티 분위기가 점점 달아올랐다. 프레드와 조지는 플뢰르의 친척 둘과 함께 이미 어둠 속으로 모습을 감춘 지 오래였다. 찰리와 해그리드, 납작한 자주색 중절모를 쓴 땅딸막한 남자 마법사는 한쪽 구석에서 〈영웅 오도〉 노래를 부르고 있었다.

해리는 그가 자기 아들인지 아닌지 헷갈려 하는 론의 술 취한 삼촌에게서 벗어나 사람들을 헤치고 나아가다가 식탁 앞에 혼자 앉아 있는 나이 든 남자 마법사를 발견했다. 그는 구름 같은 흰머리 때문에 민들레 솜털처럼 보였고, 머리에는 좀먹은 페즈 모자를 쓰고 있었다. 어딘지 눈에 익은 사람이었다. 잠시 머릿속을 뒤지던 해리는 그가 불사조 기사단의 단원이자 덤블도어의 추도문을 쓴 엘파이어스 도지라는 사실을 깨달았다.

해리가 그에게 다가갔다.

"앉아도 될까요?"

"그럼, 그럼." 도지가 고음의 색색대는 목소리로 말했다.

해리는 그에게로 몸을 기울였다.

"도지 씨, 저는 해리 포터예요."

도지가 헉하고 숨을 들이켰다.

"세상에, 애야! 네가 변장하고 와 있다는 얘기는 아서한 테 들었다만…… 정말 반갑구나. 영광이야!"

도지는 긴장하면서도 기뻐하며 떨리는 손으로 해리에게 샴페인 한 잔을 따라 주었다.

"너에게 편지를 쓰려고 했단다." 그가 속삭였다. "덤블도어한테 그런 일이 일어나고 나서…… 그런 충격적인 일이…… 너한텐 틀림없이 그랬겠지……."

도지의 조그만 두 눈에 갑자기 눈물이 괴었다.

"《예언자일보》에 쓰신 추도문을 봤어요." 해리가 말했다. "덤블도어 교수님을 그렇게 잘 아시는지 몰랐어요."

"누구보다 잘 알았단다." 도지가 냅킨으로 눈을 꾹꾹 누르며 말했다. "확실히 내가 가장 오래 알았을 거다, 애버포스를 빼면 말이야. 어째서인지 사람들은 늘 애버포스를 빼놓는 것 같더구나."

"《예언자일보》 얘기가 나와서 말인데요…… 혹시 보셨는지 모르겠어요, 도지 씨."

"아, 엘파이어스라고 불러 다오, 얘야."

"엘파이어스, 리타 스키터가 덤블도어 교수님에 대해 얘기한 인터뷰 기사를 혹시 보셨나요?"

분노가 치미는지 도지의 얼굴이 벌게졌다.

"아, 그래, 해리. 봤다. 그 여자는, 아니 하이에나라고 해야 더 정확한 표현일 테지. 그 하이에나가 얘기 좀 하자고 나를 아주 귀찮게 굴었다. 내가 체통을 잃고 그 여자한테 남의 일에나 간섭하는 성질 못된 할망구라고 한 건 부끄

러운 일이야. 그 결과, 아마 너도 봤겠지만, 나는 제정신이
아니라는 비난을 받았지."

"음, 그 인터뷰에서요⋯⋯." 해리가 말을 이었다. "리타
스키터는 덤블도어 교수님이 젊었을 때 어둠의 마법에 연
루되었다는 식으로 말하던데요."

"그 인터뷰는 한 마디도 믿지 말거라!" 도지가 곧바로 대
꾸했다. "한 마디도 말이야, 해리! 그 어떤 것으로도 알버
스 덤블도어에 대한 네 기억을 더럽혀선 안 돼!"

그러나 해리는 진심으로 고통스러워하는 도지의 얼굴을
보자 오히려 답답해졌다. 도지는 그것이 정말 해리가 그냥
믿지 않기를 선택할 수 있는 간단한 일이라고 생각하는 걸
까? 해리가 모든 것을 알고 확신을 가져야만 한다는 사실
을 이해하지 못하는 걸까?

그런 해리의 기분을 짐작한 모양인지 도지가 걱정스러
운 얼굴로 서둘러 말을 이었다. "해리, 리타 스키터는 끔찍
한⋯⋯."

하지만 그의 말은 날카롭게 낄낄거리는 웃음소리에 끊
기고 말았다.

"리타 스키터? 아, 난 참 좋아해. 그 여자 기사는 꼭 읽는
다니까!"

해리와 도지가 눈을 들어 보니 뮤리엘 고모할머니가 그 곳에 서 있었다. 샴페인 한 잔을 들고 서 있는 그녀의 모자에서 깃털이 하늘하늘 춤을 추고 있었다. "덤블도어에 대한 책도 썼던데!"

"안녕하시오, 뮤리엘." 도지가 말했다. "맞소, 방금 그 얘기를 하고 있……."

"거기 너! 의자 내놔라. 나는 백일곱 살이란 말이야!"

위즐리 가족의 또 다른 빨간 머리 친척이 깜짝 놀란 얼굴로 얼른 의자에서 일어서자 뮤리엘 고모할머니는 놀랄 만한 힘으로 그 의자를 홱 돌려 도지와 해리 사이에 놓고 털썩 주저앉았다.

"또 만나는구나. 배리였던가? 아무튼." 그녀가 해리에게 말했다. "자, 리타 스키터에 대해 무슨 얘기를 하고 있었수, 엘파이어스? 그 여자가 덤블도어의 전기를 쓴 건 알지? 읽고 싶어서 좀이 쑤신다니까. 잊지 말고 플러리시 앤 블러츠에 주문해 놔야지!"

이 말에 도지는 침통하고 딱딱하게 굳은 표정을 지었지만 뮤리엘 고모할머니는 잔을 홀랑 비우더니, 지나가는 웨이터에게 뼈마디 두드러진 손가락을 튕기며 한 잔 더 달라고 했다. 그녀는 샴페인을 크게 한 모금 들이켜고 트림을 하더니 말했다. "둘 다 그렇게 박제된 개구리 같은 표정 지을 것 없어! 그토록 훌륭하다느니 존경받을 만하다느니 하는 그 모든 헛소리를 듣는 사람이 되기 전에는 알버스를 둘러싸고 아주 웃기는 소문들이 따라다녔던 것도 사실이라고!"

"근거 없는 비난이오." 도지는 얼굴이 다시 순무 같은 색깔로 변해서 말했다.

"당신이야 그렇게 말하고 싶겠지, 엘파이어스." 뮤리엘 고모할머니가 깔깔 웃었다. "당신이 쓴 그 추도문을 보니까 곤란한 대목들을 아주 미꾸라지처럼 잘 피해 갔던데!"

"그렇게 생각한다니 유감이오." 도지가 더욱 싸늘하게 말했다. "확실히 말하는데, 그 글은 진심으로 쓴 거요."

"아, 당신이 덤블도어를 숭배한다는 건 온 세상이 알지. 내 생각에 당신은 덤블도어가 스큅 여동생을 죽인 게 사실로 밝혀진다 하더라도 여전히 덤블도어를 성자라고 여길걸?"

"뮤리엘!" 도지가 소리쳤다.

차가운 샴페인과는 아무 관계 없는 냉기가 해리의 가슴을 엄습했다.

"무슨 말씀이세요?" 그가 뮤리엘 고모할머니에게 물었

다. "덤블도어 교수님의 여동생이 스큅이었다고요? 전 그
분이 아픈 줄 알았는데요?"

"그렇다면 네가 잘못 안 거겠지, 배리!" 뮤리엘 고모할머
니는 자기가 불러일으킨 반응에 흡족해하며 말했다. "하
긴, 네가 그 일에 대해 어떻게 알겠니? 그건 네가 태어나기
도 훨씬 전에 있었던 일인데. 그리고 사실은 그 당시에 살
았던 우리 같은 사람들도 실제로 무슨 일이 있었는지는 전
혀 몰랐어. 그래서 내가 스키터가 뭘 파헤쳤는지 알고 싶
어서 안달하는 거야! 덤블도어는 자기 여동생과 관련된 일
에 대해서는 오랫동안 입도 뻥긋 안 했거든!"

"그건 사실이 아니오!" 도지가 씩씩거렸다. "새빨간 거짓
말이야!"

"저한테 여동생이 스큅이라는 말씀을 하신 적은 없는데
요." 해리는 여전히 가슴속에서 서늘함을 느끼며 아무 생
각 없이 그렇게 말했다.

"대체 너한테 왜 그런 얘기를 하겠니?" 뮤리엘 고모할머
니가 해리에게 초점을 맞추기 위해 의자에서 몸을 약간씩
흔들며 꽥 소리쳤다.

"알버스가 아리아나에 대해 결코 입을 열지 않은 까닭
은……." 엘파이어스가 감정이 북받쳐 딱딱해진 목소리로

입을 열었다. "내 생각엔 꽤 뻔하단다. 아리아나의 죽음으로 너무 절망한 나머지……."

"그런데 왜 그 애를 본 사람이 아무도 없을까, 엘파이어스?" 뮤리엘 고모할머니가 목소리를 높였다. "왜 우리 중 절반은 그 사람들이 집에서 관을 들고 나와 장례식을 치를 때까지 아리아나의 존재조차 몰랐을까? 아리아나가 지하실에 갇혀 있는 동안 성자 알버스는 어디에 있었지? 호그와트에 가서 천재성을 뽐내면서도 자기 집에서 벌어지는 일에는 눈곱만큼도 신경을 안 썼다 이거야!"

"'지하실에 갇혀 있었다'뇨? 그게 무슨 말씀이세요?" 해리가 물었다. "무슨 얘기냐고요."

도지는 비참한 표정을 지었다. 뮤리엘 고모할머니가 또다시 낄낄 웃더니 해리에게 대답했다.

"알버스의 어머니는 아주 무서운 여자였어. 그야말로 무서운 사람이었지. 아닌 척했다고는 들었지만 머글 태생이었고."

"아닌 척했던 적은 결코 없소! 켄드라는 훌륭한 분이었단 말이오." 도지가 참담한 목소리로 속삭였지만 뮤리엘 고모할머니는 그 말을 들은 척도 하지 않았다.

"오만하고 안하무인이었어. 스큅을 낳았다는 사실에 굴

욕감을 느끼고도 남을 사람이었지…….”

“글쎄 아리아나는 스큅이 아니었다니까!” 도지가 씩씩거리며 소리쳤다.

“당신은 그렇게 말하는데, 엘파이어스, 그렇다면 아리아나가 어째서 호그와트에 다니지 않았는지 한번 설명해 보슈!” 뮤리엘 고모할머니가 말했다. 그녀는 해리 쪽으로 고개를 돌렸다. “우리 시절에는 스큅들에 대해 쉬쉬하는 경우가 많았단다. 아무리 그래도 어린 여자애를 집 안에 가둬 놓고 아예 있지도 않은 것처럼 구는 잔인한 짓은…….”

“분명히 말하는데, 그런 일은 없었소!” 도지가 소리를 높였지만 뮤리엘 고모할머니는 해리를 보면서 계속 밀어붙였다.

“스큅들은 보통 머글 학교로 보내져서 머글 사회에 적응하도록 권장됐지……. 스큅이 항상 뒷전이 되는 마법사 세계에서 자리를 찾아 주려는 것보다는 그편이 훨씬 사려 깊은 일이었단다. 하지만 켄드라 덤블도어라면 당연히 자기 딸을 머글 학교에 보내는 건 꿈도 꾸지 않았을 테고…….”

“아리아나는 허약했소!” 도지가 처절하게 외쳤다. “항상 몸이 너무 안 좋았기 때문에 허락할 수가…….”

“집 밖으로 나가는 일을 허락해 줄 수가 없었다는 건

가?" 뮤리엘이 낄낄댔다. "그런데 애를 세인트 멍고로 데려간 적도 없고, 치유사를 불러다가 그 애를 보게 한 적도 없다 이 말이지!"

"정말이지, 뮤리엘. 당신이 대체 무슨 수로 그런 걸 다 안다는……."

"엘파이어스, 모를까 봐 하는 얘긴데, 내 사촌 랜슬롯이 당시 세인트 멍고의 치유사였어. 랜슬롯이 우리 가족한테 극비라면서, 아리아나가 병원에 나타난 적은 한 번도 없다고 말해 줬다우. 랜슬롯은 그걸 아주 의심스럽게 생각했지!"

도지는 울음을 터뜨리기 일보 직전처럼 보였다. 뮤리엘 고모할머니는 몹시 즐거운 얼굴로 샴페인을 더 달라며 손가락을 튕겼다. 해리는 망연자실한 채, 마법사로 태어난 죄로 더즐리 가족이 한때 그를 다른 사람들 눈에 띄지 않게 가둬 놓았던 일을 떠올렸다. 덤블도어의 동생도 그와 반대인 이유로 똑같은 운명을 겪었던 것일까? 마법 능력이 없다는 이유로 갇혀 있었던 걸까? 또 덤블도어는 정말로 자신의 총명함과 재능을 증명하느라 바빠, 호그와트에 가 있는 동안 동생을 나 몰라라 내버려 둔 걸까?

뮤리엘 고모할머니가 다시 입을 열었다. "만약 켄드라가 먼저 죽지 않았다면, 나는 아리아나를 끝장낸 건 바로 켄드라라고 말했을 거야."

"어떻게 그런 말을 할 수가 있소, 뮤리엘?" 도지가 신음했다. "어머니가 자기 딸을 죽이다니? 생각 좀 하고 말하시오!"

"그 어머니가 자기 딸을 오랫동안 가둬 놓을 수 있는 사람이라면 못 할 것도 없지 않나?" 뮤리엘 고모할머니가 어깨를 으쓱했다. "하지만 아까도 말했듯이 그런 일은 있을 수 없어. 켄드라가 아리아나보다 먼저 죽었으니까. 그 이유를 확실히 아는 사람은 아무도 없지만……."

"아하, 틀림없이 아리아나가 켄드라를 살해한 거겠군." 도지가 대담하게도 비웃어 줄 작정을 하고 그렇게 말했다. "못 할 것도 없겠지?"

"그래, 아리아나가 필사적으로 도망치려다가 몸싸움이 벌어졌고, 그 와중에 켄드라를 죽였을 수도 있어." 뮤리엘 고모할머니가 생각에 잠긴 채 말했다. "고개 저으려거든 얼마든지 저으슈, 엘파이어스! 당신은 아리아나의 장례식에 갔었지?"

"그렇소, 갔었소." 도지가 입술을 부르르 떨면서 말했다. "그렇게 비극적이고 슬픈 일은 없었을 거요. 알버스는 마음이 완전히 산산조각 나서……."

"산산조각 난 건 마음뿐만이 아니지. 애버포스가 장례식 도중에 알버스 코를 부러뜨리지 않았수?"

이 말이 나오기 전에도 도지는 겁에 질린 표정을 짓고 있었지만 지금의 얼굴에 비하면 아무것도 아니었다. 마치 뮤리엘 고모할머니가 그를 칼로 찌르기라도 한 것 같았다. 그녀는 큰 소리로 낄낄 웃더니 샴페인을 한 모금 더 마셨다. 술이 그녀의 턱을 따라 줄줄 흘러내렸다.

"당신이 그걸 어떻게……?" 도지가 쉰 목소리로 말했다.

"우리 어머니가 바틸다 백숏이랑 친했거든." 뮤리엘 고모할머니가 흥에 겨운 목소리로 말했다. "바틸다가 우리 어머니한테 전부 얘기해 줬지. 나는 문가에 서서 엿들었고 말이야. 관을 앞에 두고 쌈박질을 하다니! 바틸다의 말을 들으니, 애버포스는 아리아나가 죽은 건 전부 알버스 탓이라고 소리친 다음 주먹으로 얼굴을 쳤다던데. 알버스는 딱히 막으려고도 안 했다면서? 그것만 봐도 이상한 일이잖아. 알버스라면 두 손을 등 뒤로 묶고 결투를 벌여도 애버포스를 묵사발로 만들 수 있을 텐데."

뮤리엘은 또 한 번 샴페인을 들이켰다. 이런 옛 사건들을 늘어놓는 일이 도지의 기분을 끔찍하게 만드는 것만큼이나 그녀의 기운을 북돋워 주는 듯했다. 해리는 어떻게 생각해야 할지, 뭘 믿어야 할지 알 수가 없었다. 그는 진실을 알고 싶었지만 도지가 하는 일이라고는 그저 자리에 앉아서 아리아나가 아팠다고 힘없이 푸념하는 것뿐이었다. 해리는 덤블도어가 자기 집에서 그런 잔혹한 일이 벌어지는데도 손 놓고 있었다는 사실을 도저히 믿을 수가 없었다. 하지만 이 이야기에는 확실히 이상한 구석이 있었다.

"그리고 다른 얘기도 해 주마." 뮤리엘 고모할머니가 잔을 내려놓으며 살짝 딸꾹질을 하고 말했다. "내가 보기엔 바틸다가 리타 스키터한테 일부러 말을 흘린 것 같아. 스키터의 인터뷰에 실린, 덤블도어의 가족과 가까운 중요한 정보원에 대한 그 모든 암시들 말이야. 아리아나 사건이 일어났을 당시 백숏이 내내 그곳에 있었을지 누가 알아? 그럼 딱딱 맞아떨어져!"

"바틸다는 리타 스키터한테 그런 말을 전할 사람이 아니오!" 도지가 씩씩거렸다.

"바틸다 백숏요?" 해리가 물었다. "《마법의 역사》 저자 말이에요?"

바틸다 백숏이라면 해리의 교과서 표지에 인쇄되어 있는 이름이었다. 아주 관심 있게 읽은 책이라고는 못 하겠지만.

"그래." 도지는 물에 빠진 사람이 구명 튜브를 잡듯 해리의 질문에 매달렸다. "아주 재능 있는 마법 역사가이자 알버스의 오랜 친구란다."

"내가 듣기론 요즘 아주 노망이 났다던데." 뮤리엘 고모할머니가 들뜬 목소리로 말했다.

"만약 그렇다면 스키터가 바틸다를 이용한 건 더욱 비열한 짓이 되는 거요." 도지가 말했다. "게다가 바틸다가 뭐라고 말했든 전혀 믿을 수도 없고!"

"아, 기억을 되살리는 방법에는 여러 가지가 있지. 난 리타 스키터가 그런 방법을 모두 알고 있을 거라 확신한다우." 뮤리엘 고모할머니가 말했다. "하지만 바틸다가 완전히 맛이 갔더라도 옛날 사진 같은 건 아직 갖고 있을 게 분명해. 어쩌면 편지를 갖고 있을지도 모르고. 바틸다는 덤블도어 가족과 오랫동안 알고 지낸 사이니까……. 스키터가 고드릭 골짜기에 가 볼 만한 가치가 충분히 있었을 거라는 생각이 들던데."

버터맥주를 한 모금 마시던 해리는 그만 사레가 들리고 말았다. 해리가 눈물이 줄줄 흐르는 눈으로 뮤리엘 고모할머니를 보며 콜록콜록 기침을 하자 도지가 그의 등을 두드려 주었다. 그는 목소리를 가다듬자마자 물었다. "바틸다 백숏이 고드릭 골짜기에 산다고요?"

"아, 그래. 아주 오랫동안 거기 살았단다! 덤블도어 가족
은 퍼시벌이 감옥에 간 뒤에 그곳으로 이사했어. 바틸다는
그 옆집에 살았지."

"덤블도어 교수님의 가족이 고드릭 골짜기에 살았다고
요?"

"그래, 배리. 방금 그렇게 말했잖니." 뮤리엘 고모할머니
가 짜증스럽게 말했다.

해리는 기운이 쭉 빠지고 허무한 기분이 들었다. 덤블도
어는 지난 6년 동안 단 한 번도 그가 해리와 마찬가지로 고
드릭 골짜기에 살았고, 그곳에서 사랑하는 사람을 잃은 적
이 있다는 얘기를 해 준 적이 없었다. 왜일까? 릴리와 제임
스는 덤블도어의 어머니와 여동생 근처에 묻혀 있을까? 덤
블도어는 그들의 무덤을 찾아가면서 릴리와 제임스의 무
덤도 지나쳤을까? 그런데도 덤블도어는 결코 해리에게 그
런 얘기를 해 주지 않았다……. 굳이 말하려 하지 않은 것
이다…….

해리는 그게 왜 중요한지 자기 자신에게조차 설명할 수
없었지만, 둘이 같은 장소에 살았고 같은 경험을 했다는
얘기를 해 주지 않은 건 거짓말을 한 것이나 마찬가지라고

느꼈다. 그는 주위에서 무슨 일이 일어나고 있는지 거의 알아차리지 못한 채 멍하니 앞만 바라보았고, 헤르미온느가 그의 옆으로 의자를 끌어와 앉을 때까지 그녀가 사람들 사이에서 빠져나온 것도 몰랐다.

"더는 못 추겠어." 그녀가 구두 한 짝을 벗어 들고 발바닥을 주무르면서 숨 가쁘게 말했다. "론은 버터맥주를 더 가지러 갔어. 근데 뭔가 이상해. 방금 빅토르가 루나의 아버지랑 같이 있다가 씩씩거리며 걸어가는 걸 봤거든. 둘이 싸우는 것 같았어." 그녀는 해리를 빤히 바라보며 목소리를 낮췄다. "해리, 괜찮아?"

해리는 어디서부터 말을 꺼내야 할지 알 수 없었지만 그런 건 중요하지 않았다. 그 순간 은빛을 띤 커다란 무언가가 천막 덮개를 뚫고 댄스플로어 위로 떨어졌던 것이다. 우아하게 빛나는 스라소니가 깜짝 놀란 춤꾼들 한가운데 가볍게 내려앉았다. 사람들이 고개를 돌렸고, 가장 가까운 곳에서 춤을 추고 있던 사람들은 어색한 자세로 굳어 버렸다. 그때 그 패트로누스가 입을 활짝 벌리더니 굵직하고 느릿느릿한 킹슬리 샤클볼트의 목소리로 우렁차게 말했다.

"정부가 함락됐습니다. 스크림저가 죽었습니다. 놈들이 오고 있습니다."

9장

은신처

모든 것이 뿌옇고 느리게 움직이는 것 같았다. 해리와 헤르미온느는 자리에서 벌떡 일어나 마법 지팡이를 꺼내 들었다. 많은 사람들이 그제야 뭔가 이상한 일이 일어났다는 것을 깨달았다. 다들 사라지는 은빛 스라소니 쪽으로 여전히 고개를 돌린 채였다. 패트로누스가 내려앉았던 곳에서부터 침묵이 싸늘한 파문처럼 사방으로 번져 나갔다. 그때 누군가가 비명을 질렀다.

해리와 헤르미온느는 공포에 휩싸인 사람들 속으로 뛰어들어 갔다. 하객들이 사방으로 내달렸고, 많은 수가 순간이동으로 사라지고 있었다. 버로를 둘러싸고 있던 보호 마법이 깨진 것이다.

"론!" 헤르미온느가 소리쳤다. "론, 너 어디 있어?"

해리는 인파를 헤치고 댄스플로어를 가로질러 가면서 사람들 사이로 망토를 입고 가면을 쓴 형체들이 나타나는 것을 보았다. 루핀과 통스가 마법 지팡이를 치켜들더니 둘이 함께 "프로테고!"라고 외치는 소리가 들렸다. 그 외침이 사방에 울려 퍼졌다.

"론! 론!" 해리와 함께 겁에 질린 하객들에게 이리저리 떠밀리던 헤르미온느가 반쯤 흐느끼면서 소리쳤다. 해리는 서로 떨어지지 않으려고 그녀의 손을 잡았다. 머리 위로 빛줄기 하나가 쌩 날아갔다. 보호 마법인지 아니면 그보다 불길한 무엇인지는 알 수 없었다.

그때 론이 나타났다. 그가 헤르미온느의 다른 쪽 팔을 잡자 해리는 그녀가 제자리에서 빙그르르 도는 것을 느꼈다. 주변에 어둠이 밀려들면서 그 어떤 것도 보이지 않았고 그 어떤 소리도 들리지 않았다. 습격해 오는 죽음을 먹는 자들을 피해, 어쩌면 볼드모트까지도 피해 버로에서 멀리 떨어진 곳으로 시간과 공간을 뛰어넘어 가며 그가 느낄 수 있었던 건 오직 헤르미온느의 손뿐이었다…….

"여기가 어디야?" 론의 목소리가 들렸다.

해리는 눈을 떴다. 결국 결혼식장에서 빠져나가지 못했

다는 생각이 그의 머릿속을 잠깐 스쳤다. 여전히 사람들에게 둘러싸여 있는 것 같았기 때문이다.

"토트넘 코트로드야." 헤르미온느가 헐떡거리며 말했다. "걸어, 그냥 걸어. 너희가 옷 갈아입을 만한 곳을 찾아야 해."

해리는 그녀의 말대로 했다. 그들은 반쯤 걷고 반쯤 달렸다. 어두운 거리는 밤늦게까지 파티를 벌이는 사람들로 가득했고, 양옆에는 문 닫은 가게들이 늘어서 있었다. 머리 위에서는 별들이 반짝였다. 2층 버스가 우르릉거리며 지나갔고, 흥에 겨워 술집으로 향하던 한 무리가 지나가는 그들을 유심히 바라보았다. 해리와 론은 아직 정장 로브 차림이었다.

"헤르미온느, 갈아입을 만한 옷이 한 벌도 없어." 웬 젊은 여자가 그를 보고 귀에 거슬리는 웃음을 터뜨리자 론이 말했다.

"왜 투명 망토를 챙기지 않았을까?" 해리가 마음속으로 자신의 멍청함을 욕하며 말했다. "작년에는 내내 가지고 다녔는데……."

"괜찮아, 투명 망토는 내가 가지고 있어. 너희 둘이 갈아입을 옷도 있고." 헤르미온느가 말했다. "잠깐만 그냥 자연스럽게 행동해. 여기가 좋겠다."

그녀는 그들을 이끌고 옆길로 빠진 다음 어두운 골목 안 몸을 숨길 만한 곳으로 들어갔다.

"투명 망토랑 옷이 있다니, 무슨……." 해리는 구슬 장식이 달린 작은 핸드백 말고는 아무것도 들고 있지 않은 헤르미온느를 향해 얼굴을 찡그렸다. 그녀는 지금 열심히 그 가방을 뒤지고 있었다.

"그래, 여기 있네." 헤르미온느가 가방에서 청바지와 운동복 상의, 고동색 양말 몇 짝과 마지막으로 은빛이 감도는 투명 망토를 꺼내자 해리와 론은 깜짝 놀랐다.

"도대체 어떻게……?"

"탐지되지 않는 확장 마법을 썼어." 헤르미온느가 말했다. "좀 까다로운 마법이긴 한데 그럭저럭 해낸 것 같아. 아무튼, 우리한테 필요한 건 이 안에 어찌어찌 전부 넣어 놨어." 그녀는 조금만 무거운 것을 넣으면 금방이라도 찢어질 것처럼 약해 보이는 가방을 살짝 흔들었다. 가방 안에서 묵직한 물건이 여럿 굴러다니면서 화물칸에서 나는 것 같은 큰 소리가 들렸다. "아, 젠장. 책인가 봐." 그녀가 가방을 들여다보며 말했다. "전부 주제별로 나눠 놨는데…… 아, 뭐…… 투명 망토는 해리 네가 가져가는 게 좋겠다. 론, 얼른 갈아입어……."

"언제 이런 걸 다 준비했어?" 론이 로브를 벗는 사이 해리가 물었다.

"버로에 있을 때 말했잖아. 며칠 동안 필수품을 챙기고 있었다고. 재빨리 도망쳐야 할 때를 대비해서. 해리, 네 배낭은 오늘 아침 네가 옷을 갈아입고 나서 챙겼어……. 어쩐지 좀 불안해서……."

"너 굉장하다. 진짜야." 론이 그녀에게 둘둘 만 로브를 건네며 말했다.

"고마워." 헤르미온느는 로브를 받아 가방 안에 밀어 넣으며 간신히 보일 듯 말 듯한 미소를 지어 보였다. "자, 해리. 투명 망토 걸쳐!"

해리는 투명 망토를 어깨에 두르고 머리 위로 끌어당겨 모습을 감췄다. 조금 전에 일어난 일이 이제야 제대로 실감 나기 시작했다.

"다른 사람들은…… 결혼식에 있던 사람들은 다……."

"지금은 그걸 걱정할 때가 아니야." 헤르미온느가 속삭였다. "그자들이 쫓는 건 너야, 해리. 네가 돌아가면 사람들을 더 큰 위험에 빠뜨리게 될 거야."

"헤르미온느 말이 맞아." 론이 말했다. 해리의 얼굴을 볼 수 없는데도 그는 해리가 뭐라고 반박하기 일보 직전이라는 것을 알고 있는 듯했다. "기사단 사람들 대부분이 거기 있었으니까, 그 사람들이 모두를 지켜 줄 거야."

해리는 고개를 끄덕였다가 자기가 눈에 보이지 않는다는 사실을 떠올리고 말했다. "그래." 하지만 지니를 떠올리자 두려움이 배 속에서 위산처럼 부글부글 끓었다.

"가자, 계속 움직여야 할 것 같아." 헤르미온느가 말했다.

그들은 골목을 되짚어 다시 큰길로 나왔다. 길 건너편에서 남자들 한 무리가 노래를 부르며 인도를 비틀비틀 걸어가고 있었다.

"그냥 궁금해서 그러는 건데, 왜 토트넘 코트로드로 온 거야?" 론이 헤르미온느에게 물었다.

"몰라, 그냥 생각나서. 하지만 머글 세계에 나와 있는 게 틀림없이 더 안전할 거야. 우리가 있을 거라고는 아무도 예상 못 할 테니까."

"그렇긴 하네." 론이 주위를 둘러보며 말했다. "하지만 좀…… 노출된 기분 안 들어?"

"아님 어디로 가?" 길 건너편 남자들이 그녀를 보고 길게 휘파람을 불자 헤르미온느가 몸을 움츠리며 물었다. "리키 콜드런에 방을 잡을 수도 없잖아? 스네이프가 들어올 수 있으니까 그리몰드가도 제외해야 하고……. 우리 부모님

집에 가 볼 수는 있겠지만, 그자들이 거기도 확인할 거라는 생각이 들어. ……아, 저 사람들 좀 닥치면 좋겠다!"

"괜찮아, 아가씨?" 건너편 인도에 있던 남자들 중에서 가장 심하게 취한 사람이 소리쳤다. "한잔할래? 빨간 머리는 버리고 이리 와서 한잔해!"

"어디 좀 앉자." 론이 길 건너편에 대고 마주 소리치려고 하자 헤르미온느가 서둘러 말했다. "봐, 저기면 되겠다. 저 안에 들어가자!"

그곳은 밤샘 영업을 하는 작고 허름한 카페였다. 포마이카 칠을 한 탁자 표면에 하나같이 얇은 기름때가 껴 있기는 했지만 적어도 안은 텅 비어 있었다. 해리가 먼저 칸막이 자리에 슬쩍 들어갔고, 론이 헤르미온느를 마주 보고 해리 옆에 앉았다. 헤르미온느는 입구를 등지고 앉게 됐는데, 그녀는 그 점이 마음에 들지 않는 듯했다. 어찌나 자주 뒤를 힐끔거리는지 근육 경련이라도 일어날 것처럼 보였다. 해리는 가만히 앉아 있고 싶지 않았다. 걷고 있을 때는 목적지가 있는 것 같은 착각이라도 들었다. 투명 망토 아래에서 마지막으로 남아 있던 폴리주스 마법약의 효력이 다하고 손이 평소의 길이와 모양으로 돌아오는 것이 느껴졌다. 그는 주머니에서 안경을 꺼내 썼다.

잠시 후 론이 말했다. "있잖아, 여기서 리키 콜드런이 멀지 않아. 채링크로스에 있으니까……."

"론, 그건 안 돼!" 헤르미온느가 곧바로 말을 잘랐다.

"거기 묵자는 게 아니라 무슨 일이 벌어지고 있는지 알아보자는 거야!"

"무슨 일이 벌어졌는지 알잖아! 볼드모트가 정부를 함락시켰어. 뭘 더 알아야 하는데?"

"알았어, 알았다고. 그냥 생각만 한 거야!"

그들은 다시 불편한 침묵에 빠져들었다. 여자 종업원이 껌을 씹으며 발을 질질 끌면서 다가오자 헤르미온느는 카푸치노 두 잔을 주문했다. 해리는 눈에 보이지 않았기 때문에 그의 몫까지 시킨다면 이상해 보일 게 뻔했다. 건장한 인부 두 사람이 카페에 들어와 옆 칸으로 들어갔다. 헤르미온느는 목소리를 낮추고 속삭였다.

"내 생각엔 순간이동을 할 만한 조용한 장소를 찾아서 시골로 가는 게 좋겠어. 거기 가면 기사단에 메시지를 보낼 수 있을 거야."

"그럼, 넌 패트로누스로 말하는 그걸 할 수 있는 거야?" 론이 물었다.

"연습을 좀 해 봤는데 할 수 있을 것 같아." 헤르미온느가 말했다.

"뭐, 그걸로 기사단 사람들이 더 심각한 문제에 휘말리지 않는다면야. 이미 다 체포됐을지도 모르지만. 세상에, 이거 토 나온다." 론이 거품이 나는 잿빛 커피를 한 모금 마신 뒤 덧붙였다. 종업원이 그 말을 듣고 말았다. 그녀는 발을 질질 끌고 새로 들어온 손님들의 주문을 받으러 가면서 사나운 눈길로 론을 쏘아보았다. 두 인부 중 덩치가 더 큰 남자가 종업원에게 저리 가라며 손을 내젓자 그녀는 어이가 없다는 듯 남자를 빤히 바라보았다. 금발에 커다란 몸집을 가진 남자의 모습이 그제야 해리의 눈에 들어왔다.

"그만 가자. 이 거름물을 더 마시고 싶진 않아." 론이 말했다. "헤르미온느, 너 이거 살 머글 돈은 있어?"

"응, 버로에 오기 전에 청약 통장에 있던 돈을 다 가지고 왔거든. 잔돈은 전부 맨 밑에 있을 거야." 헤르미온느가 구슬 장식이 달린 가방 쪽으로 손을 뻗으며 한숨을 쉬었다.

그때 인부 두 명이 똑같은 움직임을 보였다. 해리는 반사적으로 그들을 따라 했다. 즉 세 사람 모두 마법 지팡이를 꺼냈다. 잠시 뒤 무슨 일이 벌어지고 있는지 뒤늦게 깨달은 론이 탁자 맞은편으로 몸을 날려 기다란 의자에 앉아 있던 헤르미온느를 옆으로 밀쳤다. 죽음을 먹는 자들이 날린 주문에 맞아, 조금 전까지 론이 머리를 기대고 있던 타일 벽이 산산조각 났다. 해리가 여전히 모습을 감춘 채 소리쳤다. "스튜페파이!"

금발에 몸집 큰 죽음을 먹는 자의 얼굴에 붉은 빛줄기가 명중하자 그는 정신을 잃고 옆으로 쓰러졌다. 그자의 동료는 누가 주문을 날렸는지 보지 못한 채 다시 한 번 론에게 마법을 발사했다. 그의 마법 지팡이 끝에서 번쩍거리는 검은 밧줄이 날아가 론을 머리부터 발끝까지 꽁꽁 묶었다. 종업원은 비명을 지르며 가게 출입구를 향해 달려갔다. 해리는 론을 묶은, 일그러진 얼굴의 죽음을 먹는 자에게 또 한번 기절 마법을 날렸다. 그러나 주문은 빗나가 창문에 튕기더니 종업원을 맞히고 말았다. 그녀는 문 앞에 쓰러졌다.

"엑스펠소!" 죽음을 먹는 자가 소리치자 해리의 앞에 있던 탁자가 폭발했다. 폭발의 위력에 해리는 벽으로 날아가 세게 부딪혔다. 그는 투명 망토가 벗겨지면서 마법 지팡이가 손에서 빠져나가는 것을 느꼈다.

"페트리피쿠스 토탈루스!" 헤르미온느가 보이지 않는 곳에서 소리치자, 그 죽음을 먹는 자는 우지직 쿵 하는 소리를 내며, 깨진 찻잔과 탁자, 커피로 난장판이 된 바닥에 조각상처럼 쓰러졌다. 헤르미온느가 긴 의자 밑에서 기어 나와 온몸을 부들부들 떨면서 머리카락에 붙어 있던 유리 재떨이 조각을 떨어냈다.

"디······ 디핀도." 그녀가 론을 지팡이로 가리키며 말했다. 론의 청바지 무릎 부분이 찢어지면서 깊은 상처가 생기자 론은 고통스러워하며 비명을 질렀다. "아, 정말 미안해, 론. 손이 떨려서 그래! 디핀도!"

밧줄이 잘려 나갔다. 론은 자리에서 일어나 팔을 흔들며 감각을 되찾았다. 해리는 지팡이를 집어 들고 금발에 몸집 큰 죽음을 먹는 자가 긴 의자 위에 널브러져 있는 곳까지 잔해를 헤치며 다가갔다.

"진작 알아봤어야 하는데. 덤블도어 교수님이 돌아가신 날 밤 거기에 있었던 놈이야." 해리가 말했다. 그는 검은 머리카락의 죽음을 먹는 자를 발로 뒤집었다. 남자의 두 눈이 해리, 론, 헤르미온느 사이를 빠르게 왔다 갔다 했다.

"돌로호프야." 론이 말했다. "그 현상 수배 포스터에서 봤어. 저 덩치 큰 놈은 소르핀 롤일 거야."

"이름 같은 건 아무래도 상관없어!" 헤르미온느가 약간 신경질적으로 말했다. "이자들이 우릴 어떻게 찾아낸 거지? 어떻게 해야 돼?"

그녀가 어찌할 바를 모르자 해리는 오히려 머리가 맑아

지는 기분이었다.

"문을 잠가." 그가 그녀에게 말했다. "그리고 론, 불 꺼."

자물쇠가 찰칵 소리를 내며 잠기고 론이 딜루미네이터로 카페를 어둠 속으로 몰아넣는 동안, 그는 마비 상태가 된 돌로호프를 내려다보며 빠르게 머리를 굴렸다. 앞서 헤르미온느에게 추파를 던지던 남자들이 또 다른 여자에게 외치는 소리가 멀찍이서 들려왔다.

"이놈들을 어떻게 할까?" 론이 어둠 속에서 속삭였다. 그런 다음 목소리를 더욱 낮추고 말했다. "죽일까? 이놈들은 우릴 죽였을 거야. 방금도 아주 제대로 시도했고."

헤르미온느가 부르르 떨면서 뒤로 한 걸음 물러났다. 해리는 고개를 저었다.

"그냥 기억을 지우기만 하면 돼." 해리가 말했다. "그러는 편이 나아. 그래야 우리를 못 찾을 테니까. 이자들을 죽이면 우리가 여기 있었던 흔적이 확실히 남게 돼."

"네 말대로 할게." 론이 마음이 놓인다는 듯 말했다. "하지만 난 망각 마법을 걸어 본 적이 없는데."

"나도." 헤르미온느가 말했다. "하지만 원리는 알아."

그녀는 심호흡을 하면서 마음을 가라앉힌 다음 돌로호프의 이마에 지팡이를 대고 말했다. "오블리비아테."

다음 순간 돌로호프의 눈이 초점을 잃고 몽롱해졌다.

"대단해!" 해리가 그녀의 등을 탁 치며 말했다. "다른 놈이랑 종업원도 처리해 줘. 론이랑 나는 청소를 할게."

"청소?" 론이 난장판이 된 카페를 둘러보며 말했다. "왜?"

"저놈들이 방금 폭탄이라도 터진 것처럼 보이는 곳에서 정신을 차리면 무슨 일이 있었던 건지 궁금해하지 않겠어?"

"그래, 알았어……."

론은 잠시 끙끙거린 다음에야 마법 지팡이를 주머니에서 꺼낼 수 있었다.

"지팡이를 이렇게 힘들게 꺼낼 수밖에 없는 이유가 있어, 헤르미온느. 네가 챙긴 건 옛날에 입던 청바지거든. 너무 끼어."

"아, 정말 미안하게 됐다." 헤르미온느가 창밖에서 보이지 않는 곳으로 종업원을 끌고 가면서 식식거렸다. 해리는 그녀가 론이 그놈의 지팡이를 어디에 꽂으면 좋을지 구시렁대는 소리를 들었다.

카페가 원래 상태로 돌아오자 그들은 죽음을 먹는 자들을 그자들이 앉았던 자리에 밀어 넣고 서로를 바라보도록 기대 놓았다.

"그런데 우릴 어떻게 찾았을까?" 헤르미온느는 움직이

지 못하는 자들을 번갈아 바라보며 물었다. "우리가 있는 곳을 어떻게 알아낸 거지?"

그녀가 해리에게 눈을 돌렸다.

"설마…… 설마 너한테 아직 추적 마법이 걸려 있는 건 아니겠지?"

"그럴 리 없어." 론이 말했다. "추적 마법은 열일곱 살에 깨져. 그게 마법사 법이야. 성인 마법사한테는 그 주문을 걸 수가 없어."

"그건 네 생각이고." 헤르미온느가 말했다. "죽음을 먹는 자들이 열일곱 살이 된 사람한테도 그 주문을 거는 방법을 찾아냈다면?"

"하지만 해리는 지난 24시간 동안 죽음을 먹는 자 근처에는 얼씬도 하지 않았어. 누가 애한테 다시 추적 마법을 걸었겠냐?"

헤르미온느는 대답하지 않았다. 해리는 자신이 오염되고 더러워진 것만 같은 기분이 들었다. 죽음을 먹는 자들이 정말 그런 방법으로 그를 찾아낸 것일까?

"내가 마법을 사용할 수 없다면 너희도 내 곁에서 마법을 쓸 수 없어. 우리 위치를 노출시키지 않으려면 말이야……." 그가 입을 열었다.

"각자 따로따로 움직여선 안 돼!" 헤르미온느가 단호하게 말했다.

"안전하게 숨을 만한 곳이 필요해." 론이 말했다. "시간 좀 갖고 제대로 생각해 보자."

"그리몰드가." 해리가 말했다.

다른 두 사람이 입을 쩍 벌렸다.

"바보 같은 소리 하지 마, 해리. 거긴 스네이프도 들어갈 수 있잖아!"

"론네 아빠가 거기에 스네이프를 막는 저주 마법이 걸려 있다고 하셨어." 헤르미온느가 반박하려고 하자 해리가 밀어붙였다. "……그 마법이 작동하지 않는다고 해도 뭐 어때? 확실히 말하지만, 난 스네이프를 만날 수 있다면 더 바랄 게 없어!"

"하지만……."

"헤르미온느, 거기 아니면 또 어디가 있다는 거야? 그리몰드가로 가는 게 최선이야. 스네이프는 죽음을 먹는 자들 중 한 명일뿐이잖아. 아직도 나한테 추적 마법이 걸려 있다면 어딜 가든 그놈들 모두가 우리한테 달려들 텐데."

헤르미온느는 반박하고 싶은 표정이었지만 아무 말도 하지 못했다. 그녀가 카페 문에 걸린 자물쇠를 여는 동안 론은 딜루미네이터를 찰칵찰칵 누르며 카페 안의 빛을 돌려놓았다. 그런 다음 그들은 해리가 셋을 세는 소리에 맞춰 세 명의 희생자에게 걸었던 주문을 해제했다. 종업원이나 죽음을 먹는 자들 모두 아직 잠에 겨워 움찔거리기만 하고 있을 때 해리, 론, 헤르미온느는 그 자리에서 몸을 돌려 다시 한 번 사방에서 꽉 조여드는 어둠 속으로 사라졌다.

잠시 후 해리는 다행히 다시 편하게 숨 쉴 수 있게 됐다. 눈을 떠 보니 그들은 이제 눈에 익은 작고 초라한 광장 한가운데 서 있었다. 다 허물어져 가는 높은 주택들이 사방에서 그들을 내려다보았다. 비밀 수호자인 덤블도어가 그들에게 직접 알려 준 적이 있었기에 세 사람은 12번지를 볼 수 있었다. 그들은 미행을 하거나 지켜보는 사람이 있는지 몇 미터마다 한 번씩 확인하면서 그곳으로 달려가 빠르게 돌계단을 올랐다. 해리가 지팡이로 현관문을 한 번 두드리자 금속성의 찰칵 소리와 쇠사슬이 철컹거리는 소리가 연달아 들리더니 문이 삐걱거리며 열렸다. 그들은 서둘러 문턱을 넘었다.

해리가 문을 닫자 구식 가스등이 훅 살아나며 복도 전체에 깜빡깜빡 빛을 던졌다. 해리가 기억하던 모습 그대로였다. 으스스한 데다 거미줄투성이에, 계단을 따라 벽 선반에 쭉 놓여 있는 집요정 머리들이 기이한 그림자를 드리 우고 있었다. 시리우스 어머니의 초상화는 어두운 색의 긴 커튼에 가려져 있었다. 제자리에서 벗어난 물건은 통스가 방금 또 한 번 쳐서 넘어뜨린 것처럼 쓰러져 있는 트롤 다리 우산꽂이뿐이었다.

"누가 왔었던 것 같아." 헤르미온느가 우산꽂이를 가리키며 속삭였다.

"기사단이 떠날 때 넘어진 것일 수도 있어." 론이 중얼거리며 대꾸했다.

"그래서, 스네이프를 막으려고 걸어 둔 저주 마법은 어디에 걸려 있는 거야?" 해리가 물었다.

"스네이프가 나타날 때만 작동되는 건지도 모르지." 론이 의견을 내놓았다.

그럼에도 그들은 여전히 문을 등진 채 현관 매트 위에 가까이 붙어 서 있었다. 집 안으로 더 들어가기가 겁이 났던 것이다.

"뭐, 여기 영원히 서 있을 수는 없지." 해리는 그렇게 말하고 앞으로 한 걸음 내디뎠다.

"세베루스 스네이프?"

매드아이 무디의 목소리가 어둠 속에서 속삭이는 바람

에 셋은 깜짝 놀라 뒤로 펄쩍 물러섰다. "스네이프 아니에요!" 해리가 쉰 목소리로 소리치자마자 뭔가가 차가운 공기처럼 휙 날아들었다. 해리는 혀가 저절로 뒤로 말려들어가는 바람에 말을 할 수 없게 되었다. 하지만 입 안쪽을 살펴볼 겨를도 없이 혀가 다시 풀렸다.

다른 두 사람도 똑같이 불쾌한 감각을 경험한 듯했다. 론은 헛구역질하는 소리를 내고 있었다. 헤르미온느가 더듬더듬 말했다. "매, 매드아이가 스, 스네이프가 올 것에 대비해서 혀 묶기 저주를 걸어 둔 게 틀림없어!"

해리는 조심조심 한 걸음 더 안으로 들어갔다. 복도 저 끝의 어둠 속에서 뭔가 움직이는가 싶더니 셋 중 누가 말 한 마디 할 겨를도 없이 카펫에서 웬 형상이 몸을 일으켰다. 먼지 같은 뿌연 회색을 띤, 키가 크고 끔찍한 형상이었다. 헤르미온느가 비명을 질렀고, 커튼이 휙 열리더니 블랙 부인 또한 마찬가지로 소리를 질렀다. 그 회색 형상은 허리까지 내려오는 머리카락과 턱수염을 등 뒤로 휘날리며, 푹 꺼진 살점 없는 얼굴과 텅 빈 눈구멍을 한 채 점점 더 빠른 속도로 미끄러지듯 다가왔다. 무서울 정도로 익숙하고 끔찍하게 변형된 그 형상이 가느다란 팔을 들어 해리를 가리켰다.

"아냐!" 해리가 소리쳤다. 마법 지팡이를 들어 올렸지만 아무런 주문도 생각나지 않았다. "아니에요! 우리가 아니라고요! 교수님을 죽인 건 우리가 아니에요."

'죽였다'는 말에 그 형상은 거대한 먼지구름을 일으키며 폭발해 버렸다. 해리는 눈물이 괸 채 콜록거리면서 주위를 둘러보았다. 헤르미온느가 양팔로 머리를 감싼 채 문 앞 바닥에 웅크리고 있었고, 론은 머리끝부터 발끝까지 떨면서 서툴게 그녀의 어깨를 토닥거리며 이렇게 말했다. "괘, 괜찮아…… 사, 사라졌어……."

푸른 가스등 불빛 속에서 먼지가 해리 주위를 안개처럼 휘돌았다. 블랙 부인은 계속해서 소리를 질렀다.

"머드블러드, 쓰레기, 가문의 수치, 감히 우리 조상님의 집에 이런 치욕을……."

"닥쳐!" 해리가 시리우스의 어머니에게 마법 지팡이를 겨누며 소리쳤다. 그러자 큰 소리와 함께 빨간 불꽃들이 터져 나오더니 커튼이 닫히고 그녀의 소리도 들리지 않게 되었다.

"그…… 그건……." 헤르미온느가 훌쩍거렸다. 론이 그녀를 일으켜 주었다.

"그래." 해리가 말했다. "하지만 진짜 덤블도어 교수님은 아니었어. 안 그래? 그냥 스네이프를 겁주려고 한 거야."

해리는 그 마법이 과연 스네이프에게도 통했을지 궁금했다. 아니면 스네이프는 실제 덤블도어를 죽였을 때처럼 태연히 그 무시무시한 형상을 해치웠을까? 해리는 여전히 신경이 곤두선 채로 두 사람을 이끌고 복도를 따라 걸어갔다. 새로운 공포가 모습을 드러낼 거라 반쯤 예상하고 있었지만, 벽의 널빤지 장식을 따라 잽싸게 달려간 쥐 한 마리를 빼면 움직이는 것은 아무것도 없었다.

"더 들어가기 전에 확인해 보는 게 좋겠어." 헤르미온느가 속삭이더니 지팡이를 치켜들고 말했다. "호메눔 리벨리오."

아무 일도 일어나지 않았다.

"뭐, 방금 큰 충격을 받아서 그래." 론이 다정하게 말했다. "원래 뭘 하려던 거였어?"

"내가 의도한 대로 된 거야!" 헤르미온느가 뾰로통하게 말했다. "사람이 있으면 모습을 드러내게 하는 주문이었어. 여기엔 우리밖에 없어!"

"우리 먼지 친구들하고." 론이 시신 형상이 몸을 일으켰던 카펫을 힐끗 보며 말했다.

"올라가자." 헤르미온느도 겁에 질린 눈길로 그곳을 바라보며 말했다. 그러고는 앞장서서 삐걱거리는 계단을 올라 2층 거실로 향했다.

헤르미온느는 마법 지팡이를 휘둘러 낡은 가스등에 불을 붙인 뒤 몸을 파르르 떨면서 찬바람이 들어오는 거실 안 소파에 걸터앉아 양팔로 자기 몸을 꼭 감쌌다. 론이 방을 가로질러 창문으로 다가가더니 두꺼운 벨벳 커튼을 살짝 걷었다.

"밖에 아무도 안 보여." 그가 말했다. "네 생각대로 아직까지 해리한테 추적 마법이 걸려 있다면 놈들이 우릴 쫓아왔을 거야. 집에 들어올 수 없다는 건 알지만…… 왜 그래, 해리?"

해리가 고통에 겨운 비명을 질렀던 것이다. 물 위에 번뜩이는 빛처럼 뭔가가 그의 머릿속을 번쩍 스쳐 가자 흉터가 다시 고통스럽게 불타올랐다. 그는 커다란 그림자를 보았고, 자신의 것이 아닌 엄청난 분노가 전기 충격처럼 짧고 격렬하게 온몸을 덮치는 것을 느꼈다.

"뭐가 보였어?" 론이 해리에게 다가가며 물었다. "그자가 우리 집에 있는 걸 본 거야?"

"아냐, 그냥 분노만 느껴졌어. 그자가 정말 화를 내고 있어."

"하지만 버로에서 화를 낸 것일 수도 있잖아." 론이 큰 소리로 말했다. "다른 건? 다른 건 안 보였어? 그자가 누구한테 저주를 걸고 있진 않았어?"

"아냐, 그냥 분노만 느껴졌어. 나도 모르겠어⋯⋯."

해리는 론이 그를 못살게 구는 것처럼 느꼈고 혼란스러웠다. 겁에 질린 목소리로 입을 연 헤르미온느도 별 도움이 되지 않았다. "흉터가 또 그래? 그런데 어떻게 된 거야? 그 연결은 끊어진 줄 알았는데!"

"그랬어, 한동안은." 해리가 웅얼거렸다. 흉터가 여전히 고통스럽게 욱신거려서 집중하기가 어려웠다. "난⋯⋯ 내 생각엔 그자가 통제력을 잃을 때마다 다시 연결되기 시작하는 것 같아. 예전에도 그랬던⋯⋯."

"하지만 넌 정신을 차단해야 하잖아!" 헤르미온느가 날카롭게 말했다. "해리, 덤블도어 교수님은 네가 그렇게 연결되는 상황을 이용하지 않기를 바라셨어. 그걸 닫아걸길 바라셨다고. 그래서 네가 오클루먼시를 사용해야 하는 거야! 안 그랬다간 볼드모트가 네 머릿속에 가짜 이미지를 심을 수 있으니까. 기억나지?"

"그래, 기억나. 고맙다." 해리는 이를 악물고 말했다. 볼드모트가 바로 이처럼 둘 사이가 연결된 상황을 이용해 그를 함정에 빠뜨린 적이 있고, 그 일이 시리우스의 죽음을 초래했다는 사실을 굳이 헤르미온느가 일깨워 줄 필요는 없었다. 그는 보고 느낀 걸 말하지 말았어야 했다는 생각이 들었다. 괜히 말을 꺼내는 바람에 볼드모트는 당장에라도 이 방 창문으로 밀어닥칠 것처럼 더욱 위협적인 존재가 되었다. 흉터의 통증은 갈수록 심해졌고 해리는 그 고통과 맞서 싸웠다. 마치 토하고 싶은 것을 억지로 참는 듯한 기분이었다.

그는 론과 헤르미온느를 등지고 벽에 걸린 블랙 가문의 가계도가 그려진 낡은 태피스트리를 살펴보는 척했다. 그때 헤르미온느가 날카로운 소리를 내질렀다. 해리는 또다시 지팡이를 꺼내 들고 휙 돌아보았다. 은빛 패트로누스가 거실 창문으로 날아들어 와 눈앞 바닥에 내려앉았다. 패트로누스는 족제비의 모습으로 변하더니 론의 아버지 목소리로 말했다.

"가족들은 안전하다. 답장 마라. 감시당하고 있어."

패트로누스는 산산이 흩어지더니 사라졌다. 론은 훌쩍거리는 것 같기도 하고 신음을 흘리는 것 같기도 한 소리를 내뱉으며 소파에 주저앉았다. 헤르미온느가 옆에 앉아 그의 팔을 꽉 움켜쥐었다.

"모두 무사하대. 무사하다고!" 그녀가 속삭이자 론은 희미하게 웃으며 그녀를 끌어안았다.

"해리." 그가 헤르미온느의 어깨 너머로 입을 열었다. "난……."

"신경 쓰지 마." 해리는 이마의 통증 때문에 구역질을 느끼며 말했다. "가족이잖아. 당연히 걱정되지. 나도 같은 기분이었을 거야." 그는 지니를 떠올렸다. "정말로 똑같은 기분이야."

버로의 정원에 있을 때 그랬던 것처럼 타오르는 듯한 흉터의 통증이 극에 달했다. 헤르미온느의 말소리가 어렴풋하게 들려왔다. "혼자 있기 싫어. 오늘 밤에는 내가 가져온 침낭을 갖고 우리 모두 여기에서 자는 게 어때?"

론이 그러자고 하는 소리가 들렸다. 해리는 더는 고통에 맞설 수 없었다. 결국 굴복해야만 했다.

"화장실 좀." 그는 중얼거린 다음 뛰지는 않으면서도 최대한 빠른 걸음으로 거실을 나갔다.

그는 간신히 해냈다. 떨리는 손으로 문을 잠근 뒤 욱신거리는 머리를 부여잡고 바닥에 쓰러졌다. 폭발하는 고통 속에서 해리는 그의 것이 아닌 분노가 그의 영혼을 지배하는 것을 느꼈다. 장작불 빛으로만 밝혀진 긴 방이 보였다. 커다란 몸집의 금발 머리 죽음을 먹는 자가 바닥 위에

서 비명을 지르며 몸부림치고, 그보다 호리호리한 사람의
형상이 마법 지팡이를 뻗은 채 그자를 내려다보고 서 있는
모습도 보였다. 해리가 높고 차갑고 무자비한 목소리로 말
했다.

"더 할까, 롤? 아니면 여기서 멈추고 널 내기니에게 먹이
로 주는 게 나을까? 볼드모트 경이 이번 일을 용서해 줘야
할지 잘 모르겠다……. 고작 해리 포터가 또다시 도망쳤다
는 얘기를 전하려고 나를 부른 것이냐? 드레이코, 롤에게
우리의 불쾌함을 한 번 더 맛보여 주거라……. 어서, 그러
지 않으면 네가 내 분노를 느끼게 될 것이다!"

불 속에서 장작 하나가 넘어졌다. 불길이 치솟으면서 잔
뜩 겁에 질린 갸름하고 허여멀건 얼굴을 비췄다……. 해리
는 깊은 물속에서 몸을 일으키는 듯한 느낌을 받으며 깊게
숨을 들이쉬고 눈을 떴다.

그는 차가운 검은색 대리석 바닥에 팔다리를 뻗고 드러
누워 있었다. 코가 커다란 욕조를 떠받치고 있는 은색 뱀
한 마리의 꼬리와 겨우 몇 센티미터 떨어져 있었다. 그는
몸을 일으켜 앉았다. 말포이의 하얗게 질린 홀쭉한 얼굴이
눈 안쪽에 낙인처럼 새겨진 것 같았다. 방금의 광경을 보
고 볼드모트가 드레이코를 어떤 식으로 이용하는지를 알

자 해리는 분노가 치밀었다.

그때 세차게 문 두드리는 소리에 이어 헤르미온느의 목소리가 들렸다. 해리는 화들짝 놀랐다.

"해리, 칫솔 줄까? 내가 가지고 있어."

"응, 좋아. 고마워." 그는 바닥에서 일어나 그녀에게 문을 열어 주면서 목소리를 태연하게 유지하려고 애썼다.

10장
크리처의 이야기

해리는 다음 날 아침 일찍 거실 바닥에 놓인 침낭 속에서 눈을 떴다. 두꺼운 커튼 사이로 하늘이 슬쩍 내다보였다. 하늘은 밤과 새벽 사이의, 물먹은 잉크처럼 서늘하고 티 없이 깨끗한 푸른빛을 머금고 있었다. 론과 헤르미온느의 깊은 숨소리만 느릿느릿 들려올 뿐 사방이 고요했다. 해리는 옆 바닥에 누워 있는 그들의 어슴푸레한 형상을 힐끗 바라보았다. 론이 한바탕 신사도를 발휘해 헤르미온느에게 소파에서 내려놓은 쿠션 위에서 자라고 고집을 부렸기에 그녀의 실루엣이 론보다 높이 솟아 있었다. 헤르미온느의 팔은 바닥 쪽으로 구부러져 있었고, 손가락은 론의 손가락에 거의 닿을 듯 떨어져 있을 뿐이었다. 해리는 그들이 손을 잡고 있다가 잠든 것인지 궁금했다. 그 생각을 하자 이상하게 외로운 기분이 들었다.

그는 어둑어둑한 천장의 거미줄이 잔뜩 쳐 있는 샹들리에를 올려다보았다. 불과 스물네 시간 전만 해도 그는 결혼식 하객들을 안내하려고 천막 입구에서 햇빛을 받으며 기다리고 있었다. 그 일이 마치 전생의 경험처럼 아득하게 느껴졌다. 앞으로 무슨 일이 일어날까? 그는 바닥에 누워 호크룩스에 대해, 덤블도어가 남겨 준 부담스럽고도 복잡한 임무에 대해 생각했다……. 덤블도어…….

덤블도어의 죽음 이후로 그를 쭉 사로잡았던 슬픔이 이제는 다르게 다가왔다. 결혼식에서 뮤리엘에게 들었던 말들이 머릿속에 병균인 양 자리를 잡고 그가 우상처럼 숭배했던 마법사에 대한 기억을 더럽히는 것만 같았다. 덤블도어가 그런 일이 일어나도록 방치했다니, 그런 일이 있을 수 있을까? 그가 자기한테만 아무런 피해가 없다면 방치나 학대를 방관하는 더들리 같은 인간이었을까? 그가 감금당하고 꼭꼭 숨겨진 여동생을 외면할 수 있는 사람이었단 말인가?

해리는 고드릭 골짜기에 대해, 덤블도어가 한 번도 말해 준 적 없는 그곳의 무덤들에 대해 생각했다. 덤블도어의 유언장에 아무런 설명도 없이 남겨진 수수께끼의 물건들에 대해서도 생각했다. 어둠에 잠긴 채 해리는 마음속에서 점점 치밀어 오르는 분노를 느꼈다. 덤블도어는 왜 그에게 말해 주지 않은 걸까? 왜 설명해 주지 않았을까? 덤블도어가 정말로 해리를 조금이라도 신경 쓰긴 한 걸까? 아니면 그에게 해리는 결코 신뢰하거나 진심을 털어놓을 수는 없는, 그저 잘 갈고닦아야 하는 도구일 뿐이었을까?

쓸쓸한 생각만 드는 상태로 계속 누워 있자니 견딜 수가 없었다. 뭔가 정신을 딴 데로 돌릴 만한 일이 간절했다. 그는 침낭에서 빠져나와 마법 지팡이를 집어 들고 살금살금 방을 나갔다. 그러고는 층계참에서 "루모스"라고 속삭인 뒤 지팡이 불빛에 의지해 계단을 올라가기 시작했다.

두 번째 층계참에는 그와 론이 지난번 이곳에 머물렀을 때 잠을 잤던 침실이 있었다. 그는 침실 안을 힐끔 들여다보았다. 옷장 문이 열려 있고 침대보는 벗겨져 있었다. 해리는 아래층에 쓰러져 있던 트롤 다리 우산꽂이를 떠올렸다. 기사단이 떠난 뒤 누군가가 집을 뒤진 게 틀림없었다. 스네이프일까? 아니면 시리우스가 죽기 전에도 그랬고 죽은 뒤에도 이 집에서 수많은 물건을 자질구레하게 훔쳐 갔던 먼덩거스일까? 해리의 눈길은 시리우스의 고조부인 피니어스 나이젤러스 블랙이 들어가 있곤 했던 초상화로 향했지만 그림은 텅 빈 채 칙칙한 배경만 펼쳐져 있었다. 피니어스 나이젤러스는 오늘 밤을 호그와트 교장실에서 보내고 있는 것이 분명했다.

해리는 계단을 계속 오른 끝에 맨 꼭대기 층계참에 이르렀다. 그곳에는 문이 두 개밖에 없었다. 마주 보이는 문에는 '시리우스'라고 적힌 명패가 붙어 있었다. 해리는 대부의 침실에 한 번도 들어가 본 적이 없었다. 그는 불빛을 가능한 한 넓게 비추려고 지팡이를 높이 든 채 문을 열었다.

방은 널찍했으며 한때는 틀림없이 근사했을 것 같았다. 세공된 나무 머리 판이 달린 커다란 침대와 긴 벨벳 커튼으로 가려진 높다란 창문이 있었고, 먼지가 두껍게 덮인 샹들리에에는 굳은 촛농이 고드름처럼 매달린 양초 토막들이 여전히 꽂혀 있었다. 벽에 걸린 그림들과 침대 머리 판에는 먼지가 뽀얗게 내려앉아 있었다. 샹들리에와 커다란 나무 옷장 꼭대기에는 거미줄이 쳐 있었다. 방 안으로 더 들어가자 예상 못 한 침입자의 등장에 깜짝 놀란 쥐들이 허둥지둥 달아나는 소리가 들렸다.

10대 시절의 시리우스가 포스터와 사진 들을 벽에 덕지덕지 붙여 놓은 탓에 은회색 실크 벽지는 거의 보이지도 않을 지경이었다. 해리는 시리우스가 저것들을 벽에 붙일 때 걸어 놓은 영구 부착 마법을 그의 부모가 풀지 못한 거라고 추측했다. 그들이 맏아들의 장식 취향을 이해해 줬을 리 없으니까. 시리우스는 일부러 부모님을 화나게 하려고 했던 것 같았다. 빛바랜 진홍색과 황금색 커다란 그리핀도르 현수막도 여러 개 있었는데, 모두 자신은 슬리데린 출신인 나머지 가족들과 다르다는 사실을 강조하려는 의도로 보였다. 머글 오토바이 사진이 많았고, (해리는 시리우스의 배짱에 감탄할 수밖에 없었는데) 비키니를 걸친 머글 여자들의 사진도 있었다. 해리는 그들이 머글이라는 사실을 대번에 알 수 있었다. 사진 속 그들은 빛바랜 미소와 흐릿한 눈빛으로 종이 위에서 조금도 움직이지 않았기 때문이다. 벽에 걸린 유일한 마법사 사진이 이 사진들과 대조를 이루고 있었다. 서로 팔짱을 낀 채 카메라를 보며 웃고 있는 호그와트 학생 네 명의 사진이었다.

해리는 아버지를 알아보고 샘솟는 기쁨을 느꼈다. 그의 단정치 못한 검은 머리카락이 해리와 마찬가지로 뒤통수에서 삐죽 튀어나와 있고, 그 역시 안경을 끼고 있었다. 그의 바로 옆에 무심한 듯 잘생긴 얼굴에 약간 거만해 보이는 시리우스가 있었다. 해리가 그의 생전에 본 어느 때보다도 젊고 행복한 모습이었다. 시리우스의 오른쪽에는 페티그루가 서 있었다. 그는 시리우스보다 머리 하나는 더 작았고 통통했으며 물기 어린 눈을 가지고 있었다. 페티그루는 이 멋진 패거리, 그러니까 제임스와 시리우스라는 굉장히 인기 있는 반항아들 무리에 끼게 되었다는 기쁨에 얼굴이 잔뜩 상기되어 있었다. 제임스의 왼쪽에는 루핀이 있었다. 그때도 조금 초라한 모습이었지만 그 역시 자기를 좋아해 주는 사람들이 있고 어딘가에 소속됐다는 사실에 놀라운 한편 기쁜 표정을 짓고 있었다……. 아니, 사진에서 이런 것들이 보이는 건 단지 해리가 일의 전말을 알고 있기 때문일까? 해리는 벽에 걸린 사진을 떼어 내려고 했다. 시리우스가 그에게 모든 것을 남겼으니 어쨌든 그 사진도 이제 그의 것이었다. 하지만 사진은 꿈쩍도 하지 않았다. 부모님이 자기 방을 다시 꾸미는 사태를 방지하기 위해 시리우스가 만반의 조치를 취해 놓은 모양이었다.

해리는 바닥을 둘러보았다. 바깥의 하늘이 밝아 오고 있었다. 빛 한 줄기가 카펫에 흐트러져 있는 종이와 책과 자질구레한 물건 들을 비췄다. 비록 전부는 아니더라도 대부분의 물건이 아무 쓸모가 없다고 판명된 듯했지만, 시리우스의 침실도 수색을 당한 것이 틀림없었다. 책 몇 권은 거

칠게 쥐고 흔들었는지 표지가 떨어져 나가 있었고 페이지
들은 바닥에 마구 뒤섞여 있었다.

해리는 허리를 숙이고 종이 몇 장을 집어 들어 살펴보았
다. 자세히 보니 한 장은 바틸다 백숏의 《마법의 역사》 옛
판본 일부였고, 다른 한 장은 오토바이 관리 설명서에서 찢
겨 나온 것이었다. 또 다른 한 장은 손으로 쓴 것으로 꼬깃
꼬깃 구겨져 있었다. 해리는 구겨진 종이를 문질러 폈다.

패드풋에게.

해리의 생일 선물을 보내 줘서 정말 고마워. 여태껏 받은
선물 중에서 네가 준 것을 가장 좋아해. 한 살인데 벌써 장난
감 빗자루를 타고 쌩쌩 날아다니네. 아주 뿌듯해하는 표정으
로. 너 보라고 사진도 같이 보내. 너도 알겠지만 빗자루는 땅
에서 겨우 60센티미터 정도밖에 안 떠오르는데도 해리는 하
마터면 고양이를 치어 죽일 뻔했고 피튜니아가 크리스마스 선
물로 보내 준 끔찍한 꽃병을 박살 내 버렸어(딱히 불평할 일
은 아니지). 당연히 제임스는 재미있어해. 해리가 훌륭한 퀴디
치 선수가 될 거래. 하지만 우린 해리가 빗자루에 타기만 하면
장식품을 전부 치우고 아이한테서 절대 눈을 떼지 않아.

해리 생일에는 바틸다랑 셋이서만 조용히 차를 마셨어. 항상

우리한테 친절하게 대해 주시고 해리를 아주 예뻐해 주시는 분이야. 네가 못 와서 정말 아쉽지만 기사단 일이 먼저이기도 하고 어찌 됐든 해리는 너무 어려서 자기 생일도 모르니까! 제임스는 여기 틀어박혀 있는 것에 조금씩 답답해하고 있어. 티는 안 내려고 하지만 갑갑해하는 게 보여. 덤블도어 교수님이 아직 제임스의 투명 망토를 가지고 있어서 잠깐 외출할 기회도 없는 셈이야. 네가 와 준다면 제임스가 훨씬 기운을 낼 거야. 지난 주말에는 웜테일이 여기 왔었어. 좀 시무룩해 보였는데 아마 매키넌 가족 소식을 들어서 그런 것 같아. 나도 그 얘기를 듣고 저녁 내내 울었어.

바틸다가 거의 매일 들르고 있어. 덤블도어 교수님에 대한 아주 놀라운 이야기들을 많이 알고 있는 정말 멋진 할머니야. 이걸 알면 덤블도어 교수님이 좋아할지 모르겠네! 실은, 어디까지 믿어야 할지 잘 모르겠어. 잘 안 믿기거든, 덤블도어 교수님이……

해리는 손발에 감각이 없어진 것 같았다. 가만히 서서 감각 없는 손가락으로 그 기적 같은 편지를 들고 있는데 마음속에서 조용한 폭발이 일어났다. 그의 혈관을 따라 기쁨과 그만큼의 슬픔이 뒤섞여 고동쳤다. 그는 침대로 달려가 앉았다.

편지를 다시 읽어 봤지만 처음 읽은 것 이상의 의미를 찾아낼 수는 없었고, 결국 손 글씨만 뚫어져라 바라보게 되었다. 그녀는 해리와 똑같은 방식으로 '이'를 썼다. 그는 편지에 써 있는 '이'를 모두 찾아봤는데, 그 글자 하나하나가 베일 뒤로 힐끗 보이는 친근한 작은 손짓처럼 느껴졌다. 이 편지는 믿기지 않는 보물이었다. 릴리 포터가 정말로 살아 있었고, 한때 그 따뜻한 손으로 이 양피지에 해리, 바로 그녀의 아들에 관한 내용을 잉크로 써 내려갔다는 증거였다.

그는 재빨리 눈가의 물기를 닦아 낸 뒤 이번에는 의미에 집중하면서 편지를 다시 읽었다. 마치 어렴풋이 기억나는 목소리를 듣는 것 같았다.

그들은 고양이를 키웠었다……. 어쩌면 그 고양이도 해리의 부모님처럼 고드릭 골짜기에서 죽었을지 모른다……. 아니면 먹이를 챙겨 줄 사람이 아무도 남지 않자 도망쳤을까……. 시리우스가 그에게 첫 빗자루를 사 주었다……. 부모님은 바틸다 백숏과 아는 사이였다. 덤블도어가 그들을 서로 소개해 주었을까? '덤블도어 교수님이 아직 제임스의 투명 망토를 가지고 있어서'…… 여기에는 뭘

가 이상한 점이 있었다…….

해리는 어머니가 편지에 쓴 말을 곰곰이 생각해 보며 편지에서 잠깐 눈을 뗐다. 덤블도어는 왜 제임스의 투명 망토를 가져갔을까? 해리는 교장 선생이 몇 년 전 그에게 '나는 망토를 쓰지 않아도 사람들 눈에 띄지 않을 수 있단다'라고 말했던 것이 기억났다. 기사단 단원 중 실력이 떨어지는 사람에게 투명 망토의 도움이 필요해서 덤블도어가 배달부 역할을 해 준 걸까? 해리는 계속 읽어 나갔다…….

'웜테일이 여기 왔었어'……. 그 배신자 페티그루가 '시무룩해' 보였다고? 그는 제임스와 릴리의 살아 있는 모습을 마지막으로 보고 있다는 사실을 알았을까?

그리고 마지막은 다시 바틸다 백숏 얘기였다. 그녀가 덤블도어에 대해 믿을 수 없는 이야기들을 들려주었다고 했다. '잘 안 믿기거든, 덤블도어 교수님이…….'

덤블도어가 뭘 어쨌기에? 하지만 덤블도어에 대해 믿기지 않는 이야기들은 얼마든지 있을 수 있었다. 예컨대 그가 변환 마법 시험에서 가장 낮은 점수를 받은 적이 있다거나, 애버포스처럼 염소에게 푹 빠져 있었다거나…….

해리는 자리에서 일어나 바닥을 훑어봤다. 어쩌면 편지의 나머지 부분이 여기 어딘가에 있을지도 몰랐다. 그는

기대감에 차서, 이 방을 처음 수색했던 사람처럼 마구잡이
로 종이들을 집어 들고, 서랍을 열고, 책들을 흔들고, 의자
에 올라가서 옷장 위를 더듬어 보고, 침대와 안락의자 아
래로 기어들어 가 보기도 했다.

마침내 바닥에 얼굴을 대고 엎드려 있던 그는 서랍장 밑
에서 찢어진 종잇조각처럼 보이는 것을 발견했다. 꺼내 보
니 릴리가 편지에서 말했던 사진의 큰 조각이었다. 검은
머리카락의 아기가 작은 빗자루를 타고 웃음을 터뜨리며
사진 안팎으로 쌩쌩 날아다녔고, 틀림없이 제임스로 보이
는 다리가 그 뒤를 쫓아다니고 있었다. 해리는 그 사진을
릴리의 편지와 함께 주머니에 쑤셔 넣고 계속해서 편지의
두·번째 장을 찾았다.

하지만 다시 15분이 흐른 뒤에는 어머니가 보낸 편지의
나머지 부분이 사라졌다는 결론을 내릴 수밖에 없었다. 편
지가 쓰인 이후로 16년이 흐르는 사이에 그냥 없어진 걸
까, 아니면 이 방을 수색한 누군가가 가져간 걸까? 해리는
첫 번째 장을 다시 읽었다. 이번에는 두 번째 장을 가치 있
는 것으로 만들어 줄지도 모르는 단서를 찾아보았다. 그
의 장난감 빗자루가 죽음을 먹는 자들에게 흥미로운 사실
로 여겨졌을 가능성은 거의 없었다……. 그가 이 편지에

서 찾을 수 있는 유일하게 쓸모 있을 법한 정보는 덤블도어에 관한 것뿐이었다. '잘 안 믿기거든, 덤블도어 교수님이…….' 대체 그가 어쨌다는 걸까?

"해리? *해리! 해리!*"

"나 여기 있어!" 그가 소리쳤다. "무슨 일이야?"

문밖에서 발소리가 쿵쿵 울리더니 헤르미온느가 뛰어들어 왔다.

"일어나 보니까 네가 없잖아!" 그녀가 가쁜 숨을 몰아쉬며 말했다. 그러더니 돌아서서 어깨 너머로 소리쳤다. "론! 찾았어!"

론의 짜증 깃든 목소리가 몇 층 아래에서 아득히 울렸다.

"잘됐네! 나 대신 바보 자식이라고 좀 전해 줘!"

"해리, 말도 안 하고 사라지지 좀 마. 부탁이야. 우린 무서워서 죽는 줄 알았어! 아무튼 여기엔 왜 올라온 거야?" 그녀는 잔뜩 어질러진 방을 둘러보았다. "뭐 하고 있었어?"

"내가 찾은 것 좀 봐."

그는 어머니의 편지를 내밀었다. 헤르미온느가 편지를 받아 읽는 동안 해리는 그녀를 지켜보았다. 그녀는 편지 끝부분에 이르더니 눈을 들어 그를 바라보았다.

"아, 해리……."

"이것도 있어."

그가 찢어진 사진을 건네자 헤르미온느는 장난감 빗자루를 타고 시야 안팎으로 들락날락 날아다니는 아기를 보며 미소 지었다.

"난 편지의 나머지 부분을 찾고 있었어." 해리가 말했다. "근데 없네."

헤르미온느가 주위를 힐끗 둘러보았다.

"네가 이렇게 엉망진창으로 만들어 놓은 거야, 아니면 여기 들어왔을 때 이미 이렇게 되어 있었어?"

"누가 나보다 먼저 여길 뒤졌더라." 해리가 말했다.

"나도 그럴 것 같았어. 올라오면서 내가 들여다본 방도 전부 누가 손을 댔더라고. 뭘 찾고 있었던 걸까?"

"기사단에 대한 정보겠지, 그 사람이 스네이프였다면."

"하지만 스네이프라면 필요한 정보는 이미 다 알고 있을 거 아냐. 그러니까 내 말은, 스네이프는 기사단에 속해 있었잖아?"

"뭐 그럼……." 해리는 자기 생각에 대해 의논하고 싶어서 입을 열었다. "덤블도어 교수님에 관한 정보라면 어떨까? 예를 들면, 이 편지의 두 번째 장이라든가. 우리 엄마가 얘기한 이 바틸다가 누군지는 너도 알지?"

"누구?"

"바틸다 백숏. 이 사람이 쓴 책이……."

《마법의 역사》." 헤르미온느가 흥미롭다는 표정을 지으며 말했다. "그럼 너희 부모님이 그분을 알고 지냈던 거네? 그분은 엄청난 마법 역사가였어."

"아직 살아 있어." 해리가 말했다. "그것도 고드릭 골짜기에. 론네 뮤리엘 고모할머니가 결혼식에서 바틸다 얘기를 하더라고. 바틸다는 덤블도어 교수님의 가족이랑도 알고 지냈대. 얘기해 보면 흥미로울 것 같지 않아?"

헤르미온느가 해리의 심정을 다 이해한다는 듯 지어 보인 미소는 조금 과장된 감이 있었다. 해리는 헤르미온느를 쳐다보고 속내를 드러내지 않기 위해 그녀에게서 편지와 사진을 돌려받아 목에 걸고 있는 주머니에 넣었다.

"네가 그분과 엄마 아빠 얘기를 하고 싶어 하는 이유는 이해해. 덤블도어 교수님에 대해서 얘기하고 싶어 하는 것도." 헤르미온느가 말했다. "하지만 호크룩스를 찾는 데는 별 도움이 안 될 거야. 그렇지 않아?" 해리는 대꾸하지 않았고 그녀는 빠르게 말을 이었다. "해리, 네가 정말로 고드릭 골짜기에 가고 싶어 하는 건 알지만 난 겁이 나……. 어제 죽음을 먹는 자들이 어떻게 우리를 그렇게 쉽게 찾아냈는지 정말 무서워. 그래서 그런지 그 어느 때보다도 너희 부모님이 묻혀 계시는 곳은 피해야 한다는 느낌이 들어. 그자들은 분명 네가 거길 찾아갈 거라고 생각할 테니까."

"그것 때문만은 아니야." 해리는 여전히 그녀에게 시선을 주지 않은 채 말했다. "뮤리엘 고모할머니가 결혼식에서 덤블도어 교수님에 대해 한 얘기가 있어서 그래. 난 진실을 알고 싶어⋯⋯."

그는 뮤리엘이 했던 말을 헤르미온느에게 전부 들려주었다. 그가 말을 마치자 헤르미온느가 말했다. "물론 그 얘기가 왜 신경 쓰이는지는 알겠어, 해리⋯⋯."

"신경 쓰이는 게 아니야." 그는 거짓말을 했다. "그냥 그게 사실인지 아닌지만 알고 싶은⋯⋯."

"해리, 정말로 뮤리엘 할머니처럼 심술궂은 노인이나 리타 스키터 같은 사람한테서 진실을 들을 수 있다고 생각해? 어떻게 그 사람들을 믿을 수가 있어? 넌 덤블도어 교수님을 잘 알잖아!"

"나도 그런 줄 알았어." 그가 웅얼거렸다.

"아니, 넌 리타 스키터가 너에 대해 썼던 그 모든 얘기에 얼마만큼의 진실이 담겨 있었는지도 알잖아! 도지 씨 말이 맞아. 어떻게 그런 사람들이 덤블도어 교수님에 대한 네 기억을 더럽히게 놔둘 수 있어?"

그는 자신이 느끼는 분노를 드러내지 않으려고 고개를 돌렸다. 또 그 얘기였다. 무엇을 믿을지 결정하라는 것. 그는 진실을 원했다. 왜 다들 작정이나 한 것처럼 해리가 진실을 알아내지 못하게 하려는 걸까?

"부엌으로 내려갈래?" 헤르미온느가 잠시 입을 다물고 있다가 말을 이었다. "아침거리라도 찾아볼까?"

해리는 알았다고 대답하면서도 내키지는 않았다. 그는 그녀를 따라 층계참으로 나갔다. 층계참에서 이어지는 두 번째 문을 지날 때였다. 문에 붙어 있는 작은 팻말이 눈에 들어왔다. 자세히 살펴보니 문패 아래 페인트칠이 된 곳에 깊숙이 긁힌 자국이 있었다. 조금 전에는 어두워서 보지 못한 모양이었다. 그는 계단 꼭대기에 멈춰 서서 그것을 살펴보았다. 손으로 깔끔하게 글씨를 새긴 그 허세 가득한 작은 팻말은 퍼시 위즐리가 자기 침실 문에 붙여 둘 만한 것이었다.

레굴러스 아르크투루스 블랙(Regulus Arcturus Black)의
허락 없이는 출입 금지

순간 전율이 해리의 온몸을 스치고 지나갔지만 그 이유를 당장에 확신할 수는 없었다. 그는 팻말에 써 있는 글을 다시 한 번 읽어 보았다. 헤르미온느는 이미 아래 층계참에 내려가 있었다.

"헤르미온느." 해리가 말했다. 자기 목소리가 그토록 침착하다는 사실이 놀라울 따름이었다. "여기 다시 올라와 봐."

"왜 그래?"

"R.A.B. 그 사람을 찾은 것 같아."

헉하는 소리가 들리더니 헤르미온느가 계단을 되짚어 달려 올라왔다.

"너희 엄마 편지에서? 하지만 난 못 봤……."

해리는 고개를 저으며 레귤러스의 방 팻말을 가리켰다. 헤르미온느는 팻말을 읽더니 해리가 움찔거릴 만큼 그의 팔을 꽉 움켜잡았다.

"시리우스의 동생?" 그녀가 속삭였다.

"그 사람도 죽음을 먹는 자였어." 해리가 말했다. "시리우스가 동생 얘기를 해 준 적이 있어. 아주 어렸을 때 가담했다가 겁을 먹고 빠져나오려 했다고. 그래서 놈들이 죽였대."

"그럼 딱 들어맞아!" 헤르미온느가 숨을 들이켰다. "죽음을 먹는 자였다면 볼드모트한테 접근할 수도 있었을 거야. 환상이 깨진 다음에는 볼드모트를 몰락시키고 싶었을 거고!"

그녀는 해리의 팔을 놓더니 난간 너머로 고개를 숙이고 소리쳤다. "론! **론!** 이리 올라와, 빨리!"

잠시 후 론이 마법 지팡이를 손에 들고 헐떡거리며 나타났다.

"무슨 일이야? 또 왕거미라면, 나는 일단 아침 식사부터……."

그는 헤르미온느가 말없이 가리키는 레귤러스의 방문에 붙은 팻말을 보며 얼굴을 찌푸렸다.

"저게 뭐? 저 사람은 시리우스의 남동생이잖아. 아냐? 레귤러스 아르크투루스…… 레귤러스…… *R.A.B.!* 설마 그 로켓에……?"

"찾아보자." 해리가 말했다. 그는 문을 열려고 했지만 잠겨 있었다. 헤르미온느가 마법 지팡이로 문손잡이를 겨누고 말했다. "알로호모라." 찰칵 소리가 나더니 문이 홱 열렸다.

그들은 주위를 살피며 함께 안으로 들어섰다. 레귤러스의 방은 시리우스의 방보다 조금 작았지만, 마찬가지로 예전의 웅장한 분위기가 남아 있었다. 시리우스가 다른 가족들과 그 자신의 차이점을 보여 주려고 노력했다면 레귤러스는 그 반대되는 사실을 강조하려고 애썼다. 슬리데린을 상징하는 에메랄드색과 은색이 침대고 벽이고 창문이고 온통 드리워져 있었다. 블랙 가문의 문장이 '언제까지나 순수하게'라는 가훈과 함께 침대 위에 공들여 그려져 있었다. 그 밑에는 신문에서 오려 낸 기사들이 누렇게 바랜 채 다닥다닥 붙어서 누더기 같은 콜라주를 이루고 있었다. 헤르미온느가 방을 가로질러 가서 그 기사들을 살펴보았다.

"전부 볼드모트에 대한 기사야." 그녀가 말했다. "레귤러스는 죽음을 먹는 자가 되기 몇 년 전부터 볼드모트의 팬이었던 것 같아……."

그녀가 기사들을 읽으려고 침대 위에 앉자 침대보에서 살짝 먼지가 일었다. 한편 해리는 다른 사진을 발견했다. 호그와트 퀴디치 팀이 미소를 머금고 액자 바깥을 향해 손을 흔들고 있었다. 해리가 가까이 다다가 보니 그들의 가슴에는 뱀이 새겨져 있었다. 슬리데린 퀴디치 팀이었다. 앞줄 한가운데에 앉아 있는 소년이 레귤러스라는 건 어렵지 않게 알아볼 수 있었다. 시리우스에 비해 몸집이 작고 말랐으며 인물도 조금 떨어졌지만, 검은 머리카락과 약간 거만해 보이는 표정은 형과 똑같았다.

"수색꾼이었네." 해리가 말했다.

"응?" 헤르미온느가 건성으로 대답했다. 그녀는 아직도 볼드모트에 관한 신문 기사에 몰두해 있었다.

"앞줄 한가운데 앉아 있거든. 저긴 수색꾼 자리…… 아니, 됐어." 해리는 아무도 듣고 있지 않다는 것을 깨닫고 그렇게 말했다. 론은 두 손과 무릎을 바닥에 대고 엎드린 채 옷장 밑을 살펴보고 있었다. 해리는 물건을 숨길 만한 곳을 찾아 주위를 둘러보다가 책상으로 다가갔다. 역시나 누군가가 그들보다 앞서 방을 뒤졌다. 서랍들은 얼마 전에 뒤집어엎어 내용물을 비운 흔적이 있고 먼지가 흩어져 있었지만 눈여겨볼 만한 것은 아무것도 없었다. 낡은 깃펜과 험하게 다룬 흔적이 남아 있는 옛날 교과서, 최근에 잉크병이 깨지면서 끈적끈적한 잉크로 뒤덮인 서랍 내용물뿐이었다.

"더 쉬운 방법이 있어." 해리가 잉크 범벅이 된 손가락을 청바지에 문지르자 헤르미온느가 말했다. 그녀가 마법 지팡이를 들고 외쳤다. "아씨오 로켓!"

아무 일도 벌어지지 않았다. 빛바랜 커튼 주름 사이를 뒤지고 있던 론이 실망한 표정을 지었다.

"그럼 이게 다야? 여기엔 없는 거야?"

"아니, 여기 있을 수 있어. 하지만 무효화 마법이 걸려 있는 거지." 헤르미온느가 말했다. "마법으로 소환되는 것을 막으려고 말이야."

"볼드모트가 그 동굴에 있었던 돌 대야에 걸어 놓은 것처럼 말이지." 해리는 가짜 로켓을 소환할 수 없었던 기억을 떠올리며 말했다.

"그럼 어떻게 찾으라는 거야?" 론이 물었다.

"직접 뒤져야지." 헤르미온느가 말했다.

"그것 참 좋은 생각이네." 론이 눈알을 굴리며 말하더니 다시 커튼을 살펴보기 시작했다.

그들은 한 시간이 넘도록 방을 샅샅이 뒤졌지만 결국 그곳에 로켓이 없다고 결론 내릴 수밖에 없었다.

이제는 해가 떠 있었다. 햇빛이 때 묻은 층계참 창문을 통해 걸러져 들어오는데도 눈이 부셨다.

"그래도 이 집 어딘가에 있을 수 있어." 헤르미온느가 아래층으로 내려가면서 기운을 차리라는 듯 말했다. 해리와 론이 낙담할수록 그녀는 더욱 결연해지는 듯했다. "레귤러스가 로켓을 파괴했든 못 했든, 볼드모트한테서 그것을 감추고 싶었을 거 아냐. 지난번에 이 집에 왔을 때 우리가 없애야 했던 그 끔찍한 물건들 기억나? 사람들에게 나사못을 쏘아 대던 시계랑 론의 목을 조르려 했던 낡은 로브 같은 것들. 레귤러스가 로켓을 숨겨 놓은 곳을 지키기 위해 그 것들을 준비했을지도 몰라. 물론 우리는 알아채지 못했지 만. 그 당시에……."

해리와 론이 그녀를 바라보았다. 그녀는 한 발을 공중에 든 채, 방금 망각 마법에 걸리기라도 한 것처럼 멍한 얼굴 로 서 있었다. 두 눈에는 초점이 없었다.

"……당시에는 말이야." 그녀가 작은 목소리로 말을 맺 었다.

"왜 그래?" 론이 물었다.

"로켓이 있었어."

"뭐?" 해리와 론이 동시에 소리쳤다.

"거실 진열장에. 아무도 그 로켓을 열 수가 없었잖아. 그 래서 우리가…… 우리가……."

해리는 벽돌 하나가 가슴을 뚫고 쿵 내리꽂히는 기분이 었다. 기억났다. 돌아가면서 그것을 열려고 시도해 보는 와중에, 해리는 심지어 그것을 만져 보기까지 했다. 그것 은 무사마귀 딱지 가루가 들어 있는 코담뱃갑, 모두를 졸 리게 만드는 오르골과 함께 쓰레기봉투에 던져졌다…….

"크리처가 꽤 많은 물건을 빼돌렸지." 해리가 말했다. 그

것만이 유일한 기회, 그들에게 남은 한 줄기 희망이었다. 어쩔 수 없이 놓아 버려야 할 때가 오기까지 해리는 그 희망을 단단히 붙들고 있을 생각이었다. "크리처가 부엌에 있는 벽장에다 엄청나게 많은 물건을 쌓아 놨었어. 가자."

해리는 계단을 한 번에 두 칸씩 내려갔고 나머지 두 사람도 쿵쾅거리며 그를 따라왔다. 너무 시끄러운 소리를 내는 바람에 복도를 지날 때 시리우스 어머니의 초상화를 깨우고 말았다.

"더러운 것! 머드블러드! 쓰레기!" 그녀가 지하의 부엌으로 달려 내려가 문을 쾅 닫는 그들의 뒷모습에 대고 소리쳤다.

해리는 부엌을 쭉 내달려 크리처의 벽장문 앞에 미끄러지듯 멈춰 서서 문손잡이를 비틀어 열었다. 그곳에는 집요정이 한때 잠자리로 삼았던 더럽고 낡은 이불로 만들어진 보금자리가 있었다. 하지만 그곳은 더 이상 크리처가 구해 온 자질구레한 장신구들로 반짝거리지 않았다. 거기에 놓여 있는 유일한 물건은 《타고난 고귀함: 마법사 계보학》이라는 낡은 책 한 권뿐이었다. 해리는 눈으로 보고도 믿을 수 없어 이불을 확 집어 들고 흔들었다. 죽은 쥐 한 마리가 툭 떨어지더니 참담하게 바닥 저편으로 굴러갔다. 론이 부엄 의자에 몸을 던지듯 주저앉으며 신음했다. 헤르미온느는 눈을 감았다.

"아직 안 끝났어." 해리는 그렇게 말하고 목소리를 높여 불렀다. "크리처!"

난데없이 '펑' 하는 큰 소리와 함께, 해리가 시리우스에게 마지못해 상속받은 집요정이 싸늘하고 텅 빈 벽난로 앞에 나타났다. 녀석은 사람의 반 정도밖에 안 될 만큼 몸집이 작았고, 창백한 피부는 쪼글쪼글하게 주름진 채 늘어져 있었으며, 박쥐처럼 생긴 귀에서는 하얀 털이 잔뜩 삐져나와 있었다. 여전히 처음 만났을 때 입고 있던 더러운 걸레 조각을 걸치고 있었는데, 해리를 쳐다보는 경멸 어린 시선을 보니 새로운 주인에 대한 태도 역시 입고 있는 옷처럼 바뀌지 않은 듯했다.

"주인님." 크리처가 황소개구리 같은 목소리로 꺽꺽대며 허리 숙여 인사를 하더니 자기 무릎에 대고 중얼거렸다. "혈통 배신자 위즐리, 머드블러드와 함께 우리 마님의 옛집에 돌아오셨군요……."

"네가 누군가를 '혈통 배신자'나 '머드블러드'라고 부르는 걸 금지하겠어." 해리가 화를 내며 말했다. 이 집요정이 시리우스에 관한 것을 볼드모트에게 넘기지 않았다고 하더라도, 저 주둥이 같은 코와 충혈된 눈에서는 도무지 사랑스러운 구석을 찾을 수가 없었다.

"너한테 물어볼 게 있어." 그가 말했다. 집요정을 내려다보는 그의 심장이 빠르게 뛰었다. "진실하게 대답할 것을 명령한다. 알겠어?"

"네, 주인님." 크리처가 다시 허리를 깊숙이 숙이며 대답했다. 해리는 크리처가 소리를 내지 않고 입술을 움직이는 것을 보았다. 이제는 내뱉지 못하게 된 금지된 욕설을 입 모양으로 하고 있는 게 틀림없었다.

"2년 전에" 하고, 해리는 심장이 두방망이질하는 가운데 입을 열었다. "2층 거실에 큼직한 황금 로켓이 있었어. 우리가 그걸 내다 버렸는데 혹시 몰래 다시 가져다 놨어?"

잠시 침묵이 흘렀다. 크리처가 허리를 펴고 해리의 얼굴을 똑바로 마주 보며 말했다. "네."

"지금은 어디 있어?" 해리가 반색하며 물었다. 론과 헤르미온느도 들뜬 표정이었다.

크리처는 자기가 곧 내뱉을 말이 일으킬 반응을 차마 보지 못하겠다는 듯 눈을 감았다.

"없어졌습니다요."

"없어져?" 기쁨이 순식간에 몸 밖으로 빠져나갔다. 해리가 다시 물었다. "무슨 말이야, 없어지다니?"

집요정은 덜덜 떨면서 몸을 흔들었다.

"크리처." 해리가 사납게 말했다. "명령하는데……."

"먼덩거스 플레처." 집요정이 잔뜩 쉰 목소리로 말했다. 두 눈은 여전히 질끈 감겨 있었다. "먼덩거스 플레처가 전부 훔쳐 갔습니다요. 벨라 아가씨와 씨시 아가씨의 사진도, 마님의 장갑도, 1급 멀린 훈장도, 가문의 문장이 들어간 잔들도, 그리고, 그리고……."

크리처는 숨을 깊이 들이마셨다. 녀석의 푹 꺼진 가슴이 빠르게 오르내리더니 두 눈이 번쩍 뜨였다. 크리처가 등골이 오싹해지는 소리를 내질렀다.

"……로켓, 레귤러스 주인님의 로켓도요. 크리처가 잘못했어요, 크리처는 그분의 명령을 따르지 못했습니다요!"

크리처가 난로 안에 세워져 있는 부지깽이를 향해 달려들자 해리도 본능적으로 집요정에게 몸을 날려 녀석을 덮쳤다. 헤르미온느의 비명과 크리처의 비명이 뒤섞였지만 해리가 둘보다 더 큰 목소리로 외쳤다. "크리처, 가만히 있을 것을 명령한다!"

해리는 집요정이 꼼짝하지 않는 것을 확인하고 놓아주었다. 크리처는 차가운 돌바닥에 벌렁 드러누워 있었다.

크리처의 축 처진 눈에서 눈물이 쏟아져 나왔다.

"해리, 일어나게 해 줘." 헤르미온느가 속삭였다.

"그래서 저 녀석이 부지깽이로 자해할 수 있게 하라고?" 해리가 코웃음을 치며 집요정 앞에 무릎을 꿇고 앉았다. "그렇게는 안 되겠는데. 좋아, 크리처. 나는 진실을 원해. 먼덩거스 플레처가 그 로켓을 훔쳐 간 건 어떻게 알아?"

"크리처가 봤습니다요!" 주둥이를 타고 흘러내린 눈물이 새까매진 이빨로 가득한 입속으로 들어가자 집요정이 헐떡거렸다. "크리처는 그놈이 크리처의 보물을 양손 가득 들고 크리처의 벽장에서 나오는 걸 봤습니다요. 크리처가 그 좀도둑한테 거기 서라고 했지만 먼덩거스 플레처는 웃으면서 도, 도망……."

"넌 그 로켓이 '레귤러스 주인님 거'라고 했는데." 해리가 말했다. "왜 그렇게 말한 거야? 어디서 난 거였어? 레귤러스가 그 로켓하고 무슨 관련이 있는데? 크리처, 일어나서 앉아. 그리고 그 로켓에 대해 알고 있는 걸 전부 말해. 레귤러스와 무슨 관련이 있는지도 모두!"

집요정은 일어나 앉아 공처럼 둥글게 몸을 웅크리더니 축축하게 젖은 얼굴을 무릎 사이에 파묻고 앞뒤로 몸을 흔들기 시작했다. 이윽고 크리처가 입을 열었다. 목소리는

메어 있었지만, 소리가 울리는 조용한 부엌에서는 꽤 분명
하게 들렸다.

"시리우스 주인님은 가출하셨어요. 속이 다 시원했습니
다요. 그분은 나쁜 아이였고, 제멋대로 행동해서 마님의
마음을 아프게 했으니까요. 하지만 레귤러스 주인님은 바
람직한 자긍심을 갖고 계셨습니다요. 그분은 블랙이라는
이름에, 순수 혈통의 위엄에 걸맞은 게 뭔지 알고 계셨죠.
레귤러스 주인님은 어둠의 왕이 마법사들이 더는 숨지 않
고 머글과 머글 태생 들을 다스리게 만들어 줄 거라는 얘
기를 오랫동안 하셨어요⋯⋯. 그러다가 레귤러스 주인님
은 열여섯 살이 되자 어둠의 왕에게 가담하셨죠. 그분을
모시게 되어 아주 자랑스럽다고, 너무 자랑스럽고 기쁘다
고 하셨습니다요⋯⋯. 그러던 어느 날, 어둠의 왕과 함께
하신 지 1년이 지나서, 레귤러스 주인님이 크리처를 보러
부엌에 내려오셨습니다요. 레귤러스 주인님은 항상 크리
처를 좋아하셨죠. 그리고 레귤러스 주인님이 말씀하셨어
요⋯⋯. 그분은⋯⋯."

늙은 집요정은 더욱 빠르게 몸을 흔들었다.

"⋯⋯어둠의 왕에게 집요정이 하나 필요하다고 하셨습
니다요."

"볼드모트한테 집요정이 필요했다고?" 해리가 론과 헤르미온느 쪽을 돌아보며 그렇게 물었다. 그들도 해리만큼이나 어리둥절한 표정이었다.

"네, 그랬습니다요." 크리처가 신음했다. "그리고 레귤러스 주인님이 자원해서 크리처를 내놓으셨어요. 이건 영광이라고, 레귤러스 주인님에게나 크리처에게나 영광이라고 하셨죠. 크리처는 어둠의 왕이 명령하는 일은 무엇이든 반드시 해야 하고…… 그러고 나서 지, 집으로 돌아오라고 하셨어요."

크리처는 흐느끼면서 거칠게 숨을 쉬며 더욱 빠르게 몸을 흔들어 댔다.

"그래서 크리처는 어둠의 왕에게로 갔습니다요. 어둠의 왕은 크리처에게 무슨 일을 해야 하는지 말해 주지 않고 크리처를 바닷가의 동굴로 데려갔어요. 그 동굴은 더 큰 동굴로 이어졌고, 큰 동굴 안에는 거대한 검은색 호수가 있었습니다요……."

해리의 목덜미 털이 쭈뼛 섰다. 크리처의 꺽꺽대는 목소리가 그 검은 호수 건너편에서 들려오는 것만 같았다. 그때 무슨 일이 벌어졌을지가 마치 그 자리에 있었던 것처럼 선명하게 그려졌다.

"……배가 있었습니다요……."

물론 배가 있었을 것이다. 해리는 그 배를 알았다. 마법사 한 명과 희생자 한 명만을 태우고 호수 한가운데 있는 바위섬까지 데려다주도록 마법이 걸린, 흐릿한 초록빛을 띤 조그만 배. 그렇다면 볼드모트는 바로 이런 식으로 호크룩스를 둘러싼 보호 장치들을 시험해 봤던 것이다. 없어도 그만인 생명체, 집요정을 데려다가…….

"그 섬에는 마법약으로 가득 찬 대, 대야가 있었어요. 어, 어둠의 왕은 크리처에게 그걸 마시게 했습니다요……."

집요정은 머리끝부터 발끝까지 부들부들 떨었다.

"크리처는 그걸 마셨고, 마시고 나니까 끔찍한 것들이 보였어요……. 크리처의 배 속이 타올랐어요……. 크리처는 레귤러스 주인님께 구해 달라고 소리쳤어요. 블랙 마님한테도 소리쳤어요. 하지만 어둠의 왕은 그냥 웃기만 했어요……. 어둠의 왕은 크리처가 마법약을 전부 마시게 했어요……. 어둠의 왕은 텅 빈 대야 속에 로켓을 떨어뜨리고…… 더 많은 마법약으로 대야를 채웠어요. 그런 다음 어둠의 왕은 크리처를 섬에 내버려 두고 배를 타고 떠나 버렸어요……."

무슨 일이 벌어졌을지 눈앞에 훤히 그려졌다. 해리는 어둠 속으로 사라지는 볼드모트의 뱀 같은 허연 얼굴이, 몸부림치는 집요정을 무자비하게 빤히 지켜보는 빨간 두 눈이 보이는 듯했다. 불타는 듯한 마법약이 희생자에게 불러일으키는 극심한 갈증에 굴복하는 순간 곧 죽음을 맞게 될 집요정을……. 하지만 해리의 상상력은 그 이상 나아가지 못했다. 크리처가 어떻게 탈출했는지 알 수 없었기 때문이다.

"크리처는 물을 마시고 싶었습니다요. 크리처는 섬 가장자리로 기어가서 검은 호수의 물을 마셨어요……. 그러자 손들이, 죽은 손들이 물에서 나와 크리처를 수면 아래로 끌고 갔습니다요……."

"어떻게 빠져나왔어?" 해리가 물었다. 그는 속삭이는 자신의 목소리를 듣고도 놀라지 않았다.

크리처는 못생긴 머리를 들어 잔뜩 충혈된 큼직한 눈으로 해리를 바라보았다.

"레귤러스 주인님이 크리처에게 돌아오라고 하셨어요." 크리처가 말했다.

"그랬겠지. 근데 인페리우스들한테서 어떻게 탈출했냐고."

크리처는 질문의 뜻을 이해하지 못하는 듯했다.

"레귤러스 주인님께서 크리처에게 돌아오라고 말씀하셨어요." 그가 되풀이했다.

"알아, 그런데……."

"뻔하잖아, 해리." 론이 말했다. "순간이동을 한 거지!"

"하지만…… 그 동굴은 순간이동으로 드나들 수가 없단 말이야." 해리가 말했다. "그렇지 않았다면 덤블도어 교수님이……."

"집요정 마법은 마법사들 마법하고 다른 거 아닐까?" 론이 말했다. "내 말은, 우리는 못하지만 집요정들은 호그와트 안팎으로 순간이동을 할 수 있잖아."

해리가 이 말을 이해하는 동안 잠시 침묵이 이어졌다. 볼드모트가 어떻게 그런 실수를 저지를 수 있지? 그때 헤르미온느가 입을 열었다. 그녀의 목소리는 얼음장처럼 싸늘했다.

"당연히 볼드모트라면 집요정들의 능력이 자기가 신경 쓰기에는 너무 하잘것없다고 생각했겠지. 집요정을 짐승 대하듯 하는 그 모든 순수 혈통 마법사들이 그러는 것처럼……. 자기가 못 쓰는 마법을 집요정들이 쓸 수 있을 거라는 생각을 한 번도 못 해 봤을 거라고."

"집요정에게 가장 높은 법은 주인님의 명령입니다요." 크리처가 읊조렸다. "크리처는 집으로 오라는 명령을 받았기에 집으로 돌아온 겁니다요……."

"음, 그럼 명령받은 대로 한 거네요?" 헤르미온느가 친절한 말투로 말했다. "명령에 불복종한 건 전혀 아니잖아요!"

크리처는 더더욱 빠르게 몸을 흔들며 고개를 저었다.

"그럼 네가 돌아왔을 때 무슨 일이 벌어졌는데?" 해리가 물었다. "무슨 일이 있었는지 얘기하니까 레귤러스가 뭐라고 했어?"

"레귤러스 주인님은 무척 걱정하셨습니다요. 무척 걱정하셨어요." 크리처가 꺽꺽대는 목소리로 말했다. "레귤러스 주인님께서는 크리처에게 숨어 있으라고, 집을 떠나지 말라고 하셨습니다요. 그러고 나서…… 얼마 뒤에…… 어느 날 밤 레귤러스 주인님이 벽장 안에 숨어 있는 크리처를 찾아오셨습니다요. 레귤러스 주인님은 이상하셨어요. 평소 같지 않으셨어요. 심란해하셨어요. 크리처는 알 수 있었어요……. 레귤러스 주인님은 크리처더러 당신을 동굴로, 크리처가 어둠의 왕과 함께 갔던 그 동굴로 데려가 달라고 하셨어요……."

그리고 그들은 길을 떠났다. 해리는 그들의 모습을 선명하게 그려 볼 수 있었다. 겁에 질린 늙은 집요정과 시리우스와 꼭 닮은, 검은 머리카락의 마른 수색꾼……. 크리처는 지하의 커다란 동굴로 들어가는 숨겨진 입구를 여는 방법을 알고 있었고, 어떻게 해야 작은 배를 떠오르게 할 수 있는지도 알았다. 이번에 그와 함께 독약이 든 대야가 있는 섬으로 배를 타고 가는 사람은 사랑하는 레귤러스였다…….

"그래서 레귤러스가 너한테 마법약을 마시게 했어?" 해리가 진저리를 치며 말했다.

하지만 크리처는 고개를 저으며 흐느꼈다. 헤르미온느가 재빨리 두 손을 들어 입을 가렸다. 그녀는 뭔가를 알아차린 듯했다.

"레, 레귤러스 주인님께서는 어둠의 왕이 가지고 있었던 것과 같은 로켓을 주머니에서 꺼내셨습니다요." 그렇게 말하는 크리처의 주둥이 같은 코 양옆으로 눈물이 흘러내렸다. "그러더니 크리처한테 그것을 받으라고 하시면서 대야가 비면 로켓을 바꿔치기하라고 말씀하셨습니다요……."

이제 크리처는 흐느껴 울면서 말을 쏟아 냈다. 해리는 그의 말을 이해하느라 온 신경을 쏟아야 했다.

"그리고 레귤러스 주인님께서는 크리처에게 가라고 명령하셨어요……. 주인님을 두고요……. 그리고 크리처한테 집으로 가서 주인님이 하신 일을 마님께 절대 말하지 말고 처음의 로켓을 파괴하라고 하셨어요. 그러더니 주인님께서는 마법약을 전부 드셨고 크리처는 로켓을 바꿔치기한 다음…… 레귤러스 주인님께서…… 물속으로 끌려가시는 것을 지켜보고…… 그리고…….”

“아, 크리처!” 울고 있던 헤르미온느가 소리쳤다. 그녀는 집요정 앞에 털썩 무릎을 꿇고 그를 끌어안으려 했다. 크리처는 재빨리 일어서더니 혐오스럽다는 기색이 역력한 얼굴로 그녀에게서 떨어져서 몸을 움츠렸다.

“머드블러드가 크리처를 만졌어. 크리처는 이런 일을 용납하지 않아. 마님이 뭐라고 하실까?”

“내가 헤르미온느를 ‘머드블러드’라고 부르지 말라고 했지!” 해리가 호통을 쳤지만 집요정은 이미 자신에게 벌을 주고 있었다. 크리처는 땅에 주저앉아 이마를 바닥에 찧어 댔다.

“그만…… 못 하게 해!” 헤르미온느가 외쳤다. “집요정들이 복종을 해야만 한다는 사실이 얼마나 역겨운 일인지 아직도 모르겠어?”

“크리처…… 그만, 그만해!” 해리가 소리쳤다.

집요정은 바닥에 누워 몸을 떨면서 헐떡거렸다. 초록색 콧물이 코언저리에서 번들거렸고, 스스로 찧어 대던 창백한 이마에서는 벌써 멍이 피어올랐으며, 통통 붓고 충혈된 눈에는 눈물이 어른거렸다. 해리는 저렇게 가여운 것은 한 번도 본 적이 없었다.

"그래서 네가 로켓을 집으로 가져온 거구나." 해리는 모든 것을 알아낼 작정으로 거침없이 말을 이었다. "그리고 그걸 파괴하려 했고?"

"크리처가 무슨 짓을 해도 로켓에는 흔적조차 남지 않았습니다요." 집요정이 신음했다. "크리처는 모든 것을, 크리처가 아는 모든 것을 시도했지만 아무것도, 아무것도 통하지 않았어요……. 그걸 파괴하려면 먼저 열어야 한다고 확신했지만, 로켓의 표면에 강력한 주문이 너무나 많이 걸려 있어서 열리지가 않았습니다요……. 크리처는 크리처에게 벌을 주고 다시 시도하고, 크리처에게 벌을 주고 다시 시도했어요. 크리처는 명령에 복종하는 데 실패했어요, 크리처는 로켓을 파괴할 수 없었어요! 그리고 마님은 슬퍼서 미쳐 버리셨습니다. 레귤러스 주인님이 사라졌으니까요. 그리고 크리처는 마님에게 무슨 일이 있었는지 말씀드릴 수 없었습니다요. 안 되지요, 왜냐하면 레귤러스 주인님께서 크리처에게 가, 가, 가족 중 누구에게도 도, 동굴에서 일어난 일을 말하지 말라고 마, 마, 말씀하셨으니까요……."

크리처가 더는 아무 말도 알아들을 수 없을 만큼 심하게 흐느끼기 시작했다. 다시 손을 댈 엄두를 내지 못하고 그저 크리처를 바라보는 헤르미온느의 두 뺨 위로 눈물이 흘러내렸다. 크리처를 그다지 좋아하지 않는 론조차도 마음 아파하는 표정이었다. 해리는 다시 무릎을 꿇고 앉아 정신을 차리고자 고개를 흔들었다.

"이해가 안 되는데, 크리처." 그가 결국 입을 열었다. "볼드모트는 너를 죽이려 했고 레귤러스는 볼드모트를 쓰러뜨리려다가 죽었어. 그런데도 너는 시리우스를 볼드모트에게 기꺼이 팔아넘겼다는 거야? 너는 기꺼이 나르시사와 벨라트릭스를 통해 볼드모트에게 정보를 전달했어……."

"해리, 크리처는 그런 식으로 생각하지 않아." 헤르미온느가 손등으로 눈가를 훔치며 말했다. "크리처는 노예야. 집요정들은 나쁜, 심지어 잔인한 대우에도 익숙해져 있어. 볼드모트가 크리처에게 한 짓은 사람들이 흔히 집요정을 대하는 방식과 별로 다르지 않았어. 크리처 같은 집요정에게 마법사 전쟁이 무슨 의미가 있겠어? 크리처는 자기한테 잘 대해 주는 사람들에게 충성을 다하는 거야. 그리고 레귤러스는 물론 블랙 부인도 분명 크리처를 잘 대해 줬을 거야. 그래서 크리처는 기꺼이 두 사람을 섬기고 그들의 신념을 앵무새처럼 흉내 내는 거야. 네가 무슨 말을 하려는지 알아." 해리가 항의하려 하자 그녀가 그의 말을 막으며 이야기를 이어 갔다. "레굴러스는 생각을 바꾸지 않았냐는 거겠지……. 하지만 레굴러스는 크리처한테 그 사실을 설명해 주지 않았을 거야. 안 그래? 그리고 난 그 이유를 알 것 같아. 크리처와 레굴러스의 가족은 순수 혈통에 대한 신념을 지켜야 훨씬 안전할 테니까. 레굴러스는 모두를 보호하려고 한 거였어."

"시리우스는……."

"시리우스는 크리처를 끔찍하게 대했어, 해리. 그런 식으로 쳐다봐도 소용없어. 너도 사실이라는 거 알잖아. 시리우스가 여기서 살기 위해 돌아왔을 때 크리처는 이미 오랜 시간을 홀로 지낸 상태였어. 아마 아주 작은 애정에도 굶주려 있었을 거야. 크리처가 나타났을 때 '씨시 아가씨'와 '벨라 아가씨'는 굉장히 다정스럽게 대해 줬을 테고. 그래서 크리처는 두 사람의 부탁을 들어주고, 둘이 알고 싶어 하는 건 뭐든 말해 준 거야. 집요정들을 그런 식으로 취급하다간 마법사들도 대가를 치르게 될 거라고 내가 누누이 말했지. 볼드모트는 그 대가를 치른 거야…… 시리우스도 마찬가지고."

해리는 뭐라고 반박할 수가 없었다. 크리처가 바닥에서

흐느끼는 걸 보고 있으려니 시리우스가 죽은 뒤 겨우 몇 시간도 지나지 않았을 때 덤블도어가 했던 말이 떠올랐다. 시리우스는 한 번도 크리처를 인간만큼 예민한 감정을 가진 존재로 보지 않았다…….

"크리처." 잠시 후 해리가 입을 열었다. "네가 괜찮다면, 어…… 일어나 앉아 줄래?"

크리처는 몇 분이 지나서야 딸꾹질을 하며 조용해졌다. 녀석은 바닥을 짚고 일어나 앉더니 어린아이처럼 손마디로 두 눈을 비벼 댔다.

"크리처, 내가 너한테 뭔가를 부탁할 거야." 해리가 말했다. 그는 헤르미온느에게 도와 달라고 눈짓했다. 그는 친절하게 명령하되 명령이라는 점만은 확실히 하고 싶었다. 헤르미온느도 해리의 말투에 나타난 변화를 알아차린 듯했다. 그녀는 격려하듯 싱긋 웃었다.

"크리처, 부탁인데, 가서 먼덩거스 플레처를 찾아봐 주면 좋겠어. 우린 그 로켓이 어디 있는지 찾아야 하거든. 레귤러스 주인님의 로켓이 어디 있는지 말이야. 정말 중요한 일이야. 우리는 너의 레귤러스 주인님이 시작한 일을 끝내고 싶어. 우리는…… 그러니까…… 레귤러스 주인님의 죽음이 헛되지 않도록 하려는 거야."

크리처는 두 주먹을 떨어뜨리고 해리를 올려다보았다.

"먼덩거스 플레처를 찾으라고요?" 그가 잔뜩 쉰 목소리로 물었다.

"찾아서 여기로, 그리몰드가로 데려와 줘." 해리가 말했다. "그렇게 해 줄 수 있겠어?"

크리처가 고개를 끄덕이며 일어서자 해리의 머릿속에 갑자기 묘안이 떠올랐다. 그는 해그리드에게서 받은 주머니를 풀어, 레귤러스가 볼드모트에게 보내는 편지가 들어 있는 가짜 호크룩스를 꺼냈다.

"크리처, 나는, 어, 네가 이걸 가졌으면 좋겠어." 그가 그 로켓을 집요정의 손에 쥐여 주며 말했다. "이건 레귤러스의 물건인데, 난 분명 레귤러스가 네가 해 준 일에 대한 고마움의 표시로 이걸 주고 싶어 했을 거라고……."

"과했다, 친구." 론이 말했다. 집요정이 로켓을 보더니 충격과 비참함이 어린 목소리로 길게 울부짖으며 다시 바닥에 몸을 던진 것이다.

크리처를 진정시키는 데 30분 가까이 걸렸다. 그는 블랙 가문의 유품을 다름 아닌 자신의 소유물로 선물 받았다는 사실에 너무 감동한 나머지 무릎에 힘이 풀려 제대로 서 있지도 못했다. 마침내 크리처가 몇 걸음을 비틀비틀 걸어

갈 수 있게 되자 그들은 모두 크리처를 벽장까지 데려다주
고 그가 로켓을 더러운 이불 안에 안전하게 넣어 두는 모
습을 지켜본 다음, 크리처가 떠나 있는 동안 그 로켓을 지
키는 일을 가장 중요한 임무로 삼겠다고 안심시켰다. 잠시
후 크리처는 해리와 론에게 두 번이나 깍듯이 허리를 숙이
고 심지어 헤르미온느가 있는 곳을 향해서도 존경 어린 인
사를 시도하려는 것으로 보이는 우스꽝스러운 작은 경련
을 일으키더니 여느 때처럼 요란한 '펑' 소리를 내면서 순
간이동으로 사라졌다.

(제7권《해리 포터와 죽음의 성물 2》에서 계속됩니다.)

HUFFLEPUFF

강동혁은 서울대학교 영문학과와 사회학과를 졸업하고 같은 학교 대학원에서 영문학 석사학위를 받았다. 옮긴 책으로는 《신비한 동물사전 원작 시나리오》, 《일곱 건의 살인에 대한 간략한 역사》, 《레스》, 《이 소년의 삶》 등이 있다.

해리 포터와 죽음의 성물 1(후플푸프 기숙사 에디션)

초판 1쇄 인쇄 2022년 10월 19일
초판 1쇄 발행 2022년 11월 19일

지은이 | J.K. 롤링
옮긴이 | 강동혁
발행인 | 강봉자, 김은경

펴낸곳 | (주)문학수첩
주소 | 경기도 파주시 회동길 503-1(문발동 633-4) 출판문화단지
전화 | 031-955-9088(마케팅부), 9532(편집부)
팩스 | 031-955-9066
등록 | 1991년 11월 27일 제16-482호

홈페이지 | www.moonhak.co.kr
블로그 | blog.naver.com/moonhak91
이메일 | moonhak@moonhak.co.kr

ISBN 978-89-8392-996-9 04840
       978-89-8392-901-3 (세트)